カフェ・シェヘラザード

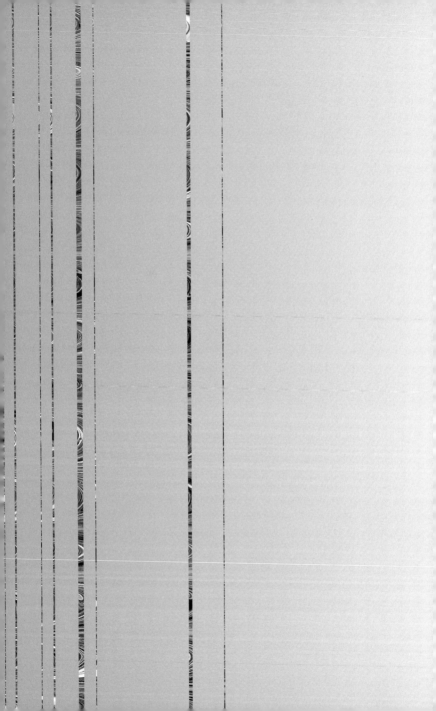

境界の文学

カフェ・シェヘラザード

Arnold Zable

アーノルド・ゼイブル

菅野賢治訳

editorialrepublica
共和国

献辞

メルボルンの最初の語り部、
ウルンジェリ族とブーンウルン族(1)のみなさんに、
そして、いまなお地上に安息の土地を、わが家と呼べる場所を
探し続けているすべての人びとに、この本を捧げます。

目次

挿画 宮森敬子

古代ペルシャの君主シャーリアール王は、妃の不貞を知ってしまった日から、毎夜、年若い女をひとりずつ妻とし、夜明けにその女の首を刎ねさせることにした。国には大きな動揺が走る。宮廷の長老で大臣《ワジール》の座にある男に、シェヘラザードという娘があった。娘は、この危険な状況を百も承知で、みずからシャーリアールの妻となることを買って出る。こうして彼女は、千と一夜にわたり、さまざまな物語を語って王を楽しませたので、王はようやくその残酷な命を取り下げたのだった。勇敢な妃は民衆の愛情と感謝の念を一身に集め、以来、今日まで、世界じゅうの人びとが彼女の語りに魅了され続けている。

――『千夜一夜物語』

カフェ・シェヘラザード

Cafe Scheherazade

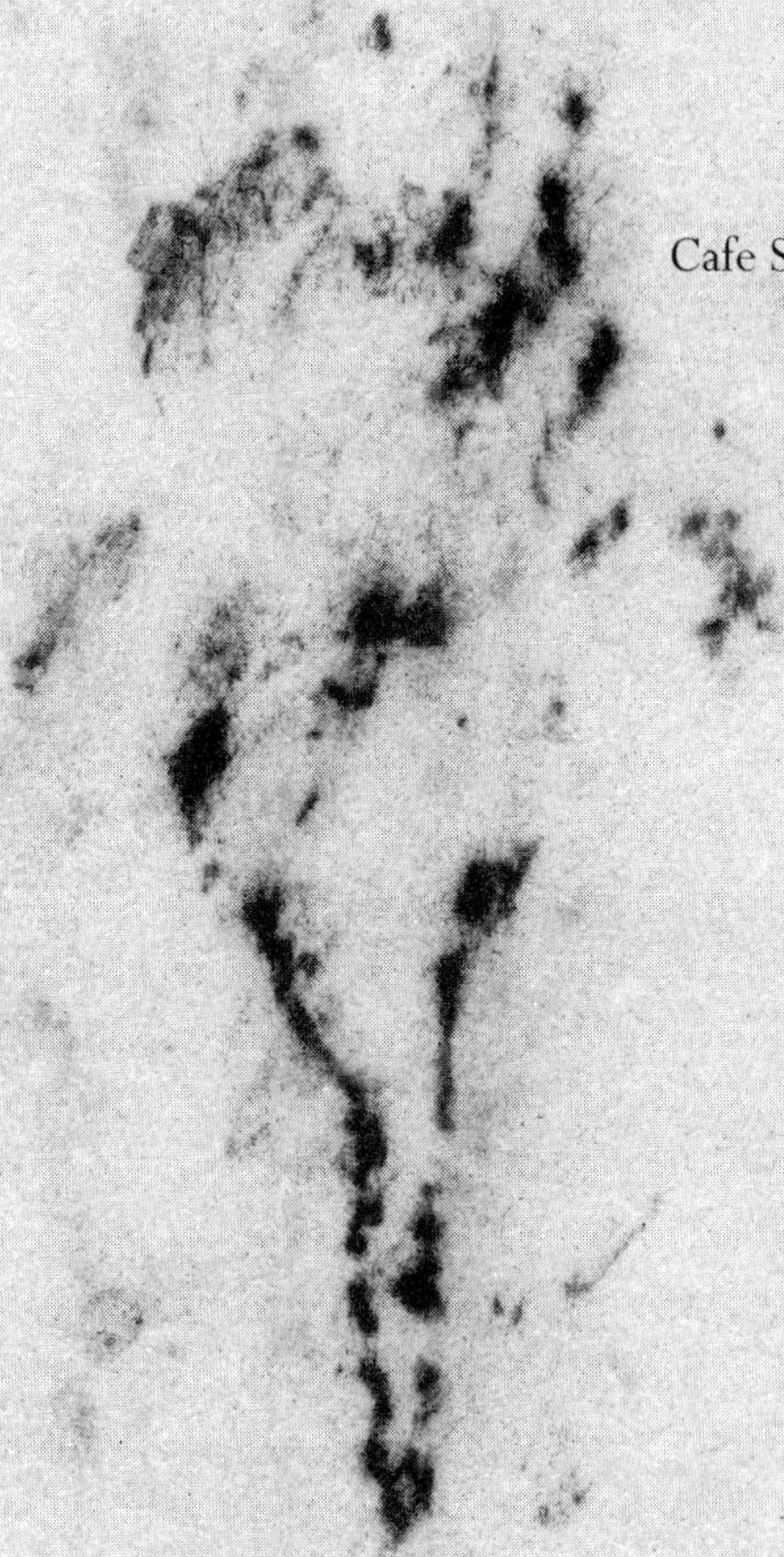

1

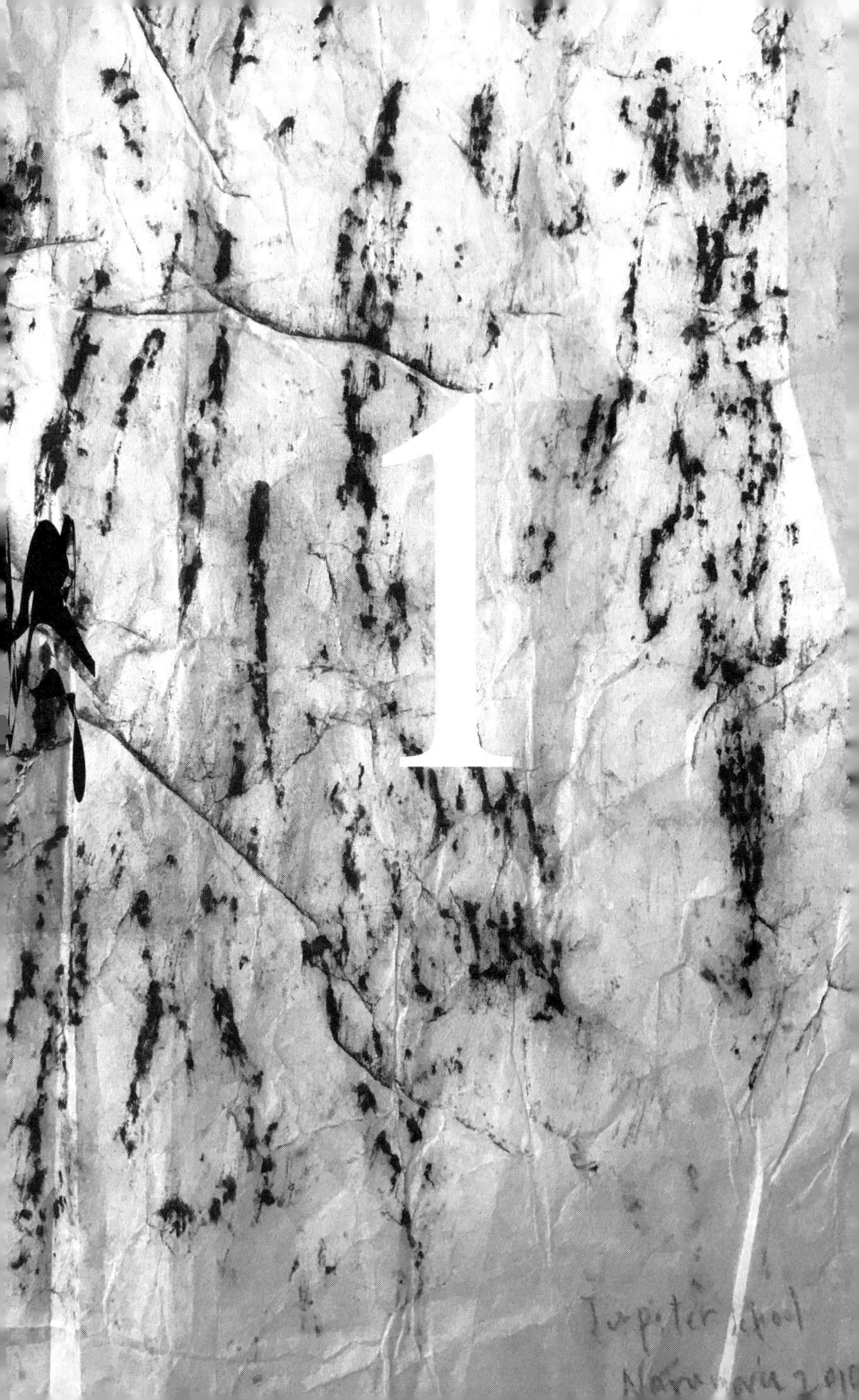

セント・キルダ[2]のアクランド通りに、《シェヘラザード》という一軒のカフェがある。どうしてそんな名前になったのか、それ自体がひとつの物語だ。いや、むしろたくさんの物語。すべては、カフェの奥の間のテーブルで、オーナーのゼレズニコフ夫妻、エイヴラムとマーシャが繰り返し語ってきたものばかりだ。というのも、二人はほとんど毎晩、このテーブルで食事をし、人びとに囲まれては常連のお相手をし、帳簿のチェックや口論もし、そうして追憶にふけっているのだから。それに、ほかに何をすることがあろう。この雨に濡れそぼったメルボルンの夜。オーバーに身をくるんだ通行人たちが、灰色に光る石畳の上をそぞろ歩き、〈黒い森《シュヴァルツヴェルダー》〉[3]を切り売りしているお店の前に立ち止まっては一瞬ためらい、結局は誘惑に負けて、一切れ、あるいは二切れ、買い求めたりしているときに。だいたい、物語がいったい誰の迷惑になろう。

古き世界の夢にあふれるアクランド通りでは、いつもそうだ。古き世界の語りに満ちたカフェ《シェヘラザード》では、いつもそうなのだ。そして、本当に千とひとつの夜があったとしても語り尽くせないくらい無数の物語のなかにあって、もっとも人を惹きつけるのが、一九五八年、エイヴラムとマーシャの二人が大胆にも始めたこのお店の名前を、なぜ《シェヘラザード》にしたのか、そのわけなのである。

　というのも、ほかに頼れる人もいない土地で、たいした蓄えもあるわけじゃなし、人生の半ば過ぎ、もう何年も前から《オ・シェイズ》という名のミルクスタンドだった店舗を引き継いで、心機一転、何でもありのカフェを始めるなんて、実際、かなり大胆なことだった。

　エイヴラムとマーシャが店の名を《シェヘラザード》に変えると言い出したとき、友人らは、そりゃ自殺行為だ、と言ったものだ。こうして二人の事業は、最初から破綻を運命づけられているようにも見えた。そんな名前、お客だって発音できないだろうし、だいたい、そのころようやくメニューにお目見えしたばかりのヨーロッパ大陸風の料理に客が寄ってくるはずもない、というのである。「《マーシャの店》とか《カフェ・エイヴラム》とかにしなよ。どうしてもエキゾチックな名前にしたいんなら、《おばあちゃん《バブシュカ》》あたりでどうだ。なんだってまた《シェヘラザード》なんて？　おれたちだって発音するのにひと苦労だよ」

　それでも《シェヘラザード》は《シェヘラザード》だった。

「だけどね、マーティン」とマーシャはぼくに言う、「それ以外にありえなかったのよ」。ウエイトレスが、店の奥のオーナー専用テーブルまでメイン・ディッシュ——今日はチキン・シュニッツェルのポテト・パンケーキ添え——を運んできてくれる。「あなたもね、一度、話を全部おしまいまで聞いたらわかるわ」とマーシャ。

そのあいだじゅう、エイヴラムが、そして今度はマーシャも、また別の昔なじみを出迎えたりするものだから、ぼくらの会話は、こっちの挨拶、あっちの雑談、携帯電話のあわただしい会話、通りすがりの顔見知りが置いていったゴシップの切れ端などに、その都度中断されてしまう。

ゆっくり、ゆっくり、物語は、したたるようにしか進まない。ボルシチのひと口、ワインのひとすすりのあいだ、メイン・ディッシュとデザートのあいだ、チーズ・ブリンツとレモン・スパイス・ティーのあいだで、ちょっとずつ。そして次の夜も、またその繰り返し。というのも、ぼくは、冬の夜から夜へ、何度でもここに舞い戻ってくるはめになるのだから。《ムーラン・ルージュ》でカンカン娘たちが踊りまくっている姿を派手に描き出す壁紙に彩られた、この奥の間のテーブルへ。たしかにそれは、こんなふうな叙事詩の全体をまとめ上げるのに、うってつけの背景なのかもしれない。パリのナイトクラブでのデート、カルヴァドスというリンゴのブランデー、黒海のオデッサ港で負傷した水兵たちの手当てをする看護婦、リトアニアの森や沼地をさまようパルティザンの一群、警備が厳重な国境線をいくつも横切りながらの危険な逃避行、途中、地球半周分もの船旅、イスラーム寺院の尖塔《ミナレット》がそびえる町で、時を告げる祈禱の響きに目を覚ます、ひとりの若い娘……。

もう十分。少なくとも、これがその要約じゃないか、とも思える。

「だがな、マーティン、この話に要約なんてありえないのさ」とエイヴラム。

「無理でしょうねえ」とマーシャもあいづち。

「とはいってもですよ、ジャーナリストたるもの、ひとつの話にそんなに長い時間をかけちゃいられないんです。ぼくはコラムをいくつか抱えてる。締め切りは厳守。ほかにノルマの仕事だってあるし」。ぼくがこんなことを言っているそばから、二人はまた、ぼくを脇道に引き込んでしまう。だからぼくは、次の夜もまた次の夜も、ひとつの茫漠とした物語のさらなるエピソードを求めて、店に舞い戻ることになるのだ。どうやら終わりもなければ始まりさえない、この物語。というのも、ぼくらが何かを話しているうちに、そこからまた別の祖先、別の危険な旅、別の伝説の町にまつわる逸話へと、数世紀の時を超えて舞い戻ってしまうのだから。

たとえばヴィルナ。もしくはヴィルニュス。リトアニアのエルサレム。その名高きユダヤ教のタルムード学院《イェシヴァー》と祈りの家の数々。崩れかけた城と要塞の石壁。上品な目抜き通りと玉石《たまいし》を敷きつめた歩道。町なかの屋根裏部屋には、「ユダヤ賢者」の予備軍やタルムードの学徒たち、あるいは制御不能の永久回転を運命づけられたかにみえるこの世界をいつか必ず変えてみせる、と豪語する反体制派や檄文作家たちが寄り集まって住んでいた。

まさにこの町に、一九二四年、エイヴラム・ゼレズニコフは、革命家にして、当時、多くの東欧ユダヤ人の魂を鷲づかみにしていた労働運動〈ブンド〉(4)の熱心な活動員の息子として生まれたのだった。

「おれは、〈ブンド〉の伝説を糧として育ったようなものさ」と、エイヴラムは抑揚豊かなイディッシュ語で言う。彼の一語一語にひねりが利いている。その一文一文がメロディーをたたえ、一段落一段落が歌となる。そして、彼が英語に切り替えたあとも、構文にイディッシュ語の型枠が残る。仕方あるまい。英語は、エイヴラムの六つの言語のうち、最後のものだったのだから。英語は、意味に向かって懸命に手を伸ばしている、いまだ形成途上の言語だ。こうして、エイヴラムが彼の革命家としての昔がたりを編み上げようとするとき、英語では飽き足らなくて、結局、母語に立ち返ってしまう。

彼は、自分の物語を、非合法の政治集会と断末魔の帝国の独房ではぐくまれたロマンスとして語り出す。ロマンスの主人公はエイヴラムの母、エッタ・ストックだ。彼女はロシアのツァーリ、アレクサンドル二世が暗殺されたのと同じ一八八一年に、ウクライナの町トゥーリチンで生まれた。まさに、暴徒らがロシアのあちこちの町でユダヤ街を荒らし回った大騒動の年である。何万人もの住民が逃げ出した。彼らはぼろぼろの集団をなし、ひそかに国境を越え、ヨーロッパの海岸沿いに点々とする港町に流れ着いた。そこで、なるようになれとばかり、大洋横断客船や貨物船にもぐりこみ、どこか生活をやり直せる場所はないものかと、地球の隅々まで航海を続けていった。

　よそへ逃げることのできなかった人びとは、自分たちを恐怖の人生から救い出してくれる革命の思想や〈赤いメシア〉の存在に目を向けた。別の人びとは、荒れ果てたエルサレムの石壁を夢見、古来の流謫に終止符を打ちたいと願った。また別の人びとは、〈神〉と礼拝の家にすがりつき、詩篇と聖書、祈禱と説教にそれまで以上の熱をこめるのだった。

　そうした敬神の徒のひとりにエッタの父、バイオリン弾きのアヴラム・ストックがいた。婚礼と成人の儀《バル・ミツヴァ》には欠かせないクレズメル(5)の楽団員。生活の糧としてトゥーリチンの貴族階級のお祝い事などでの演奏も引き受けていた音楽家。モーセとともに砂漠をさまよった先祖たちの六一三項からなる戒律を守り抜くユダヤ教敬虔派《ハーシード》。所定の規範書に定められたとおりに日々の生活リズムを刻む男。そして、娘エッタの道を踏み外した生き方に眉をひそめ、途方にくれながらも、それをどうすることもできない一介の父親。とくに、新しい二十世紀のまさに第一年、エッタが、革命という名の新手の神に誘われるまま、黒海の港町オデッサへ旅立っていったときに。

　この物語にはたくさんの町が登場し、そのひとつひとつが歴史のモーメントに突き動かされている。そして、そのひとつひとつの名が、実際に数多くの町の痕跡を宿すこのメルボルンの町にあって、まさに地の最果てと呼ぶにふさわしい海辺の郊外、《シェヘラザード》という名のカフェのテーブルで呼び返される。

たとえば、オデッサ。〈ニュー・オデッサ〉だったら《シェヘラザード》から歩いてほんの数分でしょ。マーシャがぼくに事実確認を促す。エイヴラムに比べると、マーシャの方がいまの事情にずっと通じている。彼女の身からは、旺盛な好奇心が立ち上っている。彼女の顔を縦横に走るはっきりした皺の線。その素早く無駄のない歩き方。裁ちのすっきりしたスーツ。背筋がしゃんと伸び、自信に満ちた身のこなし。いくぶんなまりがかっていても、洗練された英語。そして、彼女がエイヴラムの独り語りに差し挟んでくる意見、鋭い反論、注解。それらすべてから、彼女の人となりがはっきりとわかる。

そうよ、〈ニュー・オデッサ〉はここからほんのちょっとよ、とマーシャがぼくに言う。アクランド通りに出たら、テイクアウトのインド料理店の角を左に曲がって、シェイクスピア並木に入る。そうして、〈ルナ・パーク[6]〉の守護聖人、あのお月さまのあんぐり開いた口の前を通り過ぎる。猛スピードのジェットコースターに乗って、夕暮れの空を行ったり来たりする、あのやかましい連中の叫び声をやり過ごす。そこから、車の往来の激しいエスプラネード大通りを横切り、浜辺に沿って立ち並ぶヤシの木のところまで来たら、あとは海風の心地よい香りに誘われ、その海辺の一帯に歩を進めていけばいい。

彼らが寄り集まって暮らしているのは、その場所だ。彼らというのは、一九九〇年代のロシア移民、混乱の過去から安らぎの地を求めて渡ってきた、彷徨者たちの最後の一波である。彼らは新世界のやわらかな砂の上に身を横たえ、そうして古きオデッサを追憶する。あの造船所や宮殿を、ありあわせの紐に吊るした洗濯物がはためく中庭を、賑やかな作業場とカフェを、近隣の安アパートに住む子供たちが歌う遊び歌を。

　彼らはセント・キルダの浜辺と桟橋をぶらつきながら、オデッサの海辺に思いを馳せる。あのうらぶれた安食堂。傾いた倉庫と荷積み用の斜道。渡し舟で混み合う波止場と係留場。かつては彼らも、その渡し舟に乗り、週末、黒海まで遊びに出かけたものだ。いま、その彼らがポート・フィリップ湾[7]を眺めながら、消えゆく過去のトルコ石色の水面《みなも》を思い出す。そして夜のとばりが下りるころ、《シェヘラザード》にふらりとやってきて、リンゴのコンポートひと椀、アーモンド・トルテひと切れを注文しては、ふたたび思い出にふける。公園のドーム型東屋の下で演奏していた楽隊。トルコの城を思わせる官立劇場で過ごした夕べ。オーケストラが、死にゆく帝国の歌姫たちを盛りたてていたオデッサ・オペラの夜。

　しかし、ノスタルジアがこらえ切れないまでとなる寸前、彼らはまた、別のことも思い出す。夏の夜は汗だくで過ごした一間かぎりのアパート。食料配給の長い列。そして、あの氷点下の冬。そんな冬でも、尿と汗の臭いが立ち込める湿った中庭を、つまずき、つまずき歩いていって、何家族もの汚物であふれそうな共同便所で用を足さねばならなかった。

　彼らのこのオデッサは、一九〇〇年、エイヴラムの母エッタ・ストックが住み始めたオデッサと、あまり違わなかったかもしれない。黒い筒型の帽子をかぶったタタール人が、ターバンをきっちり頭に巻きつけたトルコ人と並んで歩いていた、あの町。〈聖地〉を目指すユダヤ教徒と、メッカへの人生一度の巡礼に旅立つイスラーム教徒とが、シナゴーグとモスクでそれぞれの祈りを捧げていた、あの町。ロマ人と吟遊詩人たちが、ワイン倉や酒場で楽曲を奏でていた、あの町。あのころは、遠洋の貨物を満載した船が霧のなかからふいに姿を現すのが、町の通りからも遠目に見えたものだ。夜には酔っ払いの船乗りたちが、まちまちのお国言葉でつぶやきながら、売春宿や闇賭博場を探して路地にさ迷い込み、陰謀家たちは、ツァーリ打倒のシナリオを練り上げるため、極秘のアジトに集結する。

そのオデッサで、エッタは看護を学んだ。学費をまかなうため、とある工場でも働いたが、そこで彼女はロシア社会主義運動の細胞組織に引き込まれたのだった。世界を救う、という考えに彼女は取りつかれた。憲兵らの冷たい視線を浴びながらデモ行進もした。非合法の冊子や新聞を配って歩いたし、近隣の村々にお忍びのオルグにも出かけた。いろいろな委員会に出て、空が白むまで戦略を語り合うこともあった。キシネフ市の地下出版所で作業を手伝ったときには、隣にヨシフ・スターリンの姿があった。

以上、少なくともエイヴラムによれば、そうなのだった。これが、彼がもっとも愛情をこめて語る家族伝説であり、彼のプライドを支える数々の逸話のひとつであった。

「わかるかい？　おれの家族は歴史の一部なんだ」と彼は声調を高める。「わかるかい？

おれのおふくろは反逆者であり、勇ましい闘士であり、世界革命の女性だったんだ」

こうして、また一夜が矢のように過ぎていく。入り口の上のネオンサインが、ライラック色、青、バラ色と、交互に《シェヘラザード》を照らし出す。近隣の店主らがシャッターを下ろし、店じまいにかかる。残っていた常連客たちも、よろよろと《シェヘラザード》の扉を押して家路につく。

「マーティン、言っておくけどね」とマーシャ。「この話には終わりがないのよ」

だが、ぼくはもう、そこに足を踏み入れてしまった。たしかに最初は、一介のジャーナリストとして、何か興をそそる話題を求めただけだったかもしれない。しかし、これは一篇のコラムとか、一読してわかる人生ストーリーといったものをはるかに超えた何かだ。ときおり、ぼく自身、いまどこにいるのかわからなくなる。時が時を超えて広がり、次の夜も、ぼくはまた、繰り返す夢に誘われるかのように、ここに戻ってきてしまうのだ。

《シェヘラザード》は、今夜、芝居好きの連中や、ちびちびと紅茶をすする独り者の男たちで混み合っている。厚いおしろいの娼婦が二人、ライ麦パンのチーズトーストをほおばっている。こちらの医学生は、チキンスープのお椀ごしに『グレイの解剖学』を読んでいる。ウエイトレスたちが、湯気の立つ料理を載せたトレイを揺らしながら、厨房を出入りしている。

だから、どうぞごゆっくり。ぼくらのテーブルにいらっしゃい。ほら、パンでもちぎって。この赤のボトルから、少しいかがです。そうして、この白髪の語り部、エイヴラムをとくとごらんなさい。よく動くその両手、若々しさを失うまいと懸命なその声、上下に動くその濃い眉毛を。彼は今夜も語っている。二十世紀が本当に始まったのは、一九〇五年のことなんだ、と。あの血気盛んな男たち、女たちが帝政ロシアの表通りを練り歩き、「ドロイ、ニコライ！　ドロイ、ニコライ！」、つまり「皇帝《ツァーリ》ニコライ打倒！」を叫んだ、あの年に。

　歴史の細部や年号に関するエイヴラムの知識はほぼ正確なのだが、ちょっと疑わしく思うとき、ぼくは図書館へいって、誤差を埋めるようにしている。ぼくもこの過去の探索に巻き込まれてしまったわけだ。別の時代、別の世界を再構築するという、この作業に。

　その年の一月九日、のちに「血の日曜日」として知られることとなる事件では、労働者たちの行列がサンクト・ペテルブルグの冬宮前になだれ込んだ。彼らは総勢二〇万で、ツァーリのイコンや肖像画を思い思いに掲げて行進した。雪に足をとられながらも、彼らは自分たちの畏き父《バトゥシュカ》、全ロシア人の皇帝に謁見を求めて歩いた。ある反体制派の聖職者に先導され、賛歌を歌いつつ、武器ひとつもたず、宮殿広場に押し寄せたのだ。

　軍の非常線が彼らの行く手をさえぎる。馬たちのはみがきりりと引きつる。突如、銃弾の雨が凍てついた冬の空気を引き裂く。何千というかたまりになって、行進者たちは騎兵隊の狂ったような銃撃から逃げた。大混乱のなか、彼らは義勇兵らの棍棒と銃剣から逃げまどった。うち何百という人びとが転び、混乱と恐怖のないまぜのうちに、猛り狂った馬のひづめに押しつぶされた。男たち、女たち、子供たちの血まみれの死体が雪の上に横たわっていた。銃弾で穴だらけとなったツァーリの肖像画が、広場のあちこちに打ち捨てられていた。社会の土台が崩れ、数え切れない人命がぼろくず同然となった。以後、行進を組織する人びとが「バトゥシュカ」を信用することは、もう二度となかった。

反逆の精神が行き渡る。その年一年、革命が国を席巻する。二月には、ツァーリの重臣であるモスクワ総督セルゲイ大公が、クレムリンの門を馬車で通りかかったときに暗殺された。農民たちは地主に襲いかかり、地所を奪い取る。工場労働者たちは作業場を閉鎖し、ゼネストに打って出る。兵士らはウラジオストクとタシュケントで反乱を起こす。そして六月、黒海で演習中の戦艦〈ポチョムキン〉の乗組員たちが上官連に謀反をくわだてた。

軍艦を指揮する提督は反乱者たちの銃殺を命じるが、銃撃隊は命令を拒否する。乗組員らは、逆に銃撃隊の武器を奪って上官連のもとに詰めかけ、何人かを海に放り込むと、残りを独房に監禁した。〈ポチョムキン〉は赤旗を掲げてオデッサに入港。その翌日、いまや熟練看護婦となっていたエッタ・ストックが、乗組員らの手当てのため船内に派遣された。その間もオデッサでは、反体制派の労働者たちが市街戦を繰り広げ、町は炎に包まれていた。

「これでわかったろう」と、勝ち誇るようにエイヴラムが言う。「おれのおふくろは伝説の人なんだ。歴史の作り手、革命家さ。まあ、それをいうなら、おれのおやじ、ヤンケルもそうだがな。人呼んで〝山男〟、アルテル・ゼレズニコフの子、ヤンケルもな」

　エイヴラムは、いかにも誇らしそうに語る。息子が父を思い出すと、父が祖父を連れてくる。こうしてアルテル・ゼレズニコフがこの世に息を吹き返すのだ。

　世紀のはじめころ、アルテルは丸太の筏に仁王立ちになり、それをピナ川沿いにピンスクの町からドニエプル川の合流地点まで送り届けたものだ。さらに数百キロ、ドニエプルの速い流れに乗り、南の果てまで下った。川岸には、タマネギ型のドームを載せた聖堂がちらほら見えた。近隣の畑には、藁ぶきの家々がこぢんまりと集落を作っていた。遠くには、切り出した石で作った農場主の家が寂しそうにかすんで見えた。そんな風景のなか、筏は水の流れにまかせ、黒海沿岸まですべっていくのだった。

　そこへ「ねえ、アヴラメル」〔「エイヴラム」のイディッシュ語愛称〕とマーシャの声が響く。

「あなた、また脱線してるじゃない。それじゃあ、いつまでたっても終わりっこないわ」

　マーシャは言語から言語へ自在に渡り歩く。エイヴラムに対してはイディッシュ語を話し、ウェイターたちにはポーランド語で指示し、カフェの経理担当とはロシア語で相談事をする。新しいお客には英語で挨拶し、親しい友人たちとは、以上四語の絶妙な混成語でおしゃべりをする。いま、ぼくの目の前で湯気を立てているキャベツスープはといえば、マーシャの母親直伝のレシピをもとにしたものだ。

「ポーランドにいたときは、まさか、《シェヘラザード》なんていう名前のレストランで、母さんの料理を復活させることになるとは思ってもみなかったわ」、マーシャがつぶやく。「料理で生計を立てるなんて、想像もしてなかった。レストランを経営する、なんてね。あたしは医者になりたかったの。腕のたしかな医者に。だから三年間、医学を学んだ。逃げなきゃならなくなる日まで、医学を勉強したのよ」

エイヴラムは、マーシャの割り込みなど、てんで意に介さない。彼の心はなにかに取りつかれたように、遠い過去に釘付けにされている。そうして前回、中断したところから話をやり直す。そう、一九〇五年、ロシア第一革命の年、「山男」アルテルの子にして十五歳のヤンケルが、ピンスクで〈ブンド〉の秘密組織に加わったときのことだ。

ヤンケルは、兄シュロモの活動に合流したのだった。シュロモは、ユダヤ居住区を反ユダヤ派の攻撃から守る自警団の司令塔だった。一九〇五年、反逆の年も終焉を迎えつつあった。革命家たちは息絶えだえだった。ツァーリの軍隊が抵抗派の残党を容赦なく押しつぶしていた。ユダヤ人は「キリストの敵」「社会不安の扇動者」呼ばわりされた。大迫害《ポグロム》の新しい波が、ベラルーシやウクライナ各地の町を呑み込んでいった。

そのときシュロモおじも、命からがら、いくつもの国境を越えてフランスのマルセイユ港まで逃げ、数週間後、ニューヨークにたどり着いた。〈自由の女神〉[8]を憧れの目で見つめ、巨大都市の輪郭には、どこかそら恐ろしいものも感じた。エリス島の回転ゲートを通り抜けるために金銭交渉をし、いわゆる〈ローワー・イースト・サイド〉の街路で人混みに紛れ、荒れ果てた搾取工場《スウェットショップ》で職を得た。そこから、のちの富とプライドにつうじる彼の後半生が始まった。

弟のヤンケルはといえば、彼が逃げおおせたのは、ようやくピンスクの町はずれまでだった。そこで彼は森の隠れ家に身をひそめた。そのまま時をやり過ごし、次の革命のうねりに備えることにしたのだ。

ぼくはカフェのなかをそっと見渡してみる。遅い時間の客たちをもてなすのは、中年のウエイトレスだ。黒のミニスカート、黒のストッキングに白のブラウスといった出で立ち。彼女が動き回るたび、香水の匂いがふんわりと宙に漂う。ひと組の男女が二人きりの世界をつくり、互いに相手の目をじっと見つめている。年配の男性客が何人か、こっくりこっくり、いまにも寝入ってしまいそうだ。向こうにひとりで座っている青年が読んでいるのは『倦怠論』。チーズケーキの一切れをほおばり、それをコーヒーとともに流し込む。その間ずっと、倦怠をめぐる理論に夢中のままだ。

そこから、ぼくの視線は存在感のあるマーシャへと戻ってくる。テーブルには、ぼくらの冷め切った紅茶と食べかけのペーストリーが置かれている。

「男女の出会いは、まあ奇跡みたいなもんだな」、ふと夢の世界から覚めたかのようにエイヴラムが言う。「人間ってのは偶然の落とし子、行き当たりばったりの産物さ。ヤンケルとエッタを見てみろ。二人の出会いは、まさに奇跡だよ」

　エイヴラムは赤ワインを注ぎ足す。しばし沈黙。そして、彼の年代記が一九〇八年から再開される。エッタ・ストックが、生まれ故郷のトゥーリチンから北へ二五〇キロ、ベルディーチウ[9]まで密使の旅に出かけた年だ。ベルディーチウは、ユダヤ教のすぐれた先唱者《ハッザーン》と写本の作り手を輩出し、敬虔派《ハーシード》の牙城として多くの精神指導者を産み出してきた町だ。そこでは、流氓の民の不朽の言語、聖書ヘブライ語が八十もの祈禱所から流れ聞こえ、イディッシュ語が、中庭や市場を絶えず駆け回る日常言語として用いられていた。同時にそれは、組合活動家、日雇い労働者たちの町であり、〈ブンド〉は、一九〇五年の大潰滅のあと、そこで再結集を果たしたのだった。

　エッタは、ベルディーチウの〈ブンド〉派の古参指導者たちに接触した。故郷トゥーリチンにふたたび革命の炎を蘇らせるための活動に支援を求めたのだ。エッタの要請に応え、党はヤンケル・ゼレズニコフを派遣した。当時、十八歳そこそこでエッタより十も年下のヤンケルではあったが、すでに経験豊富な幹部クラスの組合指導者だった。トゥーリチンで、ヤンケルはエッタの家族のもとに転がり込んだ。そのうち自然と恋仲になる。一九一〇年、エッタはすでにヤンケルの子をお腹に宿していた。

　エイヴラムは、語りに感情を差し挟まない。しかも、その語りは速い。ぼくは二人のなれそめのことなどをもっと知りたいのに、エイヴラムが重んじるのはデータと資料だ。歴史の上げ潮、引き潮のなか、自分の両親がなしとげた英雄行為に関する情報こそが意味をもつ。しかも、そのための準備も万端だ。エイヴラムは使い古しの学生カバンに手を突っ込み、そこから小冊子や手紙、新聞や本などを取り出しては、テーブルに所せましと並べてみせる。なかには、〈ブンド〉派のイディッシュ語機関紙『民衆新聞《フォルクスゼイトゥング》』に、党の同志、ヤンケル・ゼレズニコフとエッタ・ストックの結婚が報じられたときのコピーも含まれている。

　だが、結婚や妊娠を経ても、二人が成就必須と見定めた革命のための活動がおろそかにされることはなかった。ヤンケルはウクライナ各地の工場でオルグ活動を再開し、より良き労働環境、より高い給与を求めるストライキに労働者たちを駆り立てた。一度、ストライキが暴走してしまったこともある。憲兵の側にひとり、死者を出してしまったのだ。工場主がヤンケルを下手人として告発する。彼は逮捕され、ピンスクの刑務所に入れられた。エッタもまたピンスクに近いコブリンの町の刑務所に収監され、二人の最初の娘バシアが生まれたのは、この刑務所でのことだった。

　エイヴラムが手紙の束に手を伸ばす。そこから彼が抜き出して見せるのは、黄ばんだ一枚の便箋だ。拘留期間中のヤンケルが独房で手書きしたヘブライ文字の手紙なのだが、素人にはまったく解読不能だ。

手紙は、ニューヨークの兄シュロモに宛てられたものだった。エイヴラムはその内容を熟知している。ヤンケルは自分の境遇に悶絶しているのだ。革命家に家庭をもつ資格があるでしょうか、と彼は問うている。子供のために割く時間を、いつ持てるでしょう。あの娘が必要としている世話と愛情のために。そして、自分がこうして家から引き離され、十五年の労役を言い渡されたいま、家族はどうやって生き延びればよいのでしょうか、と。

エッタは六カ月の服役後、釈放された。しかし、ヤンケルはシベリアの労働キャンプ送りとなる。イルクーツクの町にほど近い、バイカル湖岸の労働キャンプだった。冬はあたり一面が真っ白で、かちかちの氷の際限なき白布で覆われる。春にはそれが溶けて、融雪まじりの内海となる。夏には湖と空が地平線で溶け合い、白みがかった青の一枚絵を見せる。そして秋には、ひんやりとした空気が、強風にさらされどおしの白夜からなる次の季節の到来を予告するのだった。

ヤンケルは、いつか自分の本分に戻れる日のことを夢見ながら、労働に耐えた。エッタは夫のあとを追い、生まれたばかりの娘を抱えて、数千キロ東のイルクーツクにやって来た。そこで彼女は看護婦の口を見つけ、幼い娘の面倒をみながら、バイカル湖岸のキャンプに収容されたヤンケルに慰問を続けた。

「おふくろは常に家庭をひとりで背負っていた」とエイヴラム。「一家の稼ぎ頭であると同時に革命家でもあったんだ。そうやって、夫と、子供と、患者と、そして同志たちを支えた。自分の時間をすべて、ほかの人びとのために捧げてな」

「じゃあ、ヤンケルの方は？」

「そりゃあ、プロの革命家さ。党に先立つものはなし。おれが子供のころ、おやじの姿を見ることはまずなかった。夜はほとんど、ミーティング、講演会、〈ブンド〉の集まりなんかで家を空けてた。ときには数週間ぶっとおしで留守にし、ポーランドじゅうでオルグをやっていた。絶えず動き回って、組織づくりと計画実行に余念がなかった。たまたま町を通りかかったときなど、学校にきておれを誘い出し、朝飯をご馳走してくれたよ。それが、われわれ親子の特別な時間だった。おやじのことを評して、みな、〝立ちては語り、座りては眠る男〟なんて言ってたっけ」

「あなた、今度は前に飛びすぎよ」とマーシャが警告する。「さっきまでシベリアのイルクーツク、バイカル湖にいて、あなたが生まれる十年前の話をしてたのに、いまはどうよ、二十年後のヴィルニュスの話じゃない。これじゃあ、マーティンもこんがらがっちゃうわ」

いや、ぼくなら大丈夫。余談、脇道、大歓迎だ。冬の夜、時の流れは速い。トラムが車輪を静かにきしらせながら過ぎていく。通り沿いのレストランからは、ネオンの点滅が反射している。雨が透明な幕となって斜めに降り注ぐ。そこへエイヴラムの歌うような声が響き、ぼくを過ぎ去った世紀のはじめころへ連れ戻してくれる。

一九一四年、フェルディナント大公がサラエボにて暗殺される。ヨーロッパの諸部族は、いっせいに戦場へ突き進んだ。死者、数百万。しかもその多くは、戦争そのもので統治権が吹き飛ばされることとなる皇帝連に仕える歩兵たちだった。ぬかるんだ塹壕、腐りゆく人肉のおぞましい臭いのなか、兵士たちの体は疲労で麻痺してしまう。戦闘の場所は、地上からほんの数メートルの空間だ。そして、戦いが行なわれた場所では、見渡すかぎり、いたずらに失われた無数の人命を弔う無記名の墓標が点々としていた。そんなことが長く続いて、ようやく、犬死にをまぬかれた人びとが声を上げた。「もうたくさん！　帝国こそ潰えよ！　旧秩序こそくたばれ！　われわれが欲しいのはパンであり、平和だ！」

　一九一七年三月、皇帝ニコライが失脚する。数千キロ東、バイカル湖の岸辺では、ヤンケル・ゼレズニコフが、恩赦によりシベリア抑留から解放された。

　エッタとヤンケルは、自分たちの生涯を賭けた仕事にふたたび着手しようと、西へ急いだ。二人が人生の再出発の地として選んだのは、ウクライナの首都キエフである。町に入るとき、二人は赤の幟と旗で身を包んだ。時はまさに胸ときめく革命の季節である。街頭演説家、燃えるようなアジ、メシア的未来の季節であった。農村部の住民たちが、より良き生活の夢に焦がれ、どっと都市部へ流れ込んだのもこのときだ。

　しかし、このユートピア幻想の幕間は、ほんの束の間だった。白軍〔反革命軍〕がウクライナじゅうを行進していた。一九一九年八月、赤軍がキエフから撤退し、熾烈な戦闘がドニエプル両岸で交わされた。結局、民間人の居住地で大手を振るようになったのは、暴漢やごろつき連中だった。

事態はほとんど手がつけられないまでになる。十二月、赤軍がキエフの町を再掌握するが、一帯にはチフスと飢餓が蔓延する。〈革命〉も、いつしか〈圧政〉へと意味を転じていた。赤の独裁体制が確立し、全能の共産党がすべてを管轄下においた。こうして一九二二年には〈ブンド〉も非合法化される。エイヴラムの父も指名手配者となった。

ヤンケルは妻と娘に別れを告げ、荷馬車でキエフをあとにする。荷馬車には書籍が山と積まれていた。というのも、彼がポーランドを横切りながら西方に新たな活動拠点を探す旅に出る、と耳にしたロシアの小説家、フランスの哲学者、イディッシュ語の詩人、はたまた社会主義の文筆家らが同行を申し出たからだ。ヤンケルは行く先々で〈ブンド〉の同志たちに歓迎され、仲間の幹部の家に転がり込んだ。旅行中、いたるところで、彼には緊急のオルグ活動が割り振られた。

その先、ヴィルニュスにたどり着くまでのヤンケルの生涯は、長い回り道となる。〈リトアニアのエルサレム〉、ヴィルニュス。そこでエッタとヤンケルは再会を果たし、ようやく腰を落ち着けることができた。そして、この伝説の町で、一九二四年、彼らの二人目の子、エイヴラムが産声を上げた。

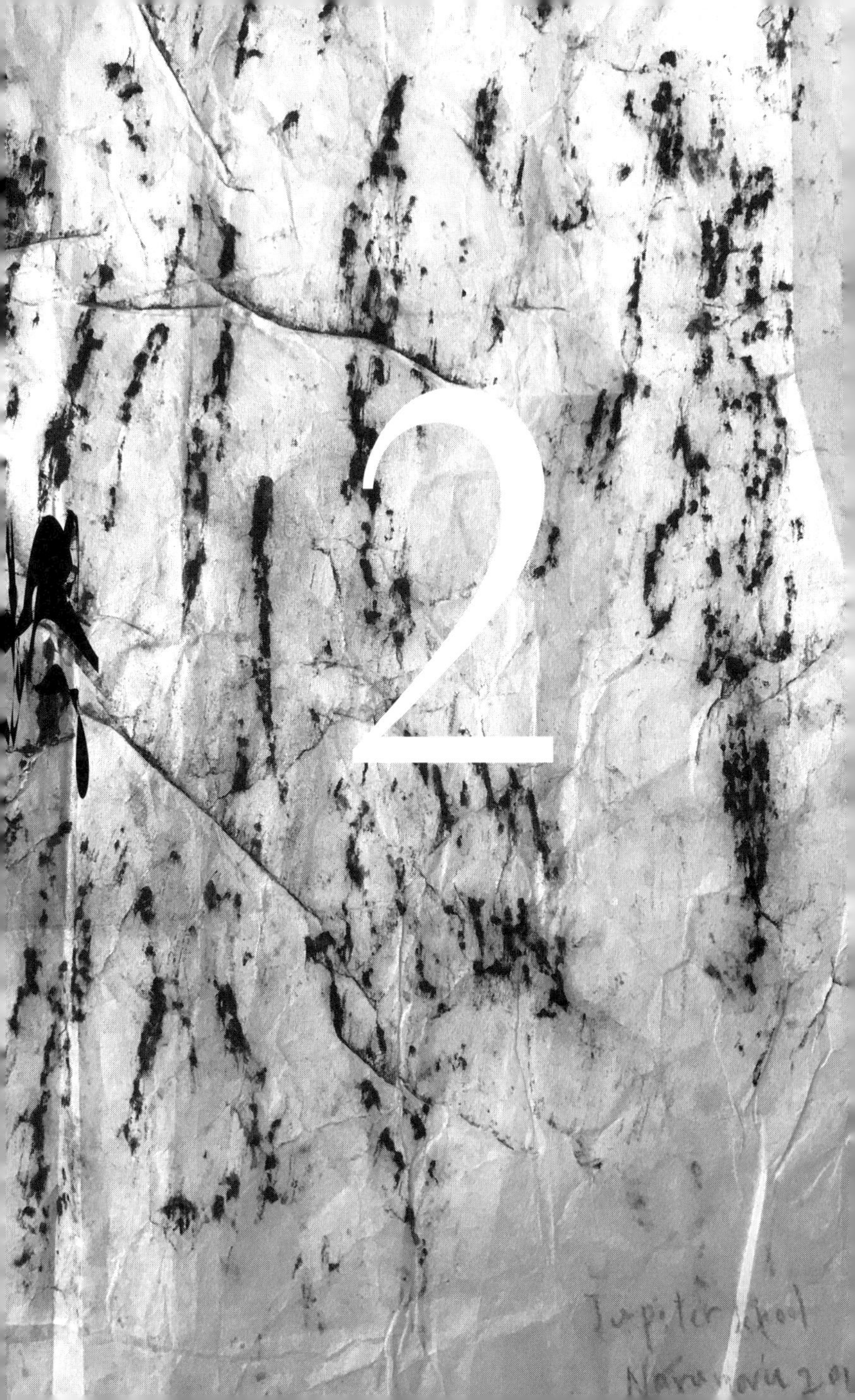

2

まるで磁石に引き寄せられるように、《シェヘラザード》には、厭世家や理想家、古老の策士や夢想家たちが集まってくる。日曜の朝、彼らはひとりずつ店に入ってくる。いつもながらの日曜の光景。誰かがやってくるごとに握手をし、眉毛で挨拶を交わす。普段どおりのやり取りだ。

「こんちは《ショレム・アレイヘム》」

「ごきげんよう《アレイヘム・ショレム》」

「どうだい、調子は」

「見てのとおり、まだ生きとるよ」

「子供らは変わりないか」

「やつらはめっぽう忙しくて、会うのに予約が要るくらいだよ」

「で、事業は」

「事業？　どん底さ。地中深く、ってところだな」
「ほう、わしらがもうじき行く場所か」

　カフェの四隅から、こんな早口の会話が聞こえてくる。カフェインは血管を流れ、おしゃべりはより甲高く、より活気づく。まるで輪が広がるように、椅子が店外にまで押し出されていく。

　ためしに聞いてみるといい。四つ、五つ、六つの声が、常に、同時に聞こえてくる。よそ目には、ぶしつけで、礼儀と品性に欠けた話しぶりと映るかもしれない。だが、当の会話の主たちからすれば、これが毎週の祝い事《シムへ》、寄り合いみたいなものなのだ。ぼくらにはざわめきにしか聞こえない、それらの声が、彼らの耳にはアリアとして響いている。むしろ、完成されたオペラと言うべきか。彼らが、幼少期、それぞれの町にいて、シュテトル[10]のあばら家や狭いアパートで、何家族もがひと部屋に寄り集まって不断に演じていたオペラだ。

　すでにあのころから、人に自分の話を聞いてもらうには一定のコツを要した。まずは二つ、三つ、四つと同時進行の会話すべてに耳を傾け、肝心なゴシップの一片たりとも聞き逃さないようにしておいて、そこから周囲の会話に飛び入り、議論にすっと加わっては、またすっと抜け出すこと。あるいは、話の落ち、警句、気の利いた応答を繰り出すにしても、そのタイミングをよくよく狙いすますこと。

この冬の朝、《シェヘラザード》に足を運んでくるこの男たちは、まるで古代ギリシア演劇の合唱隊《コロス》のようだ。彼らは、欠けている要素を補いつつ、中心テクストを反復する。彼らひとりひとりに、心の痛みをともなわずしては語れない物語がある。いまや地上から姿を消してしまった村や町、あるいは災厄を逃れ、避難地を求めてさまよってきた、旅から旅への物語。

ヨセル・バルトノフスキが、ゆっくり、慎重な足取りでカフェに入ってくる。すでに八十歳代後半だが、毎週日曜の外出には正装を欠かさない。細い縦縞のダブルスーツを身にまとい、左手に緑色の傘を提げている。この傘が、やはり緑色のカフスボタンとエメラルド色の蝶ネクタイと見事にコーディネイトされている。小柄だが、ずんぐりとしたその体つきからは、不屈の意志のようなものが感じられる。幅広の顔が、きゅっとすぼまって、顎の線につながっている。赤のセーターが、その赤ら顔をいっそう目立たせる。紅潮した両の頬は、年とともにますます色よくなってきた。しかし、彼がすぐ近くの椅子に腰を下ろしたとき、ぼくは一瞬はっとした。彼の目が、どこまでも曇りのない青なのに気づいて。「いいかい、お前さん。加齢など何でもありゃしない。意志の力で克服できる」と彼は言う。「わしは、いまでも五十キロのものを持ち上げられるし、毎日十五キロ歩いておる。近道なんかせんぞ。しかも時間を無駄にしない。部屋まで上るのには階段を使う。心臓を稼働させるんじゃ。血液をポンピングしてやるんじゃよ。車ももってるが、ガレージで朽ち果てておるわ。とにかくわしは歩く。破裂寸前までな。

ところで、マーティン・デイヴィス。お前さん、物書きじゃな？　あんたが書いた記事を、どっかで読んだ覚えがある。あんたが、かの古き世界《デル・アルテル・ヴェルト》について書いた小話を読んだよ。だがな、お前さん。昔のことで、あんたに何がわかるっていうんだい。あんたは、あそこで暮らしたこともない。おお、とんでもない。あんたに、ああいったことについて何がわかる？　あんたはまだ若い。ここ、オーストラリアで良い時代に生まれた。もし、あんたが、かの古き世界のことを知りたいなら、わしが教えて進ぜよう。もし、あんたがヴィルニュスについて書きたいなら、わし以上の取材相手はおらんぞ。

いいか、マーティン。わし以上に、あの町を知っている者はおらん。中央市場、〈ヴィルニュスの賢者〉(11)の家、シナゴーグの中庭、大通り、脇道、すべてじゃ。いまでも全部、目に見える。川岸にそびえる、あの丘。頂きには三本の十字架が立ち、夜には、それが燃えるように見えた。反対側の岸にも高台があって、そこがゲディミナス城址じゃ。もちろん、その場所もよく知っとるよ。夜、女の子を連れ出すには、うってつけの場所だったからな。眺めは絶景、連れの彼女も絶品。なんという喜び《メハイェ》、純たる悦楽か。

しかも、わしは歴史を心得とる。あんた、まさか、わしのことを無学の輩と思っておらんだろうな？　ヴィルニュスの町は、ゲディミナス大公によって築かれた。六百、あるいは七百年前のことじゃ。一、二世紀の誤差は勘弁してもらおう。だいたい年号など、どうでもよろしい。とにかく大昔のことさ。わしはミツキェヴィチの詩(12)『パン・タデウシュ』も知っとるぞ。子供のころ覚えたからな。いまでも、そらで言える。もちろん、ポーランド語の原文でな」

こう言って、ヨセルは朗々と暗唱をはじめる。

ゲディミナスは、ヴィリア川の眺めとヴィレイカの川音を
子守歌として、鉄の狼を夢に見ると
その夢から覚めて、神々の高らかに命じ賜うままに
ヴィルノ〔ヴィルニュス〕の街を築き上げた。森のなかに
狼の如くに坐り、野牛と猪と熊に取り巻かれる、ヴィルノの町を。(13)

「どうだい、マーティン。わしは、無知の輩なんかじゃなかろう? ただ、詩はあくまで詩にすぎん。もし、あんたが、ある町そのものを知りたいなら、まずカフェに座らなくちゃならん。よいか、どこか新しい場所に着いたとき、やるべきこととして一番がそれだ。その場所の空気を嗅ぎとり、何がどうなっているか、見分けるのがカフェという場所なんじゃよ。

ヴィルニュスではな、いま何が起こっているのか知りたいとき、みな、《ヴォルフケ

ス》にいったものだ。人脈を作り、ビジネスに乗り出すとき、《ヴォルフケス》以外のどこへいく、といわれたものさ。悩み事を忘れたい、あるいは、ただ話を聞き、ジョークを耳にしたい、というときも、《ヴォルフケス》がうってつけの場だった。

ニェミェツカ通りとジドフスカ通りの角にあってな。シナゴーグの中庭から、ほんのちょっとの距離だった。まず、シナゴーグでお祈りをし、それから《ヴォルフケス》に走っては、ひと口、何か飲み食いするのさ。いいかい、お前さん。《ヴォルフケス》は、ヴィルニュスの《シェヘラザード》だったんだよ」

ヨセルはコーヒーを注文する。しかし、そのコーヒーも、彼がカフェ内に目を走らせるあいだ、手つかずのままだ。というのも、彼は、いつもの話し相手、ライゼル・ビアレルとザルマン・グリントラウムが来るのを待っているのだ。彼らはみな、同じ奇跡にあずかった、とヨセルは言う。三人は、一九三九年の終わりころ、《ヴォルフケス》で知り合った。当時、ヴィルニュスの町には難民があふれていた。公共の建物、シナゴーグの広間、民間のアパートや一人部屋に、すし詰め状態だった。彼らは、ナチスに席巻されたポーランドのいたる場所から逃げてきたのだ。かつて家族みんなで住んだ、ルブリン、ウッチ、シェドルツェ、クラクフ、ベウズ、ヘウム、チェンストホヴァ、その他、ありとあらゆる村と町の、ありとあらゆる街路から抜け出して。

ヨセルもまた、生まれ育ったワルシャワからヴィルニュスに逃げたひとりだった。ワルシャワのクロフマルナ通りが、彼の揺籃の地である。その崩れそうな中庭が彼の遊び場であり、一角を占めるアパートの一階が彼の家族の住まいだった。隣の部屋には泥棒一家が住み、二階には泥棒の養成学校もあった。そこに十三歳くらいの少年たちを集め、スリの仕方を教えるのだ。教師は、いずれもプロの物取りたちだった。

「なあ、お前さん。やつらにほかの選択肢があったと思うかい？」とヨセル。「家族企業だったんだ。母親が盗品の管理をし、目録を作る。いってみりゃ、社長だな。ものすごい大女で、狭いドアなんか、どうにかこうにか通り抜ける、ってほどだった。人呼んで大食いのフレイダ《フレイドル・ディ・フレッセリン》さ。なんたって、ガチョウまるごと、ひと口で平らげちまうんだから。彼女はガチョウ売りもやってた。ワルシャワの街を、両脇に一羽ずつガチョウをしっかり抱えて歩く姿をよく目にしたもんだよ。そのうしろから、子供らが〈大食いのフレイダ、大食いのフレイダ〉って囃しながら、ついていったものさ」

ヨセルは、この話を何度も繰り出す。彼の話を聞こうとし、彼にちょっとでも話のすきを与える者なら、誰彼構わずだ。彼はいまなお、ワルシャワの通りをほっつき歩いている。いまなお、ワルシャワの影のなかにたたずんでいる。あのチンピラと恐怖の世界に、まだ取りつかれているのだ。

「わしらはギャングみたいに近所を練り歩いたものだ。ポラ公＝対＝ユダ公のいがみ合いさ。どっちのギャングにも、それぞれの縄張りというか、守備範囲があってな。わしらのリーダーはメンデル・マンデルバウムといった。クロフマルナ通りで一番腕っぷしの強いユダ公だった。本業は荷物の運送でな。牛みたいな力持ちだった。金庫でも、ゆうゆう肩に担ぎ上げちまう。こいつが荷役夫や馬車引きらを集めてギャング集団を作ってな。喧嘩に喧嘩を重ねた末に、メンデル・マンデルバウムと配下のユダ公たちがしょばをしきり、数カ月のあいだ、クロフマルナ通りに平和が訪れたんじゃ。

そのメンデルが、わしの庇護者だった。わしはどこへでも彼のあとについていったものだよ。とくにワルシャワ最大にして最高級のホテル《ポロニア》へは、よく彼のお供をした。その地下にあるカフェに下りていくとな、クロフマルナ通りの連中がいつもビリヤードをやってた。

メンデルのオッズは高かったぞ。たった一ゲームに百ズウォチも賭けてた。相手は、めっぽう位の高い政府のお役人だったな。二人の対戦には、大勢のやじ馬が集まったもんだ。クロフマルナ通りの手下どもが、苦労して稼いだ金をすべてメンデルに賭ける。ほかの連中は相手側に賭ける。勝つか負けるか、ほぼ五分五分だったな。それほどまでに、二人は互角だったんだ。

だが、危険と無縁なわけではなかった。いつなんどき暴力が噴出せんともかぎらなかった。わしらが地下のカフェで、メンデル兄貴のがっしりとした肩のうしろで、玉突きに興じているあいださえもな。そもそも、お前さん。あんたは危険というものについて、いったい何を知ってる？　何かを恐れるって気持ちについてさ。いまここ、わしらが暮らしているのは天国みたいなもんじゃないか。

ポン引きのスタニスワフが手下どもを引き連れて、よくカフェにやって来た。やつのもとで働く娼婦たちは絶品ぞろいだった。スタニスワフはポン引きの王様だったからな。やつの顔には、その世界のトップに上り詰めるまでに交わしてきた何度とない死闘で受けたナイフ痕が、無数に刻まれてた。

わしらはみな、やつを恐れた。マーティンよ、何かを恐れるって気持ちが、どうやったらあんたにわかるってんだい？　オーストラリアにいて、わしらは何も恐れることがない。ここはエデンの園《ガン・エデン》、黄金の国じゃないか。誰もがちゃんと暮らしていけるし、子供に教育も授けられる。わしの上の娘は薬剤師で、下の娘は医者だ。そして義理の息子は文学教授。まさに、賢者《ガオン》さ。彼は世界の名著をすべて知っておる。それでいて何も知らん。ま、これは冗談だがな。まちがいなく、婿は頭の切れる男だ」

ヨセルは一気呵成にしゃべる。彼の心臓がポンプになる。それが彼の喜びなのだ。これをもって、彼は自分が本当に生きていると実感できる。今度は懐に財布を探り、そこから二枚の写真を取り出してみせる。

「孫たちだ」、彼の声に力がこもる。「これがわしの本当の宝。財産であり、誇りだ。ここで、わしらはみな、いい暮らしを送ってきたよ」と言い、彼はたわめた片腕をぐるりと一周させ、《シェヘラザード》のテーブルでコーヒーをすすっている老いた男たち、そして少数派の女たちをひとくくりにする。

「ポン引きのスタニスワフがな、両腕をだらんと吊り下げて、わしらの方に向かってきた。おおマーティンよ、そのときの恐怖ときたら！　凍りつくほどだったよ。便所に逃げ込みたかった。心底、震えてた。六十年たったいまも、あのとき、スタニスワフの前から逃げるのに、なぜわしが灰皿を手に取ったのか、わからんのだ。なぜ、わしがそんな馬鹿げたことを？　わしは取りつかれていたんだ。いわゆる気の狂《メシューゲン》った衝動、突発的な激情に突き動かされておったんだな。

わしは灰皿をスタニスワフめがけて投げた。それがどんなふうにやつの方に飛んでいったか、いまでもまぶたに浮かぶ。それがやつの額を直撃し、皮膚が割け、血がやつの顔にほとばしった、その瞬間が目に見えるんじゃよ。やつの驚いた表情、そして手負いの獣さながら、わしに突っかかってきた、やつの燃え上がる目。メンデルが割って入ってくれたとき、スタニスワフはすでに相当のブローをわしにくらわせており、わしはその後一カ月、入院せねばならなかった。

退院したら、わしはその界隈の有名人になっておった。事の次第はこうさ。クロフマルナ通りの連中が、わしのためにパーティーを催してくれた。ポーランド人とユダヤ人、両方のやくざ連中がいっしょになって、わしの快気祝いをやってくれたんだ。ホテル《ポロニア》の宴会場を借りきってな。〈もう恨みっこなし〉と、みなが口々に言った。スタニスワフとその手下どもが握手を求めてきた。わしらは、まるで同期会の老兵たちのように、二人の格闘を思い起こした。主菜はゲフィルテ・フィッシュ[14]とキャヴィア。コーヒーにリキュールまでついた。最後はコニャックで乾杯だ。最高級の銘柄だが、もちろん盗品さ。〈ヨセルをなめちゃいかん〉と、かつての敵どもが言った。こうして、わしはヒーローとして復帰を果たしたのさ」

そこへ「またもや、パンツいっちょのヒーローさんか！」と割って入るのは、ついさっきテーブルに着いたばかりのライゼル・ビアレルだ。世間話の前置きも、「ちょっと失礼」の一言も、社交的な余談も一切すっ飛ばして、彼が言う。「このどうしようもない男が、またクロフマルナ通りの話をやらかしとるのか。この悪党めが、また自分の過去の栄光を吹聴して。いつも同じ話だ。いつもクロフマルナ通り。いつも貧乏生活のこと、メンデルのこと、スタニスワフのことばっかりなんだから。わしらはみな、このばあさんの繰り言みたいな話を、そらで覚えちまったよ」

ライゼルの顔には脂気がなく、頬はこけている。視線が絶えず動き、近くにあるものすべてにしっかり注がれている。彼の体からは、生きることへのがむしゃらさのようなものが発散している。まるで無駄に過ごした一瞬が、その都度、小さな死を意味する、とでもいうかのように。服装は、スラックス、開襟シャツ、着古したツイードのジャケットと地味なものだ。彼が話すとき、額に深い皺が寄る。その卵形の顔は、用心深さと、ふいに訪れる暖かみのあいだで絶えず切り替わる。彼が話すのは、めっぽう歯切れのいいイディッシュ語か、あるいは英語かだ。英語の方は、人生の半ば過ぎにそれを習得した者に特有の古風な正調さを備えている。

「そこの物書きさんよ」と、ぼくの方を向いて話し出す。「ああ、あんたが何者か、知ってるよ。あんたのコラムを見たことがある。たいしたもんだ。あんたの馬鹿げた小話も読んだよ。くわばら、くわばら。そんで、今度はヴィルニュスについて何を書こうってんだ？　あの《ヴォルフケス》、ヨセルとザルマンとわしが出会った、あの場所のことで？　一切合切、話してやるよ。ヨセルの絵空事やでっち上げなんかじゃなくてな」

気がつくと、ザルマンもぼくらの輪にすべり込んでいる。彼の顔は穏やかで、落ち着いてはいるが、どこか苦し気にも見える。まるで、まだ待機の状態にあり、あともう少しで手が届きそうな深い真実を見極めようとしているかのようだ。三人のなかでは、このザルマンがもっとも控えめである。年も、ライゼル同様八十近いのだが、やせ型の引き締まった体は、年齢よりずっと若く見える。きっちりと刈り込まれた髪の毛も、まだ完全にグレーになっていない。服装はジーンズにチェックのシャツ、そしてスニーカー。こうした気楽な普段着が見事にフィットしている。

「よう、ついにインテリ野郎のお出ましだ」と、ライゼルが軽い憎まれ口を叩く。

これら、ぼくの友人たちは、まさに三者三様だ。洗練されたザルマン、裏社会を知り尽くしたヨセル、皮肉な笑みをたたえた好戦的なライゼル。だが、三人のきずなだけはしっかりと感じられる。〈赤〉の時代のヴィルニュス、不吉な予兆に満ち満ちた、あの町で最初につちかわれた不滅の友情だ。

「いまでもはっきり目に焼きついとるよ」とライゼル。「ドアの上に《ヴォルフケス》とイディッシュ語で書いた看板があって、表のジドフスカ通りは、荷役夫や行商、馬車引きやお抱え運転手らでごった返しておった。馬が桶から水を飲んでいるあいだ、馬車引きらはラウンジでウイスキーをひっかけたり、腹ごしらえしたりするのさ。

ラウンジは道路に面していた。床はおがくずで覆われておったな。バーテンダーが、ジョッキビール、ブランデー、その他、何でもいうとおりに注いでくれた。ときには殴り合いもあったさ。ほんのちょっとしたことで、すぐ喧嘩になるんだ。バーでは、いつも何か悶着が起きてたよ。

金をもってる連中は、ラウンジをそそくさと通り抜けてレストランへいく。テーブルは、外食する余裕のある家族連れでいつも混み合ってたな。ここ《シェヘラザード》でも、もう一時間もすればそうなるように、みな日曜の昼ごはんを食べに来るんだ。そうやってたらふく食べ、政治論争をやり、冗談を言い合い、ビジネスの自慢話をし、子供らをスイーツであまやかし、のどが嗄れるまでゴシップをしゃべりまくるのさ」。勝ち誇ったような笑みとともに、ライゼルがまとめ上げる。

「《ヴォルフケス》で食わせる安息日のチョレント[15]は、ヴィルニュスでも最高級じゃったなあ」と、ヨセルがうっとりとした口調でいう。「考えただけで、よだれが出そうなシチューさ。ジャガイモと肉のかたまりが、とろーっとしてな。軽食には、見事なチョップ・レバーもあった。まさに純たる悦楽《メハイエ》さ。タマネギのみじん切りと卵が鶏脂のスープであえてあってな」

「どうしようもねえな、このクロフマルナ通りの知ったかぶり野郎は。食い物となりゃ、何でもよだれを垂らすくせによ」と、ライゼルが突っ込む。「だが、これだけは認めてやろう。たしかにこいつの言っていることに嘘偽りはない。たしかに何かうまいものが食いたくなったときには、あそこの宴会場にいくにしくはなかった。そこにゃ、ボヘミアンやダンディーどもが、腰ぎんちゃくみたいな連中を連れて集まってきたもんだ。そして、わしらが友人、このザルマン君のようにだな、世界変革の方法を知ってるなどと、あいもかわらずぬかしよる、どうしようもないインテリ野郎どももな。そこにわしらも、晩に映画を見終わったあとなんかにいって、ウォッカを飲みながら議論を交わしたものさ」

「それに、きれいどころもいたしな」と、ヨセル。「《ヴォルフケス》では、ラジオから流れる速いタンゴに合わせて、ダンスも踊れたんだ。ああ、なんたる喜び《メハイエ》！」

「さてはて《ヌー》[16]、パンツいっちょのヒーローさんかと思えば、今度は女たらしのカサノヴァかよ」とライゼル。「でもたしかに、あそこのむき出しの木の床の上で、ダンスをやったもんだな。薄切りのサラミやガチョウの足の料理をちょいとつまんだりしてな。小腹がすいたら、ヴィルニュス風のコショウがきいたゲフィルテ・フィッシュもあったな。酢漬けのニシンや牛肉の煮込みなんかはご馳走の部類だった。そんなふうにして夜明けまでパーティーをやり、腹いっぱいになってジドフスカ通りにさまよい出るんだ」

ライゼルが話し続けるあいだ、ザルマンは鼻歌を歌っている。彼の目は、どこか遠くの一点に固定されたままだ。その鼻歌がだんだんはっきりしてきて、ひとつのメロディー、イディッシュ語の歌になる。ライゼルとヨセルも言葉をつぐむ。彼らの周囲で、世界が燃え始める。そして遠い彼方に、森のざわめき、略奪者たちの叫び、町の門に忍び寄る忌まわしき敵の足音が聞こえてくる。

君のことを町じゅう探し回った
君が待ってた地下倉だけを見落として
それがわが定め　おお　わが定め
君のことを世界じゅう探し回った
いつも目の前に揺れる君の影だけをたよりに
でも　君はどこにも見つからなかった

ぼくが　重い心で　石に腰を下ろすと
君の影は　まだ目の前に揺れていた
いつでも遠く　手の届かないところに
探し続けて見つけられない　この苦しい重荷
探し続けて終わりがない　この恐ろしい定め

ザルマンが歌っているあいだ、ぼくはあたりのテーブルを見渡す。どのテーブルにも四角いベージュ色のマットが敷いてあり、どのマットにもガラスの灰皿と、砂糖、コショウ、塩の入れ物が並べてある。昼前の日の光が一条、それらの容器に当たってきらめくと、それが、決して消え去ることのない記憶の重みにかしぐ、この古老の男たちにとって、ほんの一瞬の救いであるように思えてくる。

「一九三九年の九月、そのひと月がわたしらの運命を変えたんですよ」とザルマン。「青空が飛行機の群れで汚され、その飛行機から、わたしらの人生に不幸がばらまかれたのです。ワルシャワで、わたしは建物が真っ二つに割れ、すぐ目の前に大きな穴ぼこができるのを見ましてね。それで、生まれ育ったその町を離れる決心をしたんです。大切な家族や友人に別れを告げて抱き合ったあと、狂犬に追い回されるかのように街道を歩きましたね。せめて爆弾からは身を守れるか、と茂みのなかに飛び込んだりしながら。炎に包まれた森を走り抜けようとすると、燃える木の皮がむけて落ちかかってくるんです。それでも、わたしは走り続けました。

　ひっくり返った何台もの馬車のあいだを縫うように逃げました。持ち主たちも、命には変えられぬと、馬車をそのままにして逃げたんです。負傷した人、すでに息絶えた人、その狂乱のなかをわたしは走った。深手を負い、金切り声を上げる瀕死の馬たちを飛び越えて。農家の納屋に身をひそめては、また急いで走り出る、といったことの繰り返しです。下水溝にももぐり込んだ。いくつもの川を歩いて渡った。遠くに町の灯りが見えてきて、ついにヴィルニュスの町の門をくぐることができた。その難民であふれ返ったヴィルニュスの町で、しばしの休息を得たのです。

　数ある町のなかでも、わたしが遠くから探し求めていた避難地としてヴィルニュスが最適の場所だったと気づくまでには、しばらく時間がかかりましたよ。それ以上に、もう家族たちに会うことはないと悟るまでには数年かかったし、〝探し続けて終わりがない　この恐ろしい定め〟という歌詞を理解するまでには何十年もかかったんです」

　ザルマンは、ふたたび沈黙のなかに引きこもる。ヨセルとライゼルも、じっと動かない。こういうとき、ぼくらは話のつなげ方を見失い、身動きもできぬまま、じっとしている。それでも、今日の会話の始まりがそうだったように、何かのはずみでふと呪文がとけ、ぼくらのあいだにふたたび話の花が咲くのだった。家族連れが数組、昼食にやってくる。ウエイトレスたちがテーブルのあいだを走り回る。ついさっきやってきたエイヴラムとマーシャも、奥のテーブルに陣取り、山積みの勘定書をチェックしている。

ザルマン、ヨセル、ライゼルは家路につく。いま、外の通りに出たところだ。それでも互いになかなか離れられない。三人は電柱や路駐の車に寄りかかり、あるいは通行人の迷惑もおかまいなしに、舗道の真ん中に突っ立ったまま話し続ける。日曜も午後にさしかかろうとしている。それでも彼らは、それぞれの主張を繰り出してやまない。あたかも、意見を戦わせることが生きている証でもあるかのように。そして彼らは、それぞれの物語を繰り出してやまない。あたかも、語ることが、生き残ったことの証でもあるかのように。

3
Jupiter school

アクランド通りには、ついこの前までカフェが一軒あるきりでした。いや、もしかしたら二軒。それがいまでは秋雨のあとのキノコみたいに、毎月のように新しいカフェがお目見えするんです。それぞれが、それぞれの売りをアピールしています。ためしに、シェイクスピア並木からバークリー通りまでの大事な大事なブロックを歩いてみてください。軒を連ねるカフェが、それぞれのメニューを正面のウィンドーに貼り出し、お薦めの品に目を引こうとしているのは、まるでどこかの物産展の呼び子たちのようです。

まさに選り取り見取り。《コスモ》、《ラ・ロッシュ》、《青きドナウ》、《エスプレッソ・バー》。たとえば《デヴェロリス》に立ち寄ってみましょうか。そこは、まさにカフェのスーパーマーケットで、一度に大勢のコーヒー通を収容できる座席数を誇っています。あるいは、サングラスをうまくかけたり外したりしながら、《カフェ・マンナ》、《カフェ・モンド》、《チッチョリーナ》、《ゼニス・バー》にさまよい込んでみましょうか。朝日のなか、舗道のテーブル席でくつろぐのもいい。手軽にお腹を満たしたいときには、バーガーショップ《ピット・ストップ》の外にたむろしている少年たちに紛れ込むのもいいでしょう。

アクランド通りは、まさにカフェインの大動脈です。ショート・ブラック、フラット・ホワイト、ウィンナー、生豆を粗く挽いただけのトルコ風コーヒー。いや、これはむしろブルガリア風なんでしたっけ？　あるいはギリシア風？　この呼び名をめぐっては、これまでも熾烈な論争があったんです。

忘れちゃいけないのが、ケーキショップ《ル・ボン》。ここは独自の配合によるカクテル・コーヒーを売りにしてきた。〝未知のコーヒーをお試しあれ〟と表のポスターにもでかでかと書いてあるでしょ。汗ばむ日中に手が出そうなアイス・ラテから、うすら寒い夜にうってつけのウイスキー入りアイリッシュ・コーヒーまで〝その数、実に四十種〟と。

ぼくは、このカフェの迷宮をくぐり抜けて《シェヘラザード》へ向かう。前に来たときから数週間が過ぎ、季節はようやく春になっている。奥のテーブルに座り、エイヴラムとマーシャが雑用を終えるのを待つあいだ、メモを取る。それがぼくの習慣、つまりジャーナリストとしての性《さが》みたいなものになった。たとえば、「カフェにはカフェの親子関係がある」とぼくは書く。「そしてアクランド通りのコーヒーショップ一つひとつに、その親元である心のカフェがあったと推測される。その昔、ヴィルニュスの町、ニェミェツカ通りとジドフスカ通りの角にあった、かの《ヴォルフケス》のような」

「よーく覚えとるさ」とエイヴラムの声が響く。いつのまにか、彼も、そしてマーシャも、ぼくの隣にいる。「おやじが、ときどき、そこにおれを連れてって、特別にご馳走してくれたもんだ。木のテーブルが並んだ大きなダイニングに下りていく。そこはいつも客でごった返していて、やかましかったなあ。みながみな大声を張り上げ、もくもくとタバコをふかしていた。おやじの〈ブンド〉仲間らのお気に入りの場所だった。

そんな場所が、ヴィルニュスにはたくさんあったよ。同じ中庭に、ベジタリアン料理の《レヴァンダ》もあった。角の近くには《カフェ・プラテル》があって、そこにはイディッシュ語の物書き連中がよく集まってた。エレガントなミツキェヴィチ通りにあった《ディ・グリネ・シュトラル》、まあ「緑の光線」って意味だが、これはちょっと上品なカフェだった。日曜の午後なんか、そこでコーヒーとケーキなんてしゃれこんだものさ。

それから、ボロード通りには《ドルマンズ》があって、そこでは女だけの楽団が演奏してたな。そのすぐ近くに《パレ・ド・ダンス》があり、来る夜も来る夜も弦楽器の音色が響いていた。ヴィルニュスのダンスホールはいつも満員だったよ。ヴィルニュスってのは、小さな世界がいくつも寄り集まってできた、ひとつの世界だったのさ。人の心が望むものすべて、人の胃袋が欲しがるものすべてがそこにあったんだ。だが、みんな消えちまったな。すべてが無残な終わり方をしちまった」

　ここでエイヴラムは、すうっと歴史の大きな流れの方に回帰していく。もともと社会生活のこまごました話には興味のうすい人間なのだ。ぼくの方では、その昔、カフェインとケーキに満ちあふれていた町の辻々のことをもっと知りたいのに。だが、エイヴラムは、この世界をもっぱら大きな潮流が競い合う舞台、叙事詩の力と力がぶつかり合う現場として眺めるよう教育されてきた人間だ。こうして彼の話は、カフェ《ヴォルフケス》から一足飛びに、歴史の決定的瞬間へと舞い戻っていく。

「ヴィルニュスにいて、おれたちは安全だ、と思っていた。一九三九年八月に結ばれた独ソ不可侵条約が、おれたちを守ってくれるだろう、とな。少なくとも、おやじの見方によればそうだった。〈赤軍がじきにやってくる〉と、おやじは予言していた。〈逃げなくていい。ボルシェヴィキを怖がらなくてもいいんだ。見解の違いはいろいろあっても、おれらもやつらも同じ運動に与しているんだから。つまるところ、共通の敵を相手に戦っているんだから〉と言ってたな」

　話すとき、エイヴラムは手で円を描く。額を手でぎゅっとしめつけたり、握りこぶしをつくってみせたりもする。彼の手はいわば副音声であり、こぶしの握りで感情の圧迫を表すのだ。同様に、額に寄せられた皺は記憶を追い求める緊張であり、慎重に選び抜かれた言葉は〈時〉を取り押さえようとする意志に呼応している。

「おやじが歩んだ道のりを理解するにはな」と、彼は続ける。「おやじのおやじ、〝山男〟

のアルテルが生まれたピンスクまで遡らなくちゃならん。ピンスクは当時ポーランドの一部だった。ポーランドの東の国境に近く、まだドイツ軍の進撃範囲の外だった。あの一帯が世界の火種であり、いろんな民族がしのぎを削る戦場だった、ということをまず理解せねばならん。ある場所の帰属が、一夜にして、ひとつの国から別の国へと移っていた。昔から、ずっとそうだったんだ。ヴィルニュスもピンスクも、第一次大戦後、ちょっとのあいだボルシェヴィキに支配されたが、一九二〇年、ポーランドに併合された。他方、リトアニア人たちの方では独立を求め、ヴィルニュスを歴史的首都とみなしていた。

一九三九年九月のはじめ、おやじは、ピンスクに住むおじ、おばの家におれを預けた。当時、おやじは家族から自由になりたかった。やるべきことで頭がいっぱいで、差し迫った任務に追い回されていたんだな。そのあいだも、ドイツ第三帝国は破竹の進撃を続けていた。

おれは、姉のバシアと、その二歳になる男の子シュムレク——おやじ、おふくろから見れば初孫だな——といっしょにピンスクまでの旅に出た。当時、おれは十五歳だ。ピンスクは、ヴィルニュスの南へ二百キロかそこら。おれたちがピンスクに着いたのは、ユダヤ教の新年祭〈ロシュ・ハシャナ〉の前日だった。信仰熱心だったおじが語ってくれたよ。お前の父さんは、信仰心をもたない人間だったが、〈ロシュ・ハシャナ〉のお祈りには、いつもいっしょに行ってくれたものだよ、とな。おれにもその家風を受け継いで欲しい、という意味だったんだろう。

　だが実際、おじといっしょにシナゴーグにいってみても、おれには何をどうしたものか、さっぱりわからなかった。祈禱書を手にただ突っ立ってるだけで、自分が愚か者に思えたよ。儀式についていけないんだ。ヘブライ語のお祈りの言葉さえ知らない。まわりにはお祈り用のショールをまとった男たちがいて、おれに軽蔑の目を投げてよこす。彼らから見て、おれは完全なる無知の輩、道を踏み外した少年だったんだ。恥ずかしかった。おれは学び舎《シュル》、つまりシナゴーグから逃げ出し、ピンスクの〈ブンド〉指導者、アーロン・ユデル・シュラフマンの家に駆け込んだ。

　おれの少年時代、アーロンは英雄のひとりだった。おやじの親友で、ヴィルニュスのおれたちのアパートにも来たことがあった。おれは、闘争が彼の体に残した傷跡に畏敬の念を覚えた。彼は一九〇五年の革命のとき、片腕を失っていた。そのころアナーキストだった彼の腕を、爆弾が吹き飛ばしちまったんだ。爆弾の部品を組み立てようとした、そのさなかに暴発してしまったのさ。二年後、彼はアナーキストの道を捨て、〈ブンド〉の熱心なメンバーになった。

　だから、シナゴーグから逃げ出したおれが駆け込んだのが、このアーロンの家だった。ここなら仲間といっしょだ、ここなら自分の家みたいにしていられる、と思ってな。どの部屋も、ポーランド中西部から逃げてきた〈ブンド〉指導者であふれていた。彼らも、ほんの数日前にやってきたばかりだった。わしが最年少だったが、そこでおれは、〈ブンド〉の創始者ノイアハ[17]のような伝説の人びとと寝起きをともにする、という光栄に浴したのさ。ノイアハは、一八九七年、ヴィルニュスのある隠れ家に集まり、新しい運動の創設を話し合った小さな革命家グループのなかにいた。そんな人のそばにいるなんて、おれには信じられん思いだったよ。

　次の日、おれにさっそく任務が下った。二十キロほど離れたある村にいき、そこで著名な〈ブンド〉指導者ヘンリク・エルリヒとその妻ゾフィアに接触することだった。二人とも、ドイツ占領下のワルシャワから逃げ出してきたところだった。おれは、この二人をエスコートして、ピンスクに連れ帰らねばならなかった。当時、ピンスクにポーランド政府が再結集し、反撃に打って出るのではないか、という期待があったんだ。

　おれは馬車で出発した。ピンスクの町はずれ、ピナ川にかかる橋のところまで来た。かつて〝山男〟アルテルが、黒海までの長旅のはじめの方で、丸太を操りあやつり、下っていったところさ。橋を監視しているポーランド兵たちが、〈渡ったら最後、もう戻ってこられないかもしれんぞ〉と警告した。橋にはすでに発破が仕掛けられていた。赤軍が近づきつつあったんだ。

　あのときのことは、はっきりと覚えてる。それが、おれの人生で最初の大きな決断のときだった。自分ひとりで下さねばならない最初の決断さ。そして、おれには、なんとなくわかっていた。その先、生死を分けるいくつもの決断のなかで、それが最初のものになるだろう、ってことがな。

おれは前に進むことを選んだ。橋をこっそり渡り、五キロほど先、エルリヒ夫妻が隠れている村まで馬車を走らせた。そして、帰り道にもぎりぎり間に合った。数時間後、橋は吹き飛ばされ、赤軍がピンスクに入城してきた。赤軍は、黒海からずっと船で移動する部隊を使い、川から攻撃してきたんだ。ピンスクの町は大混乱におちいった。

おれはエルリヒとともにアーロンの家に留まった。同志らが床屋を連れてきて、彼の髭を剃らせた。風貌を変えてもらわにゃならん。ボルシェヴィキに見つかったら危ない、と言ってな。

エルリヒの方は、〈おれはボルシェヴィキからは逃げんよ〉と答えた。なにもボルシェヴィキどもを信頼していたわけではない。エルリヒも、粛清とか、スターリンの恐怖政治とか、見せしめ裁判とか、シベリア送りなんかのことは十分承知していた。ただ、いまナチスがポーランドを破壊し回っており、そこへ赤軍が進軍してきた、というのならば、手を組める者みなで手を組んで、共通の敵に立ち向かわねばならん、というのが彼の考え方だった。過去に何があったとしても、ボルシェヴィキと〈ブンド〉は同じ家族、同じ根っこから来てるんだから、と。

それがまた、おれのおやじの考え方でもあった。これは数週間後、おれがヴィルニュスに戻ったとき、おやじが語ってくれたことだ。そのときすでに、おやじの予言どおり、赤軍がヴィルニュスの町を支配していた。二十年前、キエフの町がそうだったように、家々が赤の垂れ幕で覆われ、街路は赤旗で埋め尽くされた。おやじもヴィルニュスから逃げ出す寸前だったが、ボルシェヴィキが表通りを行進してくるのを見て、ちょっと気が変わった。これだったら共同戦線を張れるんじゃないか。結局のところ、やつらだって共通の大義に結びついた革命家集団じゃないか。しかも、自分だって、バイカル湖の凍てつく岸辺でシベリアを体験した身じゃないか、ってわけだ」

エイヴラムは顎をひとなでしてから、手で両目をこする。彼の目には、炎と燃える村々をとおって進軍する軍の列が見えている。独裁者と独裁者の衝突、思想と思想の衝突、そして人びとの涙のほとばしりが目に映っているのだ。ヨーロッパの街道筋は、いたるところ、裏切りに汚されていた。エイヴラムは〈ブンド〉の仲間たちのあいだで交わされた激しい議論を思い出す。当時はアンナ・ロゼンタルが、ヴィルニュスの〈ブンド〉の指導者だった。「一九〇四年、シベリア東部で〈ロマノフ蜂起〉に加わった過去をもつ、伝説の女性アンナさ」と、エイヴラムが、いつもどおり自慢気な表情をちらりと見せながら言う。

「アヴラメル、あなた一体、どこへ話を持っていこうとするの」と、マーシャがさえぎる。

「それは、また別の話でしょ」

「ああ、また別の話さ」とエイヴラム。「だが、マーティンには、アンナ・ロゼンタルが勇敢な女性で、栄光の過去を背負った人物だったたってことをわかってもらうのが大事なんだ。友人の期待を決して裏切らない人間。ツァーリの時代、何年もシベリアの牢獄で過ごした女性さ。その同じアンナ・ロゼンタルが、いま、ボルシェヴィキのヴィルニュス入城直後、NKVD〔ソヴィエト内務人民委員部〕の事務所に出向いて〈ブンド〉のメンバーの名簿を提出した。これは彼女の誠意から出たことだった。警察が、われわれは味方同士ですから、と彼女に請け合ったんだ。いざというとき〈ブンド〉メンバーと接触できるよう、名前と住所を把握しておきたい、と言ってな。あくまでも、おれたちはお人好しだったたわけさ。

一週間後、アンナが逮捕された。彼女の仲間の多くも同時にな。おれのおやじは事前に通報を受けていた。警察のリストにおやじの名が載っているのを、ある友人が目にしたんだ。逮捕の手がおよんでいた。仲間らは、すぐにいっしょに逃げるよう、おやじを説得した。

〈このおれ、ヤンケル・ゼレズニコフが？　ボルシェヴィキに捕まる?〉と、おやじは返した。〈それがどうした。やつらなんか、全然怖くないぞ〉

こうして、おやじは残った。すると、真夜中、ヴィルニュス旧市街のベネディッティンスキ通り四番地にあったおれたちのアパートにボルシェヴィキどもがやって来た。それまで十年ものあいだ、そこがおれたちの住処だった。絶えずあちこち動き回った末の、ささやかな安らぎの地だった。おふくろは、そのアパートがとても気に入ってた。三階建ての建物で、おれたちは一階に住んでいた。マホガニーのピアノまであったよ。姉のバシアは、コンサートでソロをとるほどのピアノ弾きだった。ヴィルニュスの音楽院を卒業してな。だから、家には音楽があふれていた。だいたい、おふくろのおやじ、アヴラム・ストックもバイオリン弾きで、生涯、クレズメル楽団で弾き続けた人だったしな。

　この話は前にもしたっけな。おふくろにはヨナハという兄がいてな、この兄もまたバイオリン弾きだった。レニングラード交響楽団の一員だったが、スターリン派による大粛清の時期に行方不明になった。遅かれ早かれ、みんな、そんなふうに消えていく時代だったのさ」

「ねえ、アヴラメル」とマーシャ。「どこへいっても辛い話ばかりの世の中だった、というのはわかるけど、いまはどこにあたしたちを向かわせよう、っていうの。お願いだから、せめてベネディッティンスキ通り四番地に集中してちょうだい」

「ああ、ベネディッティンスキ通り四番地な。そこでおれは、おもしろい隣人たちに囲まれて育った。たとえば向かいのアパートには、導師《ラヴ》のハイム・オゼル・グロジンスキ[18]が住んでいた。何部屋かあったが、みな、オゼル師の〈法の家《ベイト・ディン》〉、つまりユダヤ教の法廷として使われてた。信徒らは、年がら年じゅう彼のもとに詰めかけ、祝福を授かったり、婚姻証書を作ったり、離婚の手続きをしたり、争いごとを解決したりした。オゼル師は、来る日も来る日も、黒のカフタン姿で椅子に座り、白い顎髭を撫でまわしていた。訴訟沙汰についで当事者らが言い合いしてるあいだ、師は、ゆっくりと左右に身を揺らしていたものだ。

おれのおやじ、ヤンケルは、自他ともに認める無信仰者だったが、そのおやじのところに、一度、師が訪ねてきたことがある。オゼル師が言うには、そのとき、扱っている係争が、ユダヤ教の法では判定し切れない。誰か、経済法に詳しく、世俗世界の良識に通じた人間の助けが要る、ということだった。そこでヤンケルが参考人として招致された、ってわけだ。

係争は、ある工場主と、その工場で正当な賃金を受け取っていないと主張する労働者のあいだにもちあがっていた。たしかに、評定の難しい事例だった。第一次大戦以来、ヴィルニュスは貧困に見舞われてた。物乞いが通りにあふれてたし、靴も買ってもらえないんで、裸足で駆け回る子供たちも多かった。道には掘っ建て小屋が立ち並び、そのなかで、マット一枚、あるいは粗布なんかの山積みの上で、何家族もが雨風をしのぐありさまだった。

一九二〇年、ポーランドがヴィルニュスの町を併合すると、ロシアやバルト海沿岸の国々とのあいだで戦前から続いていた物流が途絶えてしまった。そこで、手工業を立ち上げようとしたところで、経営側、労働者、ともに財布はすっからかんだった」

「だから、アヴラメルってば」

「構うな、マーシャ《ロズ・オップ》。ここでヴィルニュスが貧乏人の町でもあったことを、マーティンにちゃんとわかってもらうことが大切なんだ。だから、そういうわけで、貧民街でぼろ着なんかを売って歩く行商人がたくさんいたし、密輸業者や闇市商人が横行していた。この話は前にもしたかどうか。ラスプーチンとみんなから呼ばれている男がいてな。誰も彼の本名など知らんようだった。これが、雲をつくような大男で、黒髭を長く伸ばし、ぼさぼさの髪をたてがみのように垂らしていた。《ヴォルフケス》にいけばいつも、表通りに面したラウンジで何か飲んでる彼の姿があったものさ。

あだ名のもととなった男(19)のように、彼も大勢の女に取り囲まれていた。女どもの上に、まさに王のように君臨していた。とはいってもポン引きではなく、物乞いをする女たちの元締めのような存在だった。彼に面倒をみてもらうかわりに、女たちは実入りの一部を彼に差し出すんだ。

ラスプーチンの女たちは、明け方から夕暮れまで、ユダヤ地区を歩き回った。それぞれに縄張りというか、持ち場があってな。そうやって、地区の隅々まで一軒一軒、女どもは物乞いをして歩き、相手がめぐんでくれても、めぐんでくれなくても、いつも同じ決まり文句を口にして去っていくんだ。〝持つほどに、汝、出《いだ》さん〟とか言ってな。

〈なんで、いつも同じ言葉なのかね〉と、一度、おやじがラスプーチンに尋ねたことがある。

するとラスプーチンは、〈ああ、その言葉には、二つのまったく違う意味がありましてね〉と答えたという。〈もしあなたが、ほどこしをする人ならば、われわれは、あなたがもっと金銭に恵まれて、もっと懐から出せるようになりますように、と祝福する。逆にあなたがほどこしをしない人ならば、われわれは、あなたが病気になるという幸運に恵まれて、口からうめき声を出すことになりますように、と祈るんです〉と」

「そんなことより、あなたのお父さんの逮捕の話をマーティンにしてあげてよ」。マーシャが悲鳴まじりに言う。「なんだか、こっちまで気がおかしくなっちゃいそう」

「ああ、だから、やつら秘密警察の連中は真夜中にやって来たのさ」とエイヴラムがつぶやく。「おれたちのアパートの家宅捜索にな。おふくろは尋問を受けた。おやじは逮捕さ。だが、おやじは準備のいい男だった。要するに、年季入りの革命家だったんだな。あらかじめ、小型の旅行カバンに必要なものを詰め込んであったんだ。そして、数週間したら必ず戻ってくると言い、おれたちを安心させようとした。

おれは、牢獄の前までおやじに付き添っていった。おやじはヘビースモーカーだったから、おれはタバコを何箱か買って、こっそりおやじの手に握らせてやった。おやじは、おれの両手をしっかりと握って、お別れのキスをし、そうして牢獄の門のなかに消えていった。それが、おやじの最後の姿だった。

何年もたってから、おれたちのもとに報告があった。報告というより、切れ端だ。同じ刑務所、同じ監房に入れられた元同志たちからの切れ切れの情報さ。どこかシベリアのキャンプで、おやじらしい姿を見た者がいる、とか。秘密警察の尋問を受け、かなりこっぴどく痛めつけられたようだ、とか。NKVDは、おやじに〈ブンド〉思想の過ちを綴った本を書かせようとしたが、おやじがそれを拒んだせいで、牢屋にとどめ置かれたものらしい、とか。

スターリンは、かつてのツァーリどもと変わるところがなかった。新しい赤のボトルに入っていても、中身は同じ苦《にが》ワイン、ということさ。バイオリン弾きのヨナハおじと同様、おやじもシベリアの労働キャンプに消えた。ほかにも大勢の人びとが消えていき、痕跡すら残ってない」

「あたしの方の家族は、シベリアで生き延びたのにね」とマーシャ。

ここまで、マーシャはエイヴラムの独り語りに耳を傾けていた。彼の隣に座り、彼の一語一語に耳をすませてきたのだったが、ここで、「エイヴラムに比べたら、あたしなんか、まだ守られていた方よ」と切り出す。「エイヴラムに比べたら、あたしの話なんか、ちっぽけなもの。リトアニアやポーランドに残った人たちに比べたら、あたしたち家族の戦争時代は天国みたいなものよ。もう何年も前から、あたしの話なんか話すほどのものじゃないって、そう思ってたの」

ぼくは周囲に目をやる。まばゆい照明、灰皿、晩のメニューに備えて並べられた白のナプキン。日替わりのケーキが並べられたショーケースも目に入る。アーモンドのリングケーキ、リンゴのシュトルーデル、マジパン・スティック、ヌガー。ケースのうしろ、鏡の壁は、ひとり、またひとりとセント・キルダの夜のなかへと消えていく常連客たちの姿を映し出している。これらすべてが、「白熊の帝国」ロシアへ向けた旅物語のおぜん立てとなり、小道具となってくれる。一九三九年九月、よく晴れた秋の一日に始まる、ひとつの長い旅路だ。

十二歳のマーシャと、その母、妹、弟は、ポーランドの町ソスノヴィェツから恐怖におびえながら逃げた。生きるために、ひたすら逃げた。生まれてはじめて難民となった彼らだったが、それも、町の外へとつづく一本道を埋め尽くす何千という難民たちのなかのたった四人にすぎなかった。

「父は、とにかく急げ、と言ったの」とマーシャ。「そしてソスノヴィェツの北東数百キロにあるシュテトル、シェドルツェに向かえ、って。あたしの両親、ヨセフ・フリドマンとヨヘヴェト・フリドマンは、シェドルツェの生まれ育ちで、二人とも、やはり〈ブンド〉派だった。ソスノヴィェツには一九二〇年代、労働組合を組織するために送り込まれたのよ。ソスノヴィェツは南東の町で、シェドルツェは東の方、ロシアとポーランドの新しい国境となったブク川まで行くための飛び石のような場所だった。

祖父ヘルシュル・フリドマンはラビで、敬虔主義ビアラ派に属していた。シェドルツェの小シナゴーグ《シュティベレ》で毎日を過ごし、そこでトーラーを学び、教えていた。みんなからは〈ムルク〉〔イディッシュ語で「ぶつぶつ言う人」〕のヘルシュルって呼ばれてた。あまり口をきかない人だったからね。その祖父が、四人の子供たちのことを腹にすえかねていた。四人とも宗教から離れちゃったからよ。四人とも組合活動家、革命派になってしまったの。娘のひとりは共産主義者になった。この人は位を上り詰めて、とうとうシェドルツェの党書記になった。情熱的な人だったわ。その独り立ちの精神みたいなものに、あたしも惹かれちゃってね。人に対するときの、そのあけすけな態度が好きだった。あたしも彼女みたいになりたい、って思ったわ。

　そして、あたしの父も背教者だった。まだ若かったころ、父は、頭をむき出しのまま[20]、しかも一年でもっとも神聖な一日とされた断食と改悛の日、〈ヨム・キプール〉の当日にシェドルツェのシナゴーグへいってね、入り口の階段のところに座って何かむしゃむしゃ食べたりしたの。あたしのブッベ《おばあさん》が、なんとかとりなそうとしてね。〈ヨセル、後生だから、ものを食べるんなら、どこかよそへいってやっておくれ〉なんて頼み込んでた。ブッベは優しい人だったわ。十二人の子をもうけたけど、大きくなったのは四人だけ。なにか危機が迫ると、いつでもそこにブッベがいて、隠れ家や、温かい食べ物や、きれいなベッドをみんなに提供していた。

　一九三九年の九月、あたしたちは、ブッベとゼイデ《おじいさん》を安心させようと、シェドルツェに向かった。走っていって、気づいたら包囲されてた。野原のようなところで。すべてが燃えてたわ。立木にまで火が燃え移って。でも、あたしたちは子供だったから、ドイツ兵らも見逃してくれた。幸いソスノヴィェツまで引き返すことができたんだけど、これが、その後いくつも起こる奇跡の最初のひとつだった。

二週間後、あたしたちは、今度は汽車でワルシャワに向かった。ポーランドは戒厳下だった。あたしは怖かったけど、同時に、ある任務をまかされていたから興奮もしてたわ。父から、お前が中心になってやれ、って言われたの。母のポーランド語はなまりが強くて、すぐにユダヤ人だってことがわかってしまうから、あまり口をきかないようにした。話すのは、もっぱらあたしの役目だった。この責任感がとっても気に入ったの。なんだか大人になったような気がしてね。

ワルシャワであたしたちは荷馬車に乗り、東に向けて出発した。シェドルツェに着いたときには、とっても誇らしい気持ちだった。自分の任務を果たした、っていう。

父は一カ月後、あたしたちに合流した。ソスノヴィェツからずっと歩いてきたの。夜に歩き、昼は物陰に身をひそめながら、とにかく早足でね。迫ってくる恐怖からできるだけ遠く、東へいくことだけを考えて。シェドルツェに無事にたどり着いたあとも、父は歩みを止めなかった。あたしたち四人を抱きかかえるようにして、さらに東、ソヴィエト領内に安全の地を求めて歩き出したの。

ちょうど大晦日、あたしたちは境界線となっていたブク川の岸にたどり着いた。川の水は一面、凍りついていたわ。一九四〇年の年明けの日、あたしたちは、その氷の上を歩いて渡り、ロシアに入った。真っ昼間に、家族そろって。そのときのことが、あたしには絶対に忘れられない。いまでも夢に見るの。お日様がきらきら輝いて、雪が深かった。大空から、まだ雪が降り注いできて、木の上に積もり、あたしたちの服にもまとわりつく。そのあいだも、遠くの方から警備中のロシア兵たちの声が聞こえてくるの。

彼らは民謡を歌ってた。いまも聞こえるわ。あのメロディー、空気のなかを漂うような、あの声が。ロシアに住んだことのある人なら誰でも知っている歌よ」

そう言ってマーシャは、歌詞を記憶のなかに探る。そして、メロディーなしで、かろうじて思い出せた歌詞の断片を、つっかえつっかえ朗誦してみせる。

リンゴと梨の花が咲き
川面の霧も消えた
カチューシャは岸辺に立ち
愛する兵士の歌を歌う
おお　わが愛しき人の心の歌よ
日の光に乗って飛んでいけ

カチューシャは　大切に愛をはぐくむでしょう
愛する人が戦争から戻る　その日まで

彼らは生きるために歩いた。リュックサックを背に、ひたすら歩いた。だが、そのとき、十歳の弟ロンカがもう歩くのはいやだ、と言い出した。彼らが立っているのは、ぶつかり合う帝国と帝国のはざまの無人地帯だ。太陽は輝き、雪もまた輝き、ロシア民謡の調べが、そよ風に乗って運ばれてくる、そのただなかで。

ロンカは氷の上に座り込み、動こうとしない。両親がなだめても、叱りつけてもだめだ。ロンカの両腕を引っ張って立たせようとする。彼らの姿はまさに野ざらしで、どこからでも格好の標的となる。焦りをますます募らせ、両親はロンカに言い聞かせる。ついにロンカは、うしろ向きになり、足を引きずって運んでもらえるならいい、と言った。

彼らは、霧にすっぽり包まれた異郷のなかを歩き続けた。それぞれの心臓の鼓動を耳に、目に見えない手招きを送ってよこす東に向けて、足元の氷雪が許してくれるかぎり、できるだけ速く。ついに対岸に到達したとき、彼らは凍りついた大地にキスをした。そして赤軍兵士の警備隊に出くわしたとき、ヨセル・フリドマンはひざまずき、隊長の足に口づけをした。

「そのあと、あたしたちは、境界線に近いルックの町にいったん落ち着いた」と、マーシャが続ける。「でも、そこでの自由な暮らしも長くは続かなかった。ある日、真夜中にソ連警察が家にやって来た。警棒やライフルの付け根でもって、ドアをがんがん叩きながら、〈ビストロ！　ビストロ！　ビストロ！　ビストロ！〉って叫ぶの。〈ビストロ！　二十分で荷物をまとめろ。ビストロ！　ビストロ！〉って」

「〈ビストロ〉ってのはロシア語で、フランス語にもなった言葉さ」と、エイヴラムが割り入ってくる。そうした細かな余談が、彼のお得意なのだ。「ナポレオンが敗けて、勝ち誇るロシア軍がパリにやって来たときにな、兵士どもはレストランになだれ込んで、〈ビストロ！　ビストロ！　急げ！　急げ！　何か食わせろ、腹ぺこだ。しかも急いでる。早く何か作れ〉って言ったんだそうだ。ここから、〈ビストロ〉が軽食を出す店を意味するようになった。だが、おれらの《シェヘラザード》はそうじゃないぞ。ここじゃあ、コーヒー一杯で、午後いっぱい座ってられるんだからなあ」

「アヴラメル、いまはあたしの話をさせてちょうだい」と、マーシャが語気を強める。「だから、あたしたちは急がなくちゃならなかった。服、写真、思い出の品、手当たり次第に詰め込んだわ。そして、通りに下りていった。そこでまた、〈ビストロ！　ビストロ！〉よ。そうやって、銃を向けられたまま、暗闇のなかを行進させられたの。あたしたちは〝望ましからざる分子〟、つまり無用の人間になっていたわけ。ある場所で、家畜用トラックに乗せられた。一台に五十人くらいずつね。あっというまの出来事だった。そこからどこに連れていかれるのか、見当もつかなかった。自分たちで自分たちの行く末を、もうどうすることもできなくなっていたのよ」

この一連の話は、地図の物語である。古地図、新地図の別はあまり意味がない。境界線が絶えず移り変わるため、いずれもインクが乾ききる前に、すでに古びてしまっているのだ。無数の放浪者集団、無国籍避難民を産み落とした地図。そして、鉄道の線が縦横に走る地図。この鉄道網が、ポイントを切り替え切り替えしながら、根こぎされた流浪の民でいっぱいの貨車を、数千キロも東へと運んでいった。氷の平原と雪をかぶった山脈をいくつも越え、白夜と薄暗い昼を繰り返すこと九週間もの旅。その無限とも思われた旅路が、ある人里離れた駅で、ふいに終わりを迎えるのだった。

遠くにタイガの森が揺れ、雪原は地平線の彼方まで続いていた。その前景に、陰惨な労働キャンプの丸太小屋と宿泊所が立っていた。

マーシャは、キャンプ司令官の歓迎の挨拶をよく覚えている。その締めくくりはこうだった。「諸君もじきに慣れよう。だが、もし慣れることができなければ、諸君はゆっくり死んでいくことになる。犬のようにな」

実際、何百人もの人びとが犬のように死んでいった。病気、絶望、飢え、あるいは、この果てしない広大さ、この目が痛くなるほどの雪の白さが原因で。一部の囚人たちは、みずから漆黒の夜にさまよい出ていき、そのまま姿を消した。あたかも最初からこの世に存在していなかったかのように。ときには数日後、凍死体となって戻ってくることもあった。そのカチカチに凍った死体が、生きている者たちに、自分たちが虚空のなかにあって単なる一個の数字にすぎないことを思い知らせるのだった。

フリドマン一家は、幸いにして、「慣れる」側に入っていた。ヨセフは、木を切り倒し、丸太を引っ張り出す労働部隊に配属された。夜明け前の薄暗がりのなか、彼は仲間の労働者たちといっしょに森のなかに消え、そしてすっかり暗くなってから、くたくたになって帰ってきた。

日中、マーシャは共同キッチンで働き、夜遅く、キャンプの同宿者らが疲労困憊して眠りに落ちたあと、弟のロンカとこっそりジャガイモ探しに出るのだった。手袋をはめ、雪の下からジャガイモを掘り出すのである。その作業のあいだ、ずっとオオカミの遠吠えが聞こえていた。

シベリア生活、それは苛酷であり、同時に奇妙なまでに美しい体験でもあった。一言でいえば、荒涼である。囚人たちは、氷を体の隅々にまで吸い込んでいた。そして、常にシラミに悩まされた。疲れに打ちひしがれた夏の晩には、いくつかの影が、おぼつかない足取りでステップを踏んだ。とあるポーランド人の伯爵夫人が、若い娘たちにダンスの手ほどきをしていたのだ。マーシャも彼女からポルカとチャールダーシュ〔ハンガリー起源の舞踏〕を教わった。夫人は、教え子たちのためにドレスを縫い、キャンプの音楽会で日ごろの練習成果を披露した。

マーシャは、近くの村の小学校で授業を受け持つことになった。毎日、朝と午後、彼女は七キロの雪道をとぼとぼ歩いた。ときおり突風が吹きつける以外、完全な沈黙の世界を彼女は歩いた。どこまでも白一色の世界を貫いての徒歩行軍だ。シベリアの労働キャンプ。もうじき成人に達しようという若い娘。それは苛酷であり、同時に奇妙なまでに美しい体験でもあった。一言でいえば、荒涼。

「この時期だけにかぎっても、あなた、一冊の本が書けるわ」とマーシャはぼくに言う。

そして、ぼくは――しかも、これがはじめてじゃない――シベリアの雪景色のなかで行く当てを見失ったような不安な気持ちにさいなまれる。実際は、《シェヘラザード》という名のカフェの奥の間のテーブルで、ただ身をこわばらせているだけなのに。

一九四一年九月の終わり、拘留生活も間もなく二年になろうというころ、収容者たちはキャンプ司令官に呼び集められ、もう自由の身だ、と告げられた。二カ月前、ロンドンでソ連政府とポーランド亡命政府の協定が結ばれていたのだ。〈赤〉の帝国は、いまやドイツ第三帝国を相手に戦争をしていた。ロシア領内に逃げ込んだポーランド市民は、もはや奴隷ではなく、同盟国人とみなされることになったのだ。

　しかし、マーシャには、そのときの歓喜の感情が蘇ってこない。この新たな出発と、何かの終わりの瞬間が思い出せないのだ。旅は、まだまだ終点からはほど遠かった。単に、その方向が変わっただけであった。

　南へいこう。自由の身となった囚人たちは、そう考えた。南へ、太陽の方角へ、この北風から遠く離れて。彼らは駅のプラットフォームに詰めかけ、混雑する待合室に座り込んだ。木のベンチで眠り、麻袋や石の床の上でまどろんだ。そうして、待った。来る日も来る日も、南へ向かう次の列車を待った。彼らに取りついた思いは、ただひとつ、太陽のもとへいくことだった。

　そしてついに、ある家畜用貨車に空きがある、となったとき、フリドマン一家も、南を目指すその何千もの家族のなかにいた。彼らは、立ったまま眠る技術を身に着けた。どこか田舎の駅に近づいて減速し始めた貨車から飛び降り、水を飲みにいくコツも学んだ。線路にしゃがみこんだり、うまく暗がりを見つけ出したりして用を足した。走っている貨車の側壁ごしに用を足すという、高度な技も習得した。こうして彼らは、南へいくという、その単純な目標にしがみついたのだ。〈パンの町〉タシュケント、〈リンゴの町〉アルマトゥイへ。[21]〈モスクの町〉ブハラでも[22]いい。とにかくソ連のアジア共和国へ。この大国にあって、唯一、太陽に恵まれた南の縁へと。

ついにある日、彼らは風の変化を感じ始めた。重みから解放された日々を予感させる、そよ風の香りだ。ついに、それまでのずっしりと重い衣服をかなぐり捨てる日が訪れた。そよ風が貨車のドアから流れ込んできて、しばし彼らをまどろみに誘った。

フリドマン一家は、カザフスタン南部の小村メルケで貨車を降りた。そこには仕事がある、避難民が働くブドウ園もある、と聞いていたのだ。村のはずれには砂糖精製所があり、ちょっとした工場団地もあった。男手が遠く戦場に駆り出されていたので、新参者は喜んで工場に受け入れてもらえた。

メルケは、日中汗ばむほどだが、夜の冷え込みも厳しい。通りには、ポーランド人、ウズベク人、チェチェン人、カザフ人、ロマ人、ユダヤ人の一文無しが、住む家もなく、うろついていた。ようやく家が見つかっても、一部屋に十人、あるいはそれ以上のすし詰めだった。

家は土レンガで建てられ、路面は粘土で固められていた。夏の風は一帯に土ぼこりをまき上げ、冬の風は近隣の山々に氷雪を降らせた。山脈は、中国との国境の方へまっすぐ延びていた。ごろつきがたむろするいかがわしい界隈もあった。そういう連中が農家や町の民家を襲撃し、金品を奪うのだ。ただでさえ少ない強奪品をめぐって、殴り合いの喧嘩もしていた。

マーシャは、カザフ語という新しい言語を身につけた。父親が仕事場から盗んできた靴や、母親が廃品のシーツから縫い上げたドレスなどを村の市場へいって売りさばくのが彼女の仕事だった。シーツは、カザフ人女性が好む明るい色に染め上げられた。マーシャは、すぐに一流の売り子になった。値段交渉の機微を覚え、最高値で買わせるコツを学んだのだ。夜には、悪事における彼女の長年の相棒、弟ロンカといっしょに、砂糖工場に忍び入ってはビートをせしめた。

マーシャの母が、そのビートからスープを作ってくれた。家族でも食べ切れないくらいのスープが残ると、母は、それをヴィルニュスのタルムード学院からやって来た若者たちのもとに運んだ。あるユダヤ教神学の学校が、まるごとメルケに避難していたのだ。母は、こうして神学生たちを養い、この世の贖いに向けた彼らの不屈の学究を脇からしっかり支えた。「まちがいない、メシアがついに到来の兆しを見せた」と神学生らは語り合っていた。「その証拠に、われらの民が、いまふたたび流氓の民になったではないか」と。イェシヴァー《イェシヴァー》の若者たちは、金めっきの聖櫃とトーラーの巻物をメルケの土レンガの集会場にふたたび据えつけ、そこで彼らにとってただひとつ、永遠にして真の住処たる聖なる巻物と、部族の神に対するゆるぎなき愛に身を委ねるのだった。

夏の夜、マーシャは、戸外、星がこぼれ落ちそうなほどの天空の下で眠った。冬の夜は、ろうそくの灯りで読書にふけった。彼女の人生は、いまや新生活の主軸となった村の学校を中心に回っていた。ロシア古典文学のとりこになり、知への飽くなき欲求を満たすのに懸命であった。彼女の読書が延々と明け方まで続くものだから、貴重な燃料の無駄づかいだ、と父に叱られもした。

　こうして丸三年、フリドマン一家はメルケで過ごした。ところが、一九四四年十一月のある夜、マーシャの父が、待っても待っても家に戻らない。翌朝、あざをたくさん作り、顔面蒼白となって戻ってきた父は、「急いで荷造りしろ」と命じた。ようやく避難の途についてから、父は事の顚末を打ち明けた。前日、彼は秘密警察の尋問を受け、激しく痛めつけられた。その上で、スパイになることを求められた。つきつけられたのは、恐るべき二者択一だった。スパイとなって仲間の難民たちの日常を監視するか、あるいは北の労働キャンプへの逆送か、二つに一つだ、と。

　一家を乗せた荷馬車は、もうメルケの市外に出ていた。そこから山々の影を縫うように、夜陰に紛れて彼らは旅を続けた。百キロ以上西へ移動し、ジャンブールに到着。モスクと曲がりくねった街路で知られた町だ。モスクの円蓋と雑然とした市場。単調な昼間の時間が、ムアッジン[23]の憂鬱な声で刻まれていくばかり。夜は夜で、漠然とした不安と、誰かが突然ドアをノックしに来るのではないか、という恐怖におびえながら過ごした。

　マーシャのジャンブール時代の記憶は、非常におぼろげだ。ひとつだけ、よく覚えているのは、小路から彼女に手招きをしたロマ人の女占い師のことだ。「あんたの手は、とても繊細ね」と女は小声で言った。「本当に真っ白。こんな白い手をしている娘は、早死にするのよ」と。

　もうひとつ覚えているのは、線路上に停車したままの貨物列車だ。それはチェチェン人の難民であふれ返っていた。チェチェンから追い立てられ、強制集団移送の途上だったのだ。列車は、そのまま数日間、停まったままだった。貨車からは、人びとのうめく声、老女や子供たちの叫び声が聞こえてきた。のどが渇いた、水をください、と言って。

　このとき、マーシャは未来をかいま見ていた。何百万もの人びとの運命をかいま見ていたのだ。以来、あの恐怖にさいなまれた人びとの顔がまぶたの裏に焼きつき、満員の幽霊列車の夢を見るようになった。そして、そこには常に、胴体から切り離され、鉄柵ごしに外に突き出た無数の白い手があった。それから、ロマ人の女占い師の、あのささやくような声も。「こんな白い手をしている娘は、早死にするのよ」

4

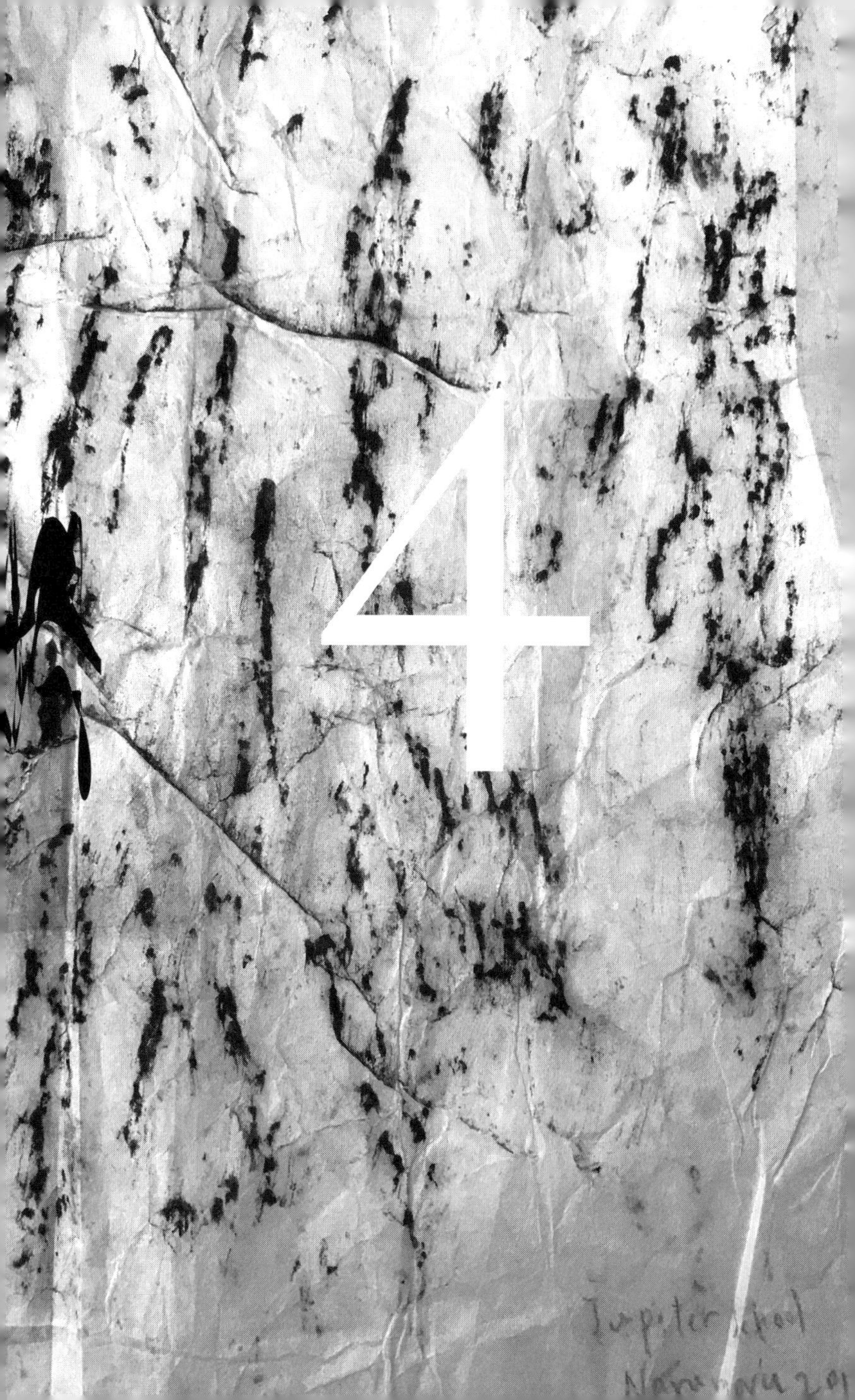

いつもの日曜の朝と同様、今日も《シェヘラザード》の外、舗道の上では、事実上のユダヤ民族会議が開催されています。二人向き合い、あるいは四、五人のグループを作り、電柱や路駐の車に寄りかかったり、カフェのドアにもたれかかったりしながら。なかには立ちっぱなしの者もいます。ちょうど、そう、長旅の途中で羽を休める渡り鳥のように。

この人たちの話に耳を傾けてみてごらんなさい。最初から一、二時間、無駄にするつもりで。彼らの手や腕をよく観察してごらんなさい。それがどんなふうに円や弧を描くかに注意して。この立ち話が、自選の閣僚と演説草稿者たちの国民議会なのです。実際、解決すべき問題は山ほどあります。あるグループは金融市場を分析している。隣のグループはライバル政党の支持率が上がった、下がったでやり合っている。またこちらのグループは新聞の日曜版のトップ記事をさんざんにこき下ろしている。近い遠いにかかわらず、いろいろな国の政策を批判してみたり、大昔の事件に回顧の目を向けてみたり。彼らの集団的まなざしは、二十世紀の第一年から最終年までを射程におさめている。

このざわめきのなかにあって、ひと際目立つのがライゼル・ビアレルの声だ。「つまり、あんたは世界を救えるって思っとるんだろ。このパンツいっちょのヒーローさんよ。世界のことは何でもわかったつもりになってさ。このどうしようもない、小賢しい哲学者さんがよ。馬鹿馬鹿しい」

だが、この晩春の日曜の朝、おのおのいったんカフェのなかのテーブルに腰を落ち着けると、こうした喧嘩腰の軽口が、重苦しい内向性に一変する。それぞれの目を見ればわかる。彼らは自己の内部に向き合い、ぼくのことなんか、視界にも入っていない。とくにライゼルは傍目を気にしないたちだ。何の前触れもなく、彼は別世界へ、するりとすべり込んでいく。

それは彼が、いつ、どこにいようと同じだ。たとえば、日課の散歩で浜辺を歩く。あるいは、車の往来を遠くに聞きながら、波打ち際で軽く足元を濡らしてみる。そんなときでも、彼はもうひとつ別の世界に入り込んでいる。北極地帯の荒涼とした風景のなか、腰まで水に浸かって、あるいは家畜用トラックの荷台に仰向けになり、ひとつひとつの縦揺れ、横揺れを体に刻みつけながら。

さらには、手錠をはめられ、監守たちに付き添われ、暗い廊下を抜けて、あのドアの前まで連れていかれる場面なのかもしれない。今夜も、また次の夜も、同じドア。監守らが、そのドアから彼をなかに放り込む。彼は、ひとりの尋問官の前に立っているが、吊り下がった一個の電球の向こうで、その顔はほとんど見えない。

電球は、前からうしろへ、うしろから前へ、往復する。ライゼルは、その揺れ動く光のなか、気が遠くなっていく。尋問官が尋ねる。「白状したらどうだ。お前は外国生まれの帝国主義者だ。敵性外国人。つまりスパイだろ!」。電灯は、前にうしろに揺れ続け、ライゼルに見えるのは、ただそのまばゆい光のみ。そして聞こえるのは、ぽたり、ぽたり、蛇口からしたたる水滴の音だけだ。終わりのない水滴。終わりのない往復運動。

ふたたび波が、彼の足元で渦を巻いている。今日も、彼は湾の尖端まで来ている。そして、ここからいつものお決まりのコースをたどる。エスプラネード大通りを横切り、シェイクスピア並木、そこから右に曲がり、アクランド通りへ。その狭い歩道の上で繰り広げられる〈民族会議〉に出席し、騒々しい人混みと論争のなかに身を置いたあと、《シェヘラザード》の店内へ。そこで、なじみの顔を探し、友人らが集うテーブルを探す。たとえそれが、彼のいう「どうしようもない悪党ども」の一味であろうとも。

だが、今朝にかぎり、ぼくと彼は二人きりで座っている。まるで示し合わせたかのようだ。そこでライゼルも、自分だけの語りをゆっくりと再開できる。「わしの旅路にはな、つながりを見ることができん」と、彼はつぶやく。「ただ、途切れ途切れの線ばかり」

たしかに、ライゼルの語りは断片構造だ。語りながら、不安から安堵へ、強迫観念から軽口へ、この町からあの町へ、彼はひょいひょいと渡り歩く。結局、地図と年表の再構成は、あとでぼくに課された宿題となる。物書きとして、彼のいう「どうしようもない物書き」として、ぼくはもう後戻りできない。最初、単に新聞掲載用の小話として始まったものが、ぼくの手には負えないところまで炸裂してしまった。だから、ぼくは話を聞く。そして書き留める。波乱の人生の末期を迎えた古老の男たちが繰り出す知識に駆られるように。そして、もしここで彼らの語りを跡形なく消えるがままにしてしまったりしたら、それは取り返しのつかない裏切り行為ではないか、との思いに動かされて。

一九三九年の終わりころ、ライゼルは、《ヴォルフケス》と、そこでさんざん闘わされてきた、〈何をする、どこへいく、どこに避難場所を求める〉という議論をすべて見限ることにした。カフェのラウンジでも、レストランでも、タバコの煙がもうもうと立ち込める宴会場でも、さかんに交わされてきた一連の議論だ。

「ヴィルニュスは安全だよ」とひとりが言う。

「いや、ヴィルニュスは戦線に近すぎる」と別のひとり。

「東へ逃げるのがいいのかもな」と三人目。

「いまだ見ぬ悪魔より、見知った悪魔、ってことわざもあるぞ」とほかの人びと。

「北へ逃げるべきかもしれん」と現実主義者たち。「バルト海、スカンジナビアへさ。むしろ大西洋岸かな」

「ナチスの罠に、みすみす嵌りにかい?」

ライゼルは、もう聞き飽きていた。こうした優柔不断さに、もううんざりし始めていたのだ。いや、もしかすると彼がヴィルニュスと友人たちを見限ったのは、単なる衝動のなせるわざだったのかもしれない。

一九四〇年二月、ライゼルは、ヴィルニュスから南へ、ソ連領内に深く入り込み、ベラルーシとウクライナを縦断した。たしかに難民であるとはいえ、自分のポーランドのパスポートがソ連領内では怪しまれるだろうこともわかっていた。しかし、それがどうだというのだ。このやけっぱちの時代、彼には勝負師としての自負があった。ソ連管轄下のヴィルニュスは、ナチス支配下のポーランドに近すぎて危ない。ドイツ=ロシア間のもろい協定のみが、いま、ヒトラーの軍勢をおとなしくさせているにすぎない。ライゼルには、帝国間の協定だの同盟だのというものが、一夜にしてひっくり返る代物であることがよくわかっていた。

結局、彼は、不法越境者として赤軍の警備隊に捕まり、ウクライナの町リヴォフのソ連監獄に護送された。

「ダブルルームくらいの広さの監房に一〇六人、詰め込まれていた」。ライゼルは細かな数字までよく覚えている。「わしらは、各人、寝場所の割り当てを融通し合ったもんだ。

寝返りをうちたいときは、近くの人にいっしょに寝返ってくれ、と頼んだりしてたな。暗くなることは決してなかった。夜通し、電灯がひとつ、灯ってたな。

まさに喜劇だよ。部屋の隅っこに置かれたドラム缶がトイレだ。風呂にも入れん浮浪者みたいにみな、恐ろしく臭《にお》ってた。毎日、パンと薄いスープの配給があったが、そりゃスープなんて呼べたもんじゃなかった、泥水のような味がしてよ。二週間に一度くらい、砂糖の詰まったマッチ箱が配られた。それが第一の贅沢品さ。高いところにひとつだけ窓があって、ある特別な位置からだけ、その窓をとおして空の切れ端、日の光、あるいは飛んでいく黒い雲なんかを見ることができた。ときには、お月さんもな。お月さん、それが二番目の、そして最後の贅沢品だった。

そのかわり、わしらはいつでも身体検査に引っ張り出された。服を脱がされてな。やつらはケツの穴まで徹底的に調べた。武器やペンをもっているんじゃないか、あるいは配給されたパンの残りなんか隠しもっているんじゃないか、と。

囚人仲間のなかにひとり、ポーランド人の神父がいてな。この人がカチカチになったパンを使って、チェスの一式を作った。素手でコマを彫り上げたんだ。あんな離れ業、後にも先にも見たことがない。ナイトもポーンも、とってもエレガントでな。実に細かいんだ。このチェスのコマの方が、あの人にとっては食い物より大事だったんだな。

正気を保つために、わしらは発明家、なんでも屋になった。着ているものがすり切れると、スープに入ってた魚の骨から針をこしらえ、ぼろ着から糸をより出す。その糸を魚の骨にとおして、服につぎを当てるんだ。

しかし、夜遅く、やつらが尋問にやってくる。わしも、長い廊下を通って尋問室まで連れていかれた。尋問官は、上等な服を着て、よく肥えてたよ。ただ、殴られはしなかった。それは身体の拷問じゃなかった。やつらが欲しいのはただひとつ、自白なんだ。やつらは、証拠は握っているぞ、外国のスパイだってことをあっさり認めたらどうだ、と言うんだ。一種のゲームさ。いつも同じ尋問、いつも前後に揺れ動く電球、そしていつもうしろから聞こえてくる水滴の音さ。

ときに尋問官らも、あきあきしている様子だった。だが、また別のときは、やつらの態度がより高圧的になり、声も荒々しくなった。いまでも、隣の部屋なんかで、蛇口から水が、ぽたり、ぽたり、としたたる音が聞こえると、わしは急いで止めにいく。わしの聴覚は非常に研ぎすまされていて、ピタ、ピタ、ピタという、ほんの軽い水音でも聞き分けてしまうんだ。だから、わしは、いつでも蛇口をきつく締めるし、ゴムのワッシャーや古い水道管をまめに交換することにしている。それで安心なんだ。転ばぬ先の杖ってわけさ。

それから、わしは、どこへいくにも石鹸を手放さない。なにせ、あのころ十カ月ものあいだ、シャワーも風呂もなかった。ほぼ一年、体も洗えない連中の悪臭のなかで暮らしたんだからな。だから、いまのわしの家では、すべての流し場、シャワールームの受け皿、それぞれの部屋の戸棚に、必ず固形石鹸が置いてある。そして、わしは日に何度も体を洗う。一種の狂気さ。わかっとるとも。だが、これぱかりはどうしようもない。不潔でいる、ってことが我慢ならないんだ。だから言ったろ、わしの旅路にはつながりを見ることができん。ただ、途切れ途切れの線ばっかりだ、って」

一九四〇年の終わりころ、ライゼルとその監房仲間たちは、リヴォフ監獄から中央駅まで行進させられた。そこで家畜用貨車に投げ込まれ、ウクライナ、ベラルーシを通って北へ移送された。モスクワをかすめるようにして北東へ向かい、どこか田舎の引き込み線の上で停車したまま数日を過ごした。そこからまた動き出して、停車、発車を繰り返しながら、どれだけの日数を過ごしたのものか、とうとうコトラスの終着駅にたどり着いた。コトラス、それは北西ロシアの果て、開拓最前線の町だった。

コトラスから先は、川船に乗り、さらに数百キロ北、ウラル山脈の西斜面にあるペチョラの町を目指した。途中からは徒歩行軍で、永久凍土と暴風の世界に分け入っていった。ときおり、にょっきりとそびえる木、人気のない山小屋、育ちの悪い茂みに出くわすのみで、あとはひたすら白一色の荒涼たる平原を、凍てついた小川をいくつも越えて、彼らはとぼとぼと歩いた。疲れの感覚さえ失い、意識朦朧の行軍。日付もわからず、何かを考えるということさえ忘れてしまう。

そんな行軍のさなか、ライゼルは倒れ込んだ。雪は、このあたりで降参したらどうだ、と誘いかけてくる柔らかなクッションだった。雪の方から、ちらりとウインクを送ってよこしたような気がしたのだ。ライゼルは、予想通りのぬくもりに身を委ねた。そして、待ち焦がれた解放感を味わった。彼は目を閉じると忘却の彼方へと沈みいき、生きる力がすうっと遊離していくままにまかせた。世界が、自分の握りこぶしをすり抜けていく。

最後の瞬間、ライゼルは体に続けざまの鋭い殴打を感じた。何かが、彼のあばら骨、足、上腕、太腿をさかんに打ちつけてくるのだ。目を開けると、自分の上にポーランド人の同志が立っているのがぼんやりと見える。元警察官で同じ囚人仲間、この行軍が始まって以来、相棒となっていた親友の姿だ。ライゼルには、その友が怒りにまかせて自分を蹴りつけ、こんな言葉を口にしているのが、まるで別世界のように見えていた。「立て、このアホんだら。救いようもない糞野郎、立ちやがれ！」

麻痺状態から脱し、体に痛みを感じるようになるまで、ライゼルはしばしの時間を要した。体を動かそうとしてみると、夜空がうっすらと見える。友の声も、さっきより近くに聞こえる。骨髄が骨のあいだにしみ出したかのような感覚。その友が、彼の脚をもって引きずり、頬をぴしゃりと叩き、最後にガツンとひと蹴りくらわしたあと、彼を夜のなかに押し出してくれたのだ。

よろめいて歩き出したライゼルは、雪の上に言い知れぬ光が差していることに気づいた。

見上げると、満月が、こんなにも大きく、こんなにも近い。手を伸ばせば触われそう、いや、食べられそうだった。その上にちょこんと乗っかっていって、その寂しげなクレーターや丘のあいだを散策することさえできそうだ。この満月が、大空を満たし、天球を満たしていた。それはまたライゼルの体全体を満たし、ほんの束の間ながら、汗の臭《にお》い、命取りとなる疲労、苦しい呼吸から、彼を引き離してくれた。

その夜、この物言わぬ月のもとで、ライゼルは、互いにくっつき合いながら漂う二つの並行宇宙を発見した。美の宇宙と醜の宇宙、闇に浸された宇宙と光に満ちあふれた宇宙、その二つを。その夜、ライゼルは、純心と畏怖という、失われた子供時代の感覚を取り戻した。そして、これら二つの宇宙のあいだを行き来する術を学ぶことで、すべてを乗り越えて進むためのエネルギーを作り出せる、と悟った。つまり、その夜、ライゼルは〈生存者《サヴァイヴァー》〉になった。

途切れ途切れの線と、ばらばらの地図。ぼくは図書館へいき、『タイムズ世界地図』の上でそれらをつなぎ合わせる。たとえば、ライゼルの長い旅路の終点となったヴォルクタの労働キャンプはどこにあったのか。ぼくは北極圏の地図をめくってみる。まさに世界の屋根。すべての経線が集まってきて北の「極」をつくっている、あの地点だ。

ただ線をつないでいくだけなのに、ぼくは、めまい、いや、ほとんど吐き気にさえ襲われる。ためしに北緯六十八度のヴォルクタから出発し、同じ緯線を指でなぞりながら反時計回りに一周してみる。北極ウラル、東シベリア、ベーリング海、アラスカを横切り、北極海を超えると、グリーンランドと呼ばれる白の広がり。そこを過ぎて、バレンツ海を渡ると、ぐるりと円が一周し、ヴォルクタに戻ってくる。

ぼくも、最初からこの広大さには気づいていた。ぼくはいま、先人たちの地図から切り出され、大陸と大洋を渡る旅路のばらばらになった断片をつなぎ合わせる何本かの線を描き出しているのだ。古来の歌と希望を運ぶ線。そうしたいくつもの線が、よじれ、曲がり、ふと脇にそれて思わぬ回り道にさ迷い込んだ末、いま、《シェヘラザード》という名のカフェに、こうして収束しているのだ。

ぼくが次にカフェに足を運ぶと、もちろんのこと、彼らがいる。ヨセル、ザルマン、ライゼル、この一見いかにも不揃いの三人組がペーストリーとコーヒーの上に身をかがめている。彼らは当然、ぼくが何をしにきたのか、見抜いている。

「連中の話をめしのタネにしようってんだ、こいつ。このどうしようもない物書きさんがよ」とライゼル。

「別にいいじゃないですか」とザルマン。

「そりゃあ、ぼろ着《シュムテス》を売るより、話を売った方がいいに決まっとるさ」と、ヨセルがちゃちゃを入れる。

「ぼろ着を売る方が、よっぽど稼ぎはいいでしょうけどね」と、ぼく。

「それは、ちょっと保証できませんがね」と、ザルマン。

「それじゃあ何かい、わが哲学者の友人よ。この世に何か、ホショウできるものがあるっていうのかい？」とライゼルが突っ込む。

「まあ、あるとすれば、実話でしょうな」とザルマン。「残りはみな、絵空事です」

「それじゃあ、わが小賢しき哲学者さんにお尋ねするが」と、ライゼルのさらなる突っ込み。「実話の価値ってものを、なんでホショウできるんだい？ わしらは、ほとんどの場合、実話と称し、自分たちが善玉で、ほかの人びとが悪玉になるような仕方で語る。わしらは、何でもかんでも、自分たちに都合のいいように捻じ曲げちまう。わしらは実話なんか語っておらん。わしらは、いわゆる〈ばあさんの繰り言《ボッベ・マイセス》〉をしてみせてるだけなのさ」

「それで時間がつぶせるなら、結構なことじゃあないか」と、ヨセルの醒めた発言。

「なあるほど、これでわかった」と、ライゼル。「あんたの手の内が、これで読めたぞ。あんたは、しょせん、麗しきワルシャワだの、クロフマルナ通りだのについて〈ばあさんの繰り言〉をやってみせてるだけなんだな。メンデル・マンデルバウムだの、ポン引きのスタニスワフだの、あんたの救いようのない同類どもについて、話をあらかじめ作ってあるんだ。あんたが、どうやってパンツいっちょのヒーローさんになったかも、これでよーくわかった」

「いえ、ここはヨセルの言うとおりです」と、ザルマンが言葉をはさむ。「わたしたちは時間をつぶすために語っている。結局のところ、世界が終焉を迎えようとしていたあの時代、わたしたちの《ヴォルフケス》でも、時間の過ごし方はそのようなものでした」

「またまた珠玉のような知恵のお言葉、麗しき文章回し、この小賢しき哲学者さまどもがさ！」とライゼル。「《ヴォルフケス》に座って、時間をやり過ごしながら、賢ぶってるだけならわけもないことだ。だがな、あんたらが世界の終焉とやらを待ち受けているあいだ、わしはヴォルクタの雪に埋もれて働いてたんだ。あんたらがヴィルニュスをあとにし、一等車で旅行しとるあいだに、わしは雪に覆われた丘のてっぺんまで大岩を押し上げてたんだ」

「マーティン、あんたには想像もつかんだろう」ヨセルとザルマンがそそくさと引き上げていくのを後目に、ライゼルが言う。「わしらは北極圏で暮らしたんだ。シラミと同居してたんだ。気晴らしにシラミで賭け事までやったもんだ。英語では何という？　掛け金、あるいは歩合か。わしらはシラミの数で賭けをやった。そして、賭けにも飽きると、バラックのなかで火を焚いてな、シャツを脱ぎ、それを炎の上にかざして、寄生虫がぽろぽろと落ちてくるのを眺めるのさ。虫どもは何百匹と落ちてくる。だが、次の日になると、またちゃんと戻ってるんだ。

あんたには想像もつかんだろう。冬には、土が岩石みたいにガチガチになる。夏には、それが和らいで、地面が赤いベリーやコケに覆われる。わしらは飛行機の発着場を作らされていた。素手で岩をどけながらな。岩の運搬は、二人がかりでやっとのことだった。わしらは、岩を運び上げては、わざと手を放し、岩が斜面を転がり落ちていくのを眺めていた。まるで〔ギリシア神話の〕シーシュポスさ。食料の配給が、その日、何個の岩を動かしたかによって決められていたからな。だからシーシュポスみたいに、転がり落ちた岩のところまで戻っていって、また最初からやり直すのさ。

一カ月くらい経ったところで、わしは炭鉱に配属となった。わしのヴォルクタ滞在でも最悪の日々さ。わしらはリフトに乗って、おそらく地下二百メートルくらいまで下りていく。完全な暗闇のなか、腰まで氷水につかりながらの作業だった。寒さに凍え、粉塵で息が詰まりそうになる。考えることといったらただひとつ、食い物、日々のパンの配給のことだけだった。

食い物のことで、まさに頭がいっぱいだった。夜、眠ると、おふくろのチョレントやローストの夢をみた。《ヴォルフケス》のブリスケットやシュニッツェルも夢に出て来た。ヴィルニュスのパン屋やカフェなんかもな。哲学者さんどもの高尚なご高説が全部、煮詰めに煮詰められて、〈食い物〉、そのただ一語に凝縮していた。わしらは、あらゆる部屋の隅っこ、あらゆる穴ぼこのなかを探っては、パンくずのひとつでも落ちてはいないか、目を光らせたのさ。

わしらにはパンの配給があって、たぶん六百グラムくらいだったと思うが、それは、あくまでもその日の仕事のノルマを達成した場合のことだった。達成できなければ、一定量が減らされる。パンはとってもまずいし、パンを切る係は既決囚たちだった。ときどき、やつらはパンをちょっと少なめに切って、自分らの取り分を増やそうとしたりした。

一般囚は政治囚より待遇がよかった。収容所《グラーグ》ではな、政治囚が一番下の階層なんだ。〈階級なき社会〉に、こんなに厳格な階級制度があるってんだからな！ 一番上の階層には〈ナチャリニク〉、つまりキャンプの司令官や党の幹部どもがいて、その下に、わしらの一挙手一投足を監視する護衛や兵士らがいる。だが、悪臭ぷんぷんのバラックのなかでは、既決囚らが事実上のボスで、わしらは奴隷だった。

この既決囚の集団がキッチンを牛耳ってた。だから、よく肥えてたよ。やつらは監視兵を買収し、鉄条網をくぐり抜けて、女性キャンプにいってた。そこで、まるで野獣のように女たちに乗っかかるんだ。要するに、やつらは気力体力ともにビンビンだったってことだ。逆に、わしらの方はセックスに興味がなかった。腹が減っているときはな、セックスより食い物の方がエロティックに見えるもんだ。安息日《シャバト》のヴィルニュス風煮込みの方が、もっとも扇情的な女より、ずっと魅力的だったんだよ。

休憩時間には、寝台に座って既決囚たちのカード遊びを眺めていた。たいていの場合、他人のブーツやコートをせしめるための賭けトランプさ。負けた者は政治囚のひとりを襲撃し、奪った品を勝った者に差し出す、というルールだった。一度なんか、やつら、自分の指を賭けてたよ。負けたやつが立ち上がり、斧をとって、自分の指を一本切り落とした。わしは、それをこの目で見たんだ。

まわりの世界から切り離されたとき、人間ってのはそんなふうになる。どこか、とち狂っちまうんだ。実際、わしらは完全に切り離されていた。まわりをぐるりと鉄条網に囲まれてな。百メートルくらいの間隔で監視塔が立っていた。逃げようとすれば射殺される。だいたい逃げるったって、どこにいくってんだ。最寄りの線路は五百キロの彼方だ。唯一の脱出経路は、入ってきたときと同じ、川船と徒歩によるものさ。それ以外に、どこか出口を求めるとすれば、北極の土のなか、深く掘られた墓しかないんだ。

わしらは、わしら独自の世界に生きていた。タタール人もいれば、ウズベク人もいる。ポーランド人もいれば、ユダヤ人もいる。ロシア人、モンゴル人、中国人、アフリカ人、ロマ人、アルメニア人もな。しかも、みんなでけっこう仲良くやってたんだ。同じ暗い穴のなかのムジナとしてな。着いて数週間もすれば、みな同じ見かけになっちまう。同じようなぼろ着をまとい、針金でしばった同じような靴を履き、体じゅう傷だらけで、目は真っ赤、髭をぼさぼさに伸ばしてな。皮と突き出た骨だけの乞食集団さ。栄養不足がたたり、いわゆる鳥目になってな。夜にはふらついて歩けない者も多かった。汗でべとべとになり、シラミだらけのぼろ着から、同じ悪臭を漂わせてよ。

つまり、わしらは、救いのない人間たちだけで一大家族を構成してたってわけだ。どうしようもない連中同士の兄弟愛に包まれ、この世界の屋根の上で罠にかかっちまった馬鹿者集団としてな」

いくつかの日付が記憶に消しがたく刻み込まれている。一九四一年十月十三日、ライゼル・ビアレルと、その四人仲間で、かつてポーランド市民だった者たちは、この北極圏の労働キャンプ内の集合広場に立っていた。短い〈夏〉はとうに過ぎ去り、極冠はすでに雪に覆われ、そろそろ北風がまたやって来ようかというその日、四人たちは、もうじき自由の身になると告げられたのだった。

集められた人びとの群れのなかにあって、ライゼルはこんな思いにとらわれていた。自由って、なんて変てこな言葉だろう。自由になって、いったい何をするってんだ。どこへいけと言うんだ。たしかに数千キロ南西の彼方には、家族の住む町、青春時代の町がある。だが、もう二年以来、家族とは音信不通だ。たしかに、このソヴィエト連邦という広大な土地のどこかには、かつての同志らがいる。しかし、彼らもまたライゼルのように、共通の地獄から追われて住処を捨て、東を目指す徒歩行軍の末に消息を絶っていた。

とにかく彼は自由だった。そしてひとりぼっちだった。この考えが、彼には奇妙な仕方で作用した。ひとりぼっちであるとは、身軽になったこと、単にむき出しの現実に連れ戻されたことを意味した。つまり、自分には三段の寝台の一隅に身を横たえるマットらしきものと、針金でしばった靴、一張羅のぼろ着のほかは何もない、という現実だ。しかし、同時にそれは、ほとんど忘れかけていた心のうずきを連れ戻してきた。終わりがないように思えたこの抑留生活を生き抜くため、ずっと押し殺してきた心のうずき。自由と聞いて、もっとも奇異に感じたのはこのことだった。自由、なんとたよりない言葉であることか。

長い南下の旅が始まった。元囚人たちは、食料の配給を受け、川船に乗せられた。川船は、まだ完全には凍りついていない川面をすべって、彼らを運んでいった。ヴォルクタ川を漂流するあいだ、思いがけない激流や氷のかたまりにも遭遇した。周囲の土地の風景は、押し迫る暗闇のなかに沈んでいった。霧に覆われた日中は薄暮の延長にすぎず、それも日増しに長くなる夜に呑み込まれていった。

川船はペチョラ川に入った。船内の寝台は、解放された奴隷たちでごった返していた。彼らは何年もの幽囚生活をとおして、その日一日を常に人生の初日ととらえる術を身につけていた。当てにならない期待に身を委ねて得することは何もない、と悟りきっていたのだ。だから、あるところで、凍り始めた川の航行にみずからの命の危険を感じた船頭が、船を岸につけ、船客らに下りるよう命じたときも、彼らは別段驚きもしなかった。

見放された集団は、ペチョラ川の岸に沿って歩き始めた。その後数日で食料も底をつき、寒さも厳しさを増したため、道端に倒れ込む者も出始めた。とくにライゼルが覚えているのは、ついに精根尽き果てた人たちが、雪に身を委ねるときに見せる顔の表情だ。目を閉じて、軽い笑みを浮かべながら、彼らはこう言っているように見えた。ここで旅路もおしまいだ。この地獄ともおさらばだ。だが、君、わが同志よ。いまだ生にしがみついて、この狂った世界にも終わりがあると信じている君は、歩き続けなければならない、と。

隊列は次第に細っていった。多くの者が離脱して強盗団となり、近隣をうろつき始めた。薄暮の日中に身を休め、夜陰に紛れて活動を開始する。民家や農場を襲撃し、刃物で脅して食料を奪い取るのだ。彼らは凍った土からジャガイモを掘り出し、雪といっしょに食べながら空腹と渇きを癒した。そして、ついに鉄道が通っているところにまでたどり着くと、走っている貨車に飛び乗って食料をせしめ、集団農場《コルホーズ》のはずれでふたたび飛び降りては、秋の収穫の残りかすを探して、畑をうろつくのだった。

「わしの旅路には、つながりを見ることができん」とライゼルが繰り返す。「ただ途切れ途切れの線ばかりさ」。いま、彼とぼくは《シェヘラザード》でコーヒーを前にして座り、あの男たちがいた場所にふたたび立ち返ってみようと、共同作業を続けている。ライゼルは、ウラル山脈中部の町スヴェルドロフスクで、一時、発電所の臨時雇いとして働いたときのことを覚えている。ほぼ心神喪失のまま過ごした数日間、ひたすら漂っているかのような数週間、生きている実感もないまま過ぎていった数カ月だった。

一九四二年の春、ライゼルは赤軍に徴兵された。短い訓練期間ののち、スヴェルドロフスク駅で自分の部隊に合流するよう言い渡されたのだ。だが、部隊が戦線に向けて発とうとする一分前になって、彼は列車から降りろ、と言われた。プラットフォームに降り立った彼は、渡されていたライフル、銃剣、弾薬を取り上げられ、民間人の服を返された。ポーランド国籍者にして元囚人の彼には、一兵卒としての責務を安心してまかせられないと判断されたのだ。

結局、彼は作業大隊に編入され、逆向きの列車でセロフに送られることとなった。ふたたび北に向けて三百キロ、戦時ソ連の後背地であるウラル山脈を越えての旅だ。列車はうなりを上げ、暗闇のなかをひた走った。田舎の村や小川、暗い森と畑、峠と峡谷を渡る橋が、いくつもうしろに飛び去っていった。

通過する駅には、これから戦線に送り込まれる部隊が集合していた。ある駅で、ライゼルは、戦場から家に戻される負傷兵たちの姿も見た。包帯をぐるぐる巻きにされた手足、死の瀬戸際からかろうじて救い出された人間のうつろな目。ライゼルには負傷兵たちの苦しみがわかった。その泣き声の合唱も耳に届いてきたが、それも暗闇のなかにかき消され、あとに残るのは、人びとの切れ切れの会話、眠りを妨げられた者たちの不平、なかなか眠りにつけない者たちのぼやきばかりであった。

作業大隊で働かされることになる男たちは、ぎゅうぎゅう詰めの列車のなか、自分はとうに現実世界から撤退したのだとでもいうように、体を小さく丸めて横になっていた。彼らは想像のなかで母親の胎内のぬくもりを追い求め、珍しくも訪れたこの猶予の時を楽しんでいた。実際、列車の単調な動きと疲労とが重なって、どんなに熱くほてった精神をも静かな眠りに誘い込んでいくのだった。だが、ライゼルは、それまで静寂と取り違えていたものが、実のところ、深い淵へと永久に弧を描く線路の軌道から放たれた静かな歌声であることに気づいた。すべてを失ったこの男たちを、線路が揺らし、あやしている。子供のころに歌ったあの歌、よく聞いた子守歌を蘇らせているのだ。線路の響きが、耳にとらえがたい小さな声で、母親のこんな歌を響かせている。

おお　来たれ　静かな夕べよ
野山を揺らし　眠りにつかせよ
わたしも　あなたを讃えて歌うから
おお　わたしの静かな夕べよ

いまや　なんという静けさ
ついに夜がやって来た
細い白樺の木が　独り寂しく
暗がりに包み込まれて立つ(24)

メルボルンの二月は、ときにもっとも荒々しい季節となる。熱い北風が吹きつけて、舗道から埃が舞い上がり、海辺では砂嵐が立つ。渦巻く小波は白い泡で覆われ、黄色や赤のブイが独楽《こま》のようにくるくると回転する。側溝から晩夏の落ち葉や松の針葉が吹き上げられ、戸外のテーブルや椅子が飛ばされ、ビーチパラソルが留め具から引きちぎられる。

今日、海辺の芝生の上では、十代の少年らがラジカセを囲んでたむろしている。空では一羽の鵜が、懸命に空中静止を試みている。海水浴客たちは浅瀬で大の字になり、薬物中毒の男がひとり、ヘロインの効き目にまかせ、ヤシの木の下で踊りまくる。その連れの女は、両手にビールの缶をもち、木陰で左右に体をスイングさせている。

そんななか、ライゼルは、自分のマンションからカフェまでの定番コースを歩いていく。顔を紅潮させ、神経をぴりぴりさせながら。シャツの上の方のボタンが外されて、そのあいだから薄くなった白い胸毛が風に煽られているのが見える。

彼は海岸からエスプラネード大通りを横切り、シェイクスピア並木をたどり、角を曲がってアクランド通りに入る。彼は、道の両側に植えられた二本のヤシのそばを通り過ぎる。最近植えられたばかりなのに、もうこんなに大きくなっている。こいつら、二人一組の歩哨か。人のことを監視しおって。彼は、そんな思いつきを声に出してみる。目的地はすぐそこだ。ネオンのオアシスが彼に手招きしている。こうして、《シェヘラザード》のドアを押して入ってくるときの彼は、もうほとんど小走りになっている。

「なあ、マーティン、どうしようもない物書きさんよ」。ぼくの隣に座ると、息をハアハアいわせながら彼は語り出す。「あの風の音を聞いたかい。ここ、この黄金の土地にいてもなお、狂騒からほんのひと息の距離なんだ」

　今日のライゼルはぴりぴりしている。じっと座っていられないほどだ。一度立ち上がって、あたりをうろうろしたあと、また自分の席に戻ってくる。落ち着くまでには、ちょっと時間がかかりそうだ。ぼくにはパターンが呑み込めている。肉迫と撤退の機微というか、もうやめにしたいという欲求と、それでも語っておきたいという気持ちとのせめぎ合いのようなものなのだ。だが、今日は、一カ月前に会ったときより、ずっとこのコントラストが際立っている。北風があたりをうろついているからだ。それは、ぼくらの〈シロッコ〉であり、〈ハムシム〉[25]なのだ。ぼくらの町メルボルンに吹く、砂漠風にきわめてよく似た風。

　エアコンが静かにうなる。冷気が落ち着き、ライゼルの神経も徐々に静まっていく。そろそろ、じっと座っていられるだけの冷静さは取り戻したようだ。そして、いつもの笑顔も。ライゼルは、この北風と同じくらい温かい人間だが、それ以上に心も広い。いったん彼と友人になったら、それは一生ものだ。まさに友《ハヴェル》、忠実な道連れだ。結局、ぼくも彼とひとつの長旅をともにしてきたようなものであり、少なくともその瞬間だけは、同じ風から必死で身を守る二人の「どうしようもない悪党」になっているのだ。

ただし、ライゼルが描き出す北風はまったくの別ものだ。彼が体験した北風は、雪の荒々しい竜巻となって、ぐるぐると旋回していた。目を開けていられないくらいの霰《あられ》を浴びせかけ、氷でもって神経までむしばんでくる風なのだった。「マーティン、あんたは物書きだというが、言葉じゃあ、あれはとらえられんよ。無理だ。自然が人間を鞭打ち、嘲笑っているんだ。人間など、何でもない存在になる。人間の体が、骨の詰まった、ただの袋になっちまうんだ」

ライゼルは、人を嘲り倒す美として、あの時期を思い出す。ヴィジル街道と呼ばれる古い交易路で働いた二十カ月の思い出だ。もう一世紀以上も前から、そのくねくねとした幅二十メートルほどの道路は、西シベリアのセロフから数百キロ東のトボリスクまで森を貫いていた。

夏は、その道が泥に覆われ、倒木と森の浸食で通行不能となる。よってロシアの商人たちがこのヴィジル街道を使うのは、もっぱら冬であった。大型の橇《そり》を馬に牽かせ、タイガ地帯で狩猟生活を営む部族、いわゆる〈東方住民〉のもとに向かう。それらの部族は、斧や弾薬を毛皮と、ウォッカやタバコを動物の皮と交換してくれる。帰路の橇には、北極トナカイ、銀ギツネ、北極グマ、アムール虎の皮で作ったコートが満載されていた。

ライゼルは、このころの思い出を嬉々として話す。道が非常に険しかったため、三十キロごとに道の駅があり、商人らはそこで新鮮な食糧や替え馬を入手できた。時とともに道の駅が小さな集落になり、集落と集落のあいだに大家族のネットワークが形成されていった。子供らが結婚するときは、女性の方が夫の集落にいって住むのが習わしだった。集落はほどなく村になり、中心をなす家族の姓を村名とするようになる。革命後、村は同じ家族名を冠したコルホーズとなり、先祖伝来の生活を、その後何世代にもわたって受け継いでいった。

この二十カ月間、ライゼルは、作業隊のメンバーといっしょにこの交易路を東に進み、赤軍が使う物見やぐらの建設に当たった。やぐらは一帯の土地を見渡し、気候変動の影響を見極めるためのものだった。メンバーは総勢十四人で、ロシア人、ウクライナ人、ロマ人、チェチェン人が二、三名ずつ、イングーシ人とアルメニア人がひとりずつという構成だった。運命のいたずらによる、この雑多な取り合わせのグループが、徐々に強固なきずなの開拓者集団へと姿を変えていった。

彼らは代用道路を作ったり、やぶ蚊だらけの沼地のなか、装備品を積んでずっしり重くなった橇を引っ張ったりした。沼地には丸太を敷きつめ、通行しやすくする。ピラミッド型のやぐらを組み上げるため、木材の長さを斧で正確にそろえた。老木を切り倒し、氷上の避難小屋も作った。集めてきた白樺の枝がマットがわりだった。足元には土とコケを交互に敷きつめ、断熱材にした。入り口付近の焚き火は絶やさないようにした。夏には蚊をいぶし出してくれるし、冬には暖気を保ってくれるのみならず、語らいへの導入にもなってくれるからだ。

実際、太陽が昇ったかと思えばすぐに沈んでしまう冬の夜長、ものを語らずして、ほかに何をすることがあろう。作業隊員たちは、火のそばに寄り集まり、オオカミの遠吠え、フクロウの声、突然の風のうなりを効果音としながら、話を交わすのだった。話題となるのは、徒刑キャンプで過ごした年月のこと、幼少期のこと、妻や恋人のこと、のんきに遊び暮らしていた日々のこと。彼らはいずれも、約束するだけ約束しておいて、それをほとんど守らない〈革命〉の落とし子だった。かつて一度は未来の豊かさを胸に描いた彼らだったが、いまは、その日だけのために生きていた。

だが、そんな彼らにも思わず息をのむ瞬間、美しさに圧倒される瞬間があった。半世紀以上の時間をおいて、ライゼルは、そうした瞬間のひとつをうっとりするような輪郭とともに思い出すこととなる。

ある冬の明け方、作業現場に向かう途中、彼は、まるで空から吊り下げられたかのような一集落を通りかかった。前の晩から風がなく、ずっと雪が降り続いていた。雪は、眉毛、まつ毛、髭、そして使い古しの手袋にもまとわりつく。木々も、小屋の煙突も、村の井戸や三角屋根も、雪で縁取られている。突き出た釘、たてかけられたスコップ、置きっぱなしのほうきなど、すべての突起物が雪の帽子をかぶっている。

まわりには、赤紫の太陽にちらちら輝く霧氷が舞っていた。どの家の煙突からも、鉛筆くらいの細さの煙が、より糸のように、赤みを帯びた霧のなかに立ち上っている。そして、これらの赤いより糸に引っ張られて、村全体が紅色の空と白一色の大地のあいだに吊り下がっているように見えたのだ。

ライゼルは、それが幻想であると知りつつ、たとえようのない歓喜に満たされた。彼には、天地万物のおぼろげな歌が聞こえていた。あるいは聞こえていると信じてよいのだ、と感じられた。その歌は、これこそが事物のあるべき姿なのだ、とささやいているように思えた。上辺の狂騒の下には、こんなに完成された世界がある。苦しみのヴェールの裏側、人生と呼ばれるこの裏切りの世界の下には、これが横たわっているのだ、と。

ふいにメロディーが途絶える。太陽が姿を現し、村はふたたび、もとの白の背景のなかに沈んでいた。ライゼルは、その場から離れがたい思いで、しばらく立ち尽くしていた。そして、深い悲しみにとらわれた。自分がまとっているぼろ着に目を落とすと、痛いほどの空腹感が蘇り、凍える寒さが骨の芯にふたたび染み入ってくる。

イメージの美しさは、彼の救いにはならなかった。あの美をもってしても、奪われたものへの心のうずきを振り払うことはできず、ましてや愛する家族のもとへ飛んで帰るよすがにもならないのだ。この落差は残酷だった。あれほどの美しさも、ひるがえって彼の奴隷生活の現実を余計に浮き立たせるだけなのだから。この宇宙は、つまるところ無慈悲に作られているのだ。それは、彼をあんなにも高く持ち上げておいて、結局、冷気のなかにふたたび投げ落としたにすぎない。しかも、その墜落の衝撃を和らげてくれる常設のクッションなど、どこにも見当たらないのである。

ライゼルはくるりと向きを変え、気の進まない行程をふたたび歩み始めた。森を抜け、仲間の作業隊がいる場所へ。シベリアの湿地で、また新たな労役の一日を重ねるために。

ライゼルが額の汗をぬぐう。コーヒーを飲み終え、二杯目を注文する。スプーンで砂糖をすくい、かき混ぜる。二匙、ついで三匙。額に皺がぎゅっと寄り集まる。顔には、子供のような笑みと驚異のまなざしを浮かべたままだ。視線は、やや低く、テーブルの上に広げた自分の両手に注がれている。そしてそのままの姿勢で、彼は、遠い時間の彼方、北方地域の空の移り変わり、季節の変遷にしばりつけられている。

春になると川の水がゆるんだ。氷の浮き板、倒木、折れた枝などがゆっくりと下流に運ばれていく。針葉樹の幹からは、琥珀色や血のような赤色の樹液がにじみ出す。その強烈な香りには頭がくらくらする。ちょうど暗室内の印画紙に少しずつ物のかたちが見えてくるように、大地が色いっぱいに現れてくる。木々の葉っぱのキルトが、解けた雪の下から跳ね上がってくる。冬じゅう、雪の下でじっと耐えていた深紅色のベリー類が足元に見え始め、半透明の白をバックにきらきらと輝く。

　数日前から、作業班は、ある小川のほとりで二手に分かれていた。ライゼルは、山小屋を建て、道を整備する任務を負った第一グループに加わり、先へ進んだ。沼と湿地をかき分けての徒歩行軍である。木の皮を編んだだけの彼らの靴は水びたしとなった。一週間後、大雨に見舞われ、食料も尽きた。やむなく、もと来た道を小川まで引き返したが、近くまで来てみると、川岸がすっかり流されていた。小川は、いまや幅一キロもの大河になっている。

　作業班は、何本かの丸太を縄で結び合わせた。その粗末な舟を川に浮かべ、木の棹で操りながら対岸を目指したのだ。だが、ちょうど対岸に手が届く間際、筏は、激流に運ばれてきた倒木の体当たりをくらった。

　筏はひっくり返る。ライゼルがなんとか水面に浮かび上がったとき、近くを流れる丸太が目に入った。彼はそれにしがみつくと、持っていた斧をがつんと打ち込んで、それを支えにして渦巻く水流から身を引き上げることができた。泳いで岸にたどり着いていた仲間たちが、土手に沿って走りながら、ああしろこうしろと指示を送ってくる。ようやくライゼルが手の届く距離まで近づくと、彼らは丸太を押さえ、彼の体を固い土の上に引き戻してくれた。

　そう、あのヴィジル街道で過ごした二十カ月は、人を嘲り倒す美の時代だった。それぞれの季節に別の趣きがあり、別の危険があった。夏は、短いだけにいっそう神々しかった。太陽は、地平線に沈んだかと思う間もなく、残照を保ったままの空にふたたび昇ってくる。花々が見られるのも、その季節だけだ。その命のはかなさを埋め合わせるかのように、強烈な色と芳香を放つ。しかし、ここでも美は彼らを嘲笑っていた。夏は疫病と重労働の季節でもあったのだ。ライゼルと仲間たちが作業の遅れを取り戻そうと懸命になるなか、蚊の大群が彼らの周囲でわんわんうなりを上げていた。

一日に十七時間、彼らはやぐらの建設に身をすり減らした。一辺十メートルの基礎部分から、二メートル四方の六階最上部まで、ひとつひとつの階の床板を細心の注意をもって組み合わせながら。稀に余暇の時間ができると、罠を仕掛けて野ウサギや北極ギツネを捕らえ、空腹を癒した。魚や水鳥も捕まえて食べた。

オオライチョウもまた、彼らのご馳走だった。肉厚に加え、どうやら耳がよく聞こえないらしいオオライチョウは、罠で捕らえるのも簡単だった。あるとき、一羽を捕らえて食したあと、内臓をキャンプの周辺に放置してしまった。すると、翌朝の日の出直後、ひとりの作業隊員が、小屋から出たところで一頭のクマに遭遇した。鳥のはらわたの匂いに誘われて、キャンプのそばまでさまよい出て来たのだ。隊員は走って小屋に戻り、仲間らを叩き起こす。

「鍋でも釜でも、何でもいいから手に持て」と、森での作業に長い経験をもつ作業員が指示をする。彼らは大声を上げ、手にした食器類をガンガン打ち鳴らしながら外に出る。そして、足で地面を踏み鳴らし、手にした武器を、まるで強風のなかの風車のようにぶんぶん振り回した。クマは、ぬっと頭をもたげたあと、のそのそと遠ざかっていった。ライゼルが感心したのは、その落ち着き払った姿である。クマは、走るわけでもなく、ただふいとうしろを向いて、ゆっくりと立ち去っていった。

夏は遠慮がちに秋に道をゆずっていった。キノコがあちこちに顔をのぞかせていた。森の地面には、コケ類と朽ちた落ち葉が乱雑に入り乱れている。ライゼルは、湿った葉むらの冷たい香りを胸いっぱいに吸い込んだ。だが、その芳香を楽しんでいる余裕はない。氷まじりの風が、迫りくる暗い季節の予告、先遣隊のように吹き始め、初霜が森の表土に白のヴェールとなって舞い降りてくるのだ。ライゼルと仲間たちは、時間にあらがうように作業を続けた。

秋のもっとも重要な仕事は木を切り倒すことであり、それが彼らの生死を分かつ決め手にもなる。木は燃料であり、丸太小屋とやぐらの建設資材でもある。男たちは二人一組で一本の木を担当する。八人で四本だ。うち三本は、予定どおり川の方へ斜めになって倒れた。だが、四本目はまだそのままだ。ライゼルは木に近づき、追い口に斧を打ち込み、教わったとおり、その隙間を上に持ち上げようとした。相方のウクライナ人は、彼の背後で、倒れる方向に木を押しやるための棒をもってひかえている。

だが、川の方向へ倒れるはずの木が、切り口ですべったのか、逆向きに傾いた。最初はゆっくりと、その見せかけの遅さをもって、憎き伐採者のすきを突いてやろうとばかりに倒れてくる。ライゼルは胸部に一撃をくらった。相方は頭部を直撃されて即死だった。ライゼルは、転んだときに雪がクッションとなってくれたおかげで命びろいをしたのだ。その後の八日間は、寝台に横たわったまま動けなかった。復帰はしたものの、以来毎日、古傷が痛み、それが今日まで続いている。

二度目の冬には、食料と装備の残り具合を気にせねばならなかった。無事に冬を越し、太陽の光が戻ってくる季節に備えるためだ。晴れた夜、作業隊は月明かりのもとで働いた。霜で顔がこわばる。吐く息は雪となって漂い、汗はつららとなって垂れた。彼らはひたすら黙々と働き、その合間あいまに歌の一節や小話を交わした。ときには彼らがもっとも親しみを感じた仕事仲間、ロマ人のドビンダの武勇伝に話が咲いた。

「わしらはみな、やつのことが好きだった。あのどうしようもない野郎をな」とライゼル。「やつは怖れというものを知らなかった。そして、半分は笑顔、半分はひとを馬鹿にしたような顔をして、ずばり本当のことを言うんだ。同じ笑うにしても、その節度をわきまえた男だったな。腹のなかにトカゲを宿した男の笑い、とでもいうか。監督の連中がやつをさんざんけなしても、蛙の面にしょんべんだった。何事にも動じないんだ。その日その日を憂いなく、生き流しているって感じだった。

に小言を言った。〈おい、ドビンダ、のらくらするな。もっとちゃんと働け〉と、ある日、現場監督がやつ
すると、〈なんで、もっとちゃんと働かなきゃならんのかい〉と、やつは返した。〈あんた方が土を鋤で測り、食い物をスプーンで計ってるってときに。まずは、あんた方が土をスプーンで測り、食い物を鋤で計るようになってみろ。そんときゃ、おれも悪魔以上にてきぱきと仕事を片づけてみせるさ〉なんて言ってな」
ライゼルが笑う。そして、ひと口コーヒーをすすり、またひと匙、砂糖をかき混ぜる。
「ドビンダのおかげでな、一度、一カ月分以上の食い物を一日で平らげたことがある。ある夜、やつがわしを起こして、〈いっしょに来い〉と言う。〈今日は復活祭だ。キリストさんのお出ましだ。月の大きさを見ればわかる。キリストさんの復活、生まれ変わりの恩恵に、おれらだってご相伴しないという手はねえさ〉
こうして、わしらはこっそり抜け出して、昇ってくる月の明かりをたよりに十五キロほど歩き、最寄りの村までやってきた。村に着いたのは、もう明け方近くだった。わしらは、家々の扉を叩き、おまじないの言葉を繰り返した。〈ハリストス・ヴォスクレス〉、ロシア語で〈キリスト到来〉って意味だ。すると村人みんなが、どんなに貧しい者でも、わしらに食べ物をくれてな。黒パンのスライス、ジャガイモ、キュウリ、ゆで卵、その他もろもろさ。
持っていった袋をぱんぱんにして、わしらは村をあとにした。それから森のなかに腰を

下ろし、腹が痛くなるまで詰め込んだよ。復活祭の当日、二人の無神論者がキリストの再来をあんなにありがたく思ったなんて、わしらのほかに例がないだろうな」

ここでライゼルは黙りこくる。顔からは笑みが消え、目の輝きも失せていく。魔力がとぎれたのだ。カフェの客も、もうぼくら二人だけになっている。ぼくらの皿には、くしゃくしゃのナプキンが散らかり、コーヒーカップには豆のかすしか残っていない。あたりのテーブルには、焦げた吸い殻でいっぱいの灰皿が散乱している。夜間担当のマネージャーが帳簿をチェックし、ウエイトレスたちは椅子を積み重ね、照明を落とし始める。

「十分《ゲヌーグ》。ばあさんの繰り言もこの辺でたくさんだろう」と、ライゼルが自嘲する。「だいたい、あんた、どうしようもない悪党にして、のらくらもんの物書きさんよ。いまじゃあ、あんたも世界の狂気と悲惨について、まるまる一冊の辞書が書けるくらいの話を、もう十分に仕入れたんじゃないのか」

ライゼルも、いまではこの海沿いの郊外の一角を隅々まで知り尽くしている。人生をつうじて、ここが一番長い居住地となった。この界隈のシンメトリーのなさが、彼の好みに合っている。道は単純な碁盤の目をなしていない。海がそれを許さないのだ。浪打際は湾に沿ってたわみ、エスプラネード大通りも海岸線に合わせて曲がっている。目抜き通りも、まるでレースのように織り合わされている。

海が、そのレースを、いわばかがり縫いしてきた。町の作りを海の自然のかたちに合わせて来たのである。都市設計家たちがやって来て、よかれとばかり、かちかちに四角ばった秩序を押しつけるようになったのは、つい最近のことにすぎない。自分たちが幼少期を過ごした旧大陸の都市の面影として目にこびりついているものを、そのまま再現しようとしたのだ。さらにそのあとになって、世界の四隅から新しい移民たちがやってきた。そして、それぞれの追想、それぞれの希求、それぞれの《シェヘラザード》を、この土地で蘇らせようとした。

ライゼルはといえば、そうした街並みなどはじめから存在していないかのような歩き方だ。なにしろ彼は、つきまとう亡霊たちのささやきを耳に、二つの並行宇宙のあいだで出入りを繰り返しているのだから。こうして彼は、蜃気楼の世界をさまよう。そして、シベリアのあの山道を歩き続ける。

今日、ライゼルとぼくがこうして待ち合わせの時間を決めて会ってみて、ぼくは新たな切迫感を目の当たりにする。それはライゼルの声の調子にも、言葉を探り出そうとする懸命さのなかにも感じられる。さらには、彼が両ひじをぎゅっと絞めつけたり、腕を体の前で絡み合わせたかと思うと、それを絶望的なしぐさで宙に持ち上げてみせたりする身のこなしにも表れている。ぼくは、自分の力量の限界を感じる。言葉だけで何か伝えようとすることの限界を。そして、ぼくは、ライゼルと手に手を携え、彼の並行宇宙に入っていきたい、という衝動に駆られる。このカフェの壁もセント・キルダの街路も突き抜けて、ライゼルが産み出そうとしている心象の彼方へ。
「シベリアの山道で過ごしたあの数カ月は、とても言葉じゃ言い表せん」とライゼル。
「わしらは、終わりのない世界に生きていたんだ。それぞれの小道は、ぐねぐねと曲がって無限につうじていた。わしは、その無頓着な機械仕掛けのなかで、無に等しい存在だったんだ。

無頓着、そう、それこそわしが探していた言葉だ。この無頓着がシベリアでも、リヴォフの監獄でも、ヴォルクタで無駄に過ごした数カ月のあいだも一番こたえた。わしが相対した〈ナチャルニク〉ども、キャンプ司令官、党のお偉方、あるいは尋問官、どれをとっても一番残酷に感じたのが、その無頓着だった。そして、人を見るときのあの蔑みの目もな。人の命に何の価値も感じちゃいないんだ。

あんたに、その意味がわかるかね。誰も自分のことを気にかけてくれない。自分が何者なのか、誰も知る人がいない。ぬくもりがどこにもない、ってことの意味がさ。

ときどき、ここ、この荒野のど真ん中で自分は死んじまうんだと考えて、頭がおかしくなりそうだったよ。そうしたら自分の語り草もいっしょに消えてなくなっちまう。無名の墓碑の下に埋められて、もう誰も自分のたどってきた道を知る者などいなくなるんだ、って考えてな。マーティン、実はな、わしはまだ、わしと、わしの仕事仲間の話を語り始めていないんだ。わしの横で倒木の下敷きになって死んだ、あのウクライナ人の話もな。やつは有罪判決を受けて、十五年の重労働を課されておったんだが、その罪状がな、自分の最後の雌牛から絞ったミルクを党に差し出すことを拒んだ、というものだった。やつは、それを自分の家族に飲ませたいといって頑張ったんだ。

やつの奥さんは、やつが労働キャンプから作業部隊に配属替えとなったと知って、大喜びだった。そこに夫の帰還を予想させる最初の兆しを見て取ったんだな。夫がいなくなって、もう何年にもなるけれど、もしかしたら、もうすぐ釈放されて家路につけるかもしれない、と考えてな。そういう期待に満ち満ちた奥さんの手紙が、夫が事故死した、その翌日に届いたんだ。

わしらは、その手紙を大切に保管した。それが、わしらの共有財産になった。わしらは、その手紙を声に出して、何度も何度も読み上げたもんだよ。一行読み終えては、その意味についてあれこれ語り合いながらな。その奥さんがやつのことを本当に愛していたかどうか、議論にもなった。あるときは奥さんがやつを裏切ったんじゃないか、という結論に達し、またあるときは、いや、奥さんのこの言葉は本当の愛の言葉だ、とうなずきあった。いずれにせよ、わしらは奥さんのことを自分の家族と思うようになった。彼女がわしらの想像上の連れ添い、わしらのねじれた運命の指標みたいな存在になったんだ。

わしの仕事仲間のひとりひとりに、この種の話があった。チェチェン人、ロシア人、イングーシ人、アルメニア人、みんなにな。いずれも、ほんの些細なことで何年もの重労働を言い渡されていた。そして、いずれも、その自分の苛酷な運命をなんとか受け止めようとしていた。ロマ人のドビンダが、そのことを一番うまく表現してたよ。やつは、からからと笑って、大空を指さし、こう言うのさ。〈このどん底から抜け出す道があるんじゃないかって考えるくらいなら、空の天井に頭をぶつけちまうんじゃないかって心配した方が、まだましだぞ〉ってな。

だが、ときには、一時間また一時間と重い足を引きずって道を歩きながら、こう思うこともあった。いつか、これを乗り越えられるやもしれぬ。いつか、自分のこの信じがたい話を人に聞かせてやる日が来るやもしれぬ、とな。わしは思ってみたんだ。いつか、この人を嘲り倒す自然の美についての深い真実を持ち帰れるかもしれない。人間の無頓着をめぐる自分の経験を持ち帰って、それを産み出すシステムを暴き出してやれるかもしれない、とな。遠く置き去りにしてきた友人や家族の驚いた顔を想像し、みんなが、わしの話の細部ひとつひとつ、選び抜かれた言葉ひとつひとつに聞き入る姿を思い浮かべたんだ。夜、いびきをかいて眠る仲間らの隣で、わしはまんじりともせず、わしの勝ち誇った帰還の絵を頭に描いた。自分が、家の扉へと続く最後の階段を踏みしめている姿が見えた。自分自身で、自分自身の話をしてやるんだ。そうすれば、この人生もまんざら無駄じゃなかったことになるだろう、ってな。

たぶん、ひとりの詩人だけが、本当にあれを描き出せる。実際にあそこにいて、あれを自分自身で経験した詩人だ。詩人だけが、あれをほんの数行で言い表せるんだ。『シベリアの山道で』は完璧な詩だ。わしの詩さ。似た者同士、並んで走る精神の持ち主によって書かれた詩。かつて、あの同じ道、同じ林道を歩いた人間の作品さ」

その詩人の名は、H・レイヴィク。[26] ライゼルにとって詩の神様だ。前半生を苦しみぬいたあと、レイヴィクはアメリカでの新生活を切り開いた。はじめのころ、彼の詩集は無料で配布されていた。初期の詩の主題は、みずからの抑留生活とその辛苦だった。死の五年前、レイヴィクは卒中に倒れた。もはや歩くことも、腕を動かすこともままならなくなった。さらに話すことも。それでも彼は、自分の語りのなごりを人びとに伝えようとした。

最期を迎えた彼は、ベッドに長々と横たわり、すべての世話を看護婦に任せきりの状態だった。サナトリウムの大部屋で、声を発することのできない患者のひとりとして。それが、かつてシベリアの森の道をたどった男であるなど、看護婦たちは知るよしもなかった。

「生き延びるってのは、結局、〈マゼル〉、イディッシュ語でいう〈運〉の問題なんだ」と、ライゼルがつぶやく。「身を隠した茂みが爆撃されるかされないかの違い。死につながる病気を拾うか拾わないかの差。あるいは単に北へ逃げるか南へ逃げるか、東なのか西なのか、それだけの違いなのさ。レイヴィクにも、そのことがよくわかっていた」

こうしてライゼルは、いつもどおり《シェヘラザード》で過ごすこの日曜の朝、一篇の詩を朗誦する。お客たちの大声、ナイフと食器の音、街路の騒音のなか、彼の母語、イディッシュ語で。

いまでも
シベリアの山道をいけば
みつかるかもしれない
ボタン一個
ぼくのすり切れた靴紐
ベルト一本
陶製のカップの破片
聖なる書物の一ページ
いまでも
シベリアの小川の底に
みつかるかもしれない
なにかの痕跡
沈んだ筏の破片
森では

血に染まり　かさかさに乾いたぼろ着
雪の上には　徐々に消えゆく凍った足跡

〔H・レイヴィク「シベリアの山道で」より〕

一九四四年のある冬の朝、ライゼルが作業部隊のキャンプで目を覚ますと、連日の雪中行軍のせいで両足が凍傷をおこし、膨れ上がっているのに気づいた。赤く腫れあがり、膿と血をにじませているのだ。そこでスキーに乗り、三十キロ離れた最寄りの村までなんとかたどり着いた。

医者は、足の腫れには見て見ぬふりをし、ライゼルの脇に体温計を突っ込んだ。熱がないから作業免除の証明書は出せない、これはかりはどうにもならん、と医者は言う。たしかにそれが規則であり、ソ連帝国では、その種の理不尽な規則がすべてに先立っていた。

その日の午後、ライゼルがキャンプに戻ると、赤軍の将校たちから、部隊の持ち場を勝手に離れたとして戒告を受けた。仕事仲間たちは、なんで体温計をさっとひと振りして温度を高く見せなかったんだ、といって彼をたしなめた。それでも彼に罪はない、と仲間たちは言った。そして、もう二度と彼の姿を見ることはないだろう、と悟っていた。それがいつもの、当たり前の成り行きだったからである。

ライゼルが護衛されてキャンプを去るとき、仲間たちの目には涙があった。ライゼルは信頼できる同志だった。仲間たちは、彼の若々しい活力、気の利いたユーモア、真面目な仕事ぶりを高く評価してきた。彼らの涙には、白夜に赤々と燃える熾火、その上にかかる星いっぱいの銀河の思い出が映し出されていた。

ライゼルは、馬ぞりでヴィジル街道から軍の駐屯地に移送され、そこで六カ月の禁固刑を言い渡された。そして彼が、来る夜も来る夜も、ある同じ夢を繰り返し見るようになったのは、その獄中でのことである。

安息日《シャバト》の前日、金曜の夜。ライゼルはヴィルニュスの街路をさまよい歩いている。どの通りもカーブを描き、互いに交わっている。彼は旧市街の石畳の細道を歩いていく。堂々めぐりの迷宮のなかで、ついに迷子になってしまった。ふと、家族の姿が目に入る。しかし、それは蜃気楼のように消えていき、最後にひとり、父の姿だけが残るのだった。

父は、かつて家族みんなで住んだ一階のアパートへとライゼルを連れていく。触れようとしても手の届かない距離を保ちながら、父はロボットみたいに歩いていく。導かれるまま、ライゼルがひと続きの階段を下りていくと、大きな地下室があった。

地下室には、かつて家族そろって食事をした、あのテーブルが置かれている。家族みんなでパンをちぎり、安息日の花嫁[27]を迎え入れた、あのテーブル。ライゼルの母が祈りの言葉とともにろうそくに火を灯し、安息日の食事を並べた、あの同じテーブルだ。

テーブルは白い布で覆われている。その白さが、薄暗がりのなかで明滅する何かの影をバックに、いっそう際立っている。父は、顎を両手で支えて座り、白い布に立てられた五本のろうそくにじっと見入る。ろうが融け落ち、それぞれの根元に山をつくっている。いつしか、火の灯っているろうそくがたったの一本になった。

「どうして一本だけなの？」と、ライゼルが尋ねる。「母さんはどこ？　弟のヘニェクは？　妹のハナは？」

ライゼルの父は答えることができない。いつしか彼は前のめりとなり、動かなくなっている。もう顔も見えない。ライゼルは、見慣れた父の細かな表情を探してみる。かつて父の両眼からこぼれていた、あの楽しそうなまなざし。幼い自分をあやしてくれた、あのいつもの微笑みを。だが、いまかろうじて残っているのは、テーブルの上にがくりと落ちた頭を両腕のあいだに埋めている老人のシルエットだけだ。

ずっとあとになって、ライゼルがかつての住処、あの石レンガの町に戻ったときに、彼ははじめて知ったのだった。父も母も、妹も弟も、ちょうど彼が連夜の同じ夢を見るようになったころ、ガスのかまどのなかで死に絶えていたことを。彼は、家族でただひとりの〈生存者《サヴァイヴァー》〉になっていたのだ。

5

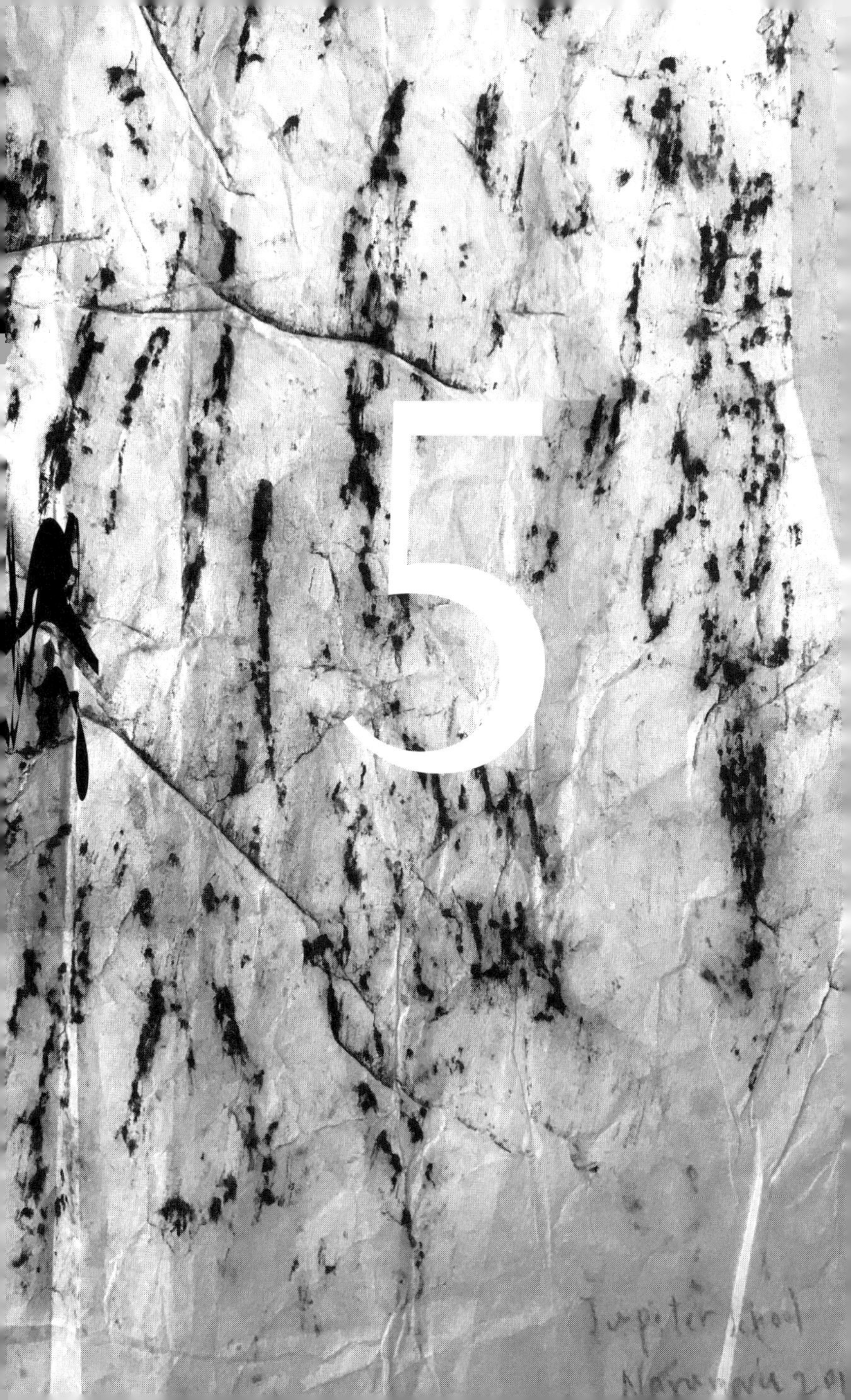

ザルマンは海にこだわる。今日も、彼はいつもの目印をたどり、オーモンド[28]の小高い丘のてっぺんまでやって来た。遠くには、グレート・ディヴァイド[29]の山々がうっすらとかすんで見える。山脈は太古の昔からこの平らな後背地を見下ろすようにそびえて来たが、今日みたいな秋の日に、その姿が見られるのはかなり珍しい。この湾の広大な眺めに、ザルマンは息をのむ。そして、いつものように丘の坂道を下るとき、彼は自分の体が軽くなったように感じる。

ザルマンは、南風に逆らい、大股で歩く。この南風はまるでサソリだ。骨髄まで貫き、目を赤く腫れあがらせる。ザルマンは海が満潮であることに気づく。波が岩に激しく打ちつけ、水しぶきが擁壁に跳ね上がっている。ザルマンはヨット・マリーナのそばをかすめたあと、くるりと灯台の方に引き返し、ふたたび海岸に出る。そうしてマリーナからセント・キルダ桟橋まで、湾全体を一望してみる。湾の向こうにはメルボルンの中心部があり、玄武岩の平地を越えて、密集するオフィスビルがかすんで見える。

この散歩は、足腰を鍛え、現在を取り戻す手段として、彼の日課になっている。ときには銀色の霜、白く厚い雲の日もあるが、そんな日こそ、ザルマンは、自分が南の町に住んでいるのだと鋭く感じることができる。

彼は、ブルーストーンの擁壁に背をもたせかけて砂浜に座り、湾内の波に目を凝らす。空は雲に閉ざされ、低く垂れこめている。ときおり太陽が灰色を押しのけ、透明な青の隙間をつくる。その太陽も退いてしまうと、風景はまたパステル調に逆戻り。水平線はあるかなきかの灰色の線。空と海が同じ光の連続体となった。こんなときこそ、想像が飛び立つ。

いまザルマンは、海鳥の翼に乗り、南に向けて滑空中だ。眼下に見えるのは、無人の島々、カツオドリやカモメが群れをなす岩礁、ペンギンやアザラシが点々とする岩場、冷たい波の合間に巨体を上下させて泳ぐ南洋のクジラたち。

彼はいま、南極をめがけて飛んでいる。あの巨大な南の入り江。白いドームをかぶった地球の極へ、大きなカーブを描いて……。そこへ、キーという海鳥のひと鳴き、ブーンというエスプラネード大通りのエンジン音が混じる。ザルマンは、やっぱり擁壁に背をもたせたまま、メルボルンの縁、その南の房べりにちょこんと腰かけているにすぎない。

ザルマンはその瞬間を味わう。海風の香りを胸いっぱい吸い込み、じめりとした砂の冷たい感触をたしかめる。ジャケットを丸めてつくった枕をブルーストーンの壁の前に置き、そこへ深く背中をもたせながら。

「ああいう瞬間が大事なんです」と、カフェに落ち着いてから、彼がぼくに言う。「ああいうときに、わたしは、ああ、自分もこんなにくつろぐことができるんだ、と感じて、いつも驚くんです。ああいう瞬間に、すべての旅路が幸せな終わり方をするんでしょうねえ」

ザルマンとぼくは、週の半ばの午後、できるだけ静かな時間帯に会うことにしている。《シェヘラザード》はほぼガラガラ。年配の男たちが新聞を開いたまま、こっくりこっくり舟を漕ぎ、ウエイトレスたちはテーブルにひじをつき、アクランド通りおなじみの通行人、つまり浮浪者と失業者たちにじっと目を凝らしている。

この週の半ばの待ち合わせを希望したのは、ザルマン本人だ。「わたしは、一対一でないと話せない性質《たち》なんです。何かを思い出し、物事の上っ面から深くさぐりを入れるときには、静けさが欲しいんですよ。まわりにたくさん人がいると、わたしは聞く側に回ってしまう。仲間がいて、仲間が楽しそうに話すのを聞くのが好きなのであって、そこに割り込んでいく気はしないんです。〈おれが、おれが〉って声を張り上げるのは、ずっと苦手でしたね」

ザルマンの話し方は穏やかで、ひとつひとつの思考、ひとつひとつの言葉に重みがある。どんな名台詞を繰り出そうが、より深い真実をえぐり出さないかぎり意味がない、というがごとく。自分は、常に失われた意味、砕け散った理想、逃げ去る糸のもつれを追い求めているのだ、というがごとくに。

「マーティン、わたしらはみな、罠にかかってたんですよ」と、彼が言う。「わたしらに何か選択肢があったでしょうか。わたしらは、ほかの人びとの決定権、わたしらの生死を左右する人びとの一存に委ねられていたんです。状況は日々、悪化の一途でした。わたしらは《ヴォルフケス》に陣取って、いろんな噂に一喜一憂しながら、ただ待っていた。そして、世界が悪のどん底に向けてすべり落ちていくのを、ただ、じっと眺めてたんです。

あの時代、悪をなす者だけが富み栄えていた。そして、いったん悪が動き出すと、次から次へ、別の悪が産み出されてしまうものなんですよ。ただ、そんな悪のただなかにあって、まるでごみ箱から生え出た花のように、貴重な救い主が現れた。

その人の名は、チウネ・スギハラといいます。日本の領事で、ヴィルニュスから一五〇キロ西にあるカウナスに駐在していました。この人がヴィザのスタンプを捺して、わたしらを窮地から救おうとしてくれた。少なくとも人びとのあいだでは、そう言われていました。わたしらは、そんなことを、とくにあんなご時世にしてくれる人がいるなんて、信じられない思いでした。でも、それがささやかな望みをわたしらに与えてくれた。あの黄泉《よみ》の国から逃れ出るための手段をね」

ザルマンはここでひと息入れ、ブラックコーヒーを口にふくむ。まるで一滴一滴を味わい尽くそうとするかのようだ。「どんな暗闇にも、必ずちらっときらめく光がある。古来、賢者たちがずっと言い続けてきたとおりですよ」とザルマン。「そしてリトアニアの町カウナスで、ナータン・フートヴィルト[30]というあるユダヤ教神学校の若い学生が、絶望に駆られながら、そうした光を探し求めたのです」

ザルマンは、この辺の経緯をよく知っている。退職後の余暇を使って、細部まで研究を重ねてきたからだ。フートヴィルトは、ベルギーに生まれてオランダで育ち、オランダのパスポートを所持していた。彼がナチスの野蛮性を知ったのは、母から届いた最後の手紙をつうじてのことだった。彼女は、ドイツによるオランダ占領を目の当たりにしていたのだ。「帰ってきてはだめ」と母は息子に警告していた。「よそへ逃れる手段を探しなさい」

一九四〇年七月はじめ、ナータンは最寄りのリガに駐在しているオランダ大使[31]に手紙を書いた。カリブ海のオランダ植民地キュラソーへの上陸許可を出してもらえませんか、と。ナータンは、キュラソーへいくのにヴィザは不要らしいと、どこかで小耳にはさんでいたのだ。続く手紙のやり取りのなかで、大使は、リトアニアに駐在するすべてのオランダ領事に向けて、国籍のいかんを問わず、すべての難民の身分証にスタンプを捺してやるよう訓令を出すことに同意した。

カウナスのオランダ名誉領事(32)は、フートヴィルトの要望どおり、「キュラソー行きにヴィザは不要」とのスタンプを捺してくれた。これで第一歩が踏み出せた。しかし、どうやってヴィルニュスの外に出るか。どうすればこのソヴィエト連邦という名の帝国から出られるのか。

もっとも危険の少ない避難経路は、東回りだった。そこでフートヴィルトは杉原千畝に接触した。日本領事は、「キュラソー行きにはヴィザ不要」という点を不可解に思いつつ、それでもフートヴィルトのパスポートに証印を捺してやった。これをもってフートヴィルトは、第三国へのトランジット期間として三週間、日本に滞在することができた。

この噂が難民たちのあいだに口コミで広がった。スープキッチン、コーヒーショップ、宿泊所、シナゴーグの中庭、すし詰めのアパート、公民館など、ヒトラーの進軍を逃れてきた人びとが身を寄せ合う、ありとあらゆる場所で。

ザルマン・グリントラウムも、脱出手段を求め、ヴィルニュスからカウナスまで出かけた多くの志願者たちのなかに交っていた。オランダ領事から「キュラソー行きにヴィザ不要」とのスタンプをもらったあと、彼らは杉原の邸宅のゲート前に集まった。その後、長い長い年月を経て、地球の反対側のとあるカフェに腰を落ち着けたザルマンは、一九四〇年八月のあの朝、もっとも深く彼の印象に残ったのは、その場を支配する沈黙だった、とぼくに語ることになる。

当時、世界じゅうの領事館が沈黙に包まれ、秩序、法手続き、形式をがっちりと守り抜いていた。そしてその朝、領事館のゲートの前に立った人びとの沈黙も、ほぼ諦めの沈黙ではあったが、同時に切望にも染め抜かれていた。上階の窓から群衆を見つめていた日本領事には、その切望の強度がはっきりと読み取れたのである。

杉原は東京に打電し、日本通過ヴィザ発給の許可を求めた。返信は、煮え切らない表現のもと、自重を求める内容だった。最終的に彼の心を決したのは、「窮鳥懐に入れば猟師も殺さず」という、サムライ精神を要約した格言だったといわれている。

そのような行動により訓戒処分を受ける恐れもあったなか、個人として大きなリスクを背負い、杉原は嘆願者たちに心を開いた。ザルマンも歩道から列をつくり、錬鉄製のゲートをとおって領事館の扉にいたる短い階段を上っていった多くの人びとのひとりだ。彼がようやく杉原の執務机の前まで来たとき、杉原は彼の顔を見上げることさえなかった。スタンプを捺すのに大忙しだったのである。

それから二、三週間、最終的にカウナスの領事館が八月末に閉鎖されるまで、杉原は数千通のヴィザを発給した。二名の助手が廊下に陣取り、大量の申請をてきぱきとこなす手伝いをした。いよいよ領事館を去ってカウナスの駅に向かう、その間際でさえ、杉原はあわてふためく難民たちにヴィザのスタンプを捺してやった。

難民たちは彼のあとについて通りを歩いた。駅では彼のまわりに輪をつくった。とうとうプラットフォームにまでついていき、杉原の客車のそばで群れをなした。列車が動き出すと、人びとはそれに沿って歩いた。その間も、杉原は差し出された証書にスタンプを捺し続けた。そのようにして、人びとの嘆願に耳を傾けたのだ。

杉原はみずからの良心に従った。古き格言を尊び、できるかぎりのことをした。それがキャリアの面で大きな代償をともなうことになった。そして、深まりゆく暗闇のなかに光を灯そうとした人物として、しかるべき名誉に浴するまで、その後、何年もの歳月を要することとなった。

ザルマンがヴィルニュスを発ったのは、一九四一年二月八日のことだ。町は雪に覆われていた。空は澄み渡り、太陽の光がまっすぐ降り注いでいた。正午に部屋を出、ヴィルニュス駅まで橇《そり》に乗った。〈杉原のユダヤ人〉たちは、その日の午後二時、専用の客車で出発した。

列車がリトアニアの田園風景のなかを突き進むあいだ、ザルマンは、二カ月前、NKVDのヴィルニュス支署に出向いたときのことを思い出していた。ザルマンの命運は、この秘密警察の手中にあった。出国許可を願い出るというだけで、労働キャンプ送りの危険性もあった。かといって、ほかに選択肢があるわけでもない。そのままでは杉原のスタンプが無駄になってしまう。なんとかして、ロシアから日本へ脱する方法を見つけねばならなかった。

ザルマンは長い尋問を受けた。部屋には、机と椅子二脚のほか、ヨシフ・スターリンの写真が飾られているきりだった。数週間後、ザルマンは不安げな面持ちの群衆に交じって、ヴィルニュスのソ連国営旅行社《イントゥーリスト》支社の掲示板の前にいた。そして、ついに出国許可が下りた人びとのリストのなかに自分の名前を見つけたとき、彼は小躍りした。

だが、一難去ってまた一難。ソ連当局は列車の代金をアメリカ・ドルで支払うよう要求してきた。結局、ザルマンの切符は、アメリカの支援団体から届いた外貨で清算されることになった。それまでの十五カ月間、ネズミの迷路のなかをさまよっている気持ちになったのも一度や二度ではなかった。ようやくいま、東に向けて移動しながら、彼は自由の感覚を味わっていた。たとえ、それが一時《いっとき》のものであったとしても。

夜になって、列車はミンスクに停まった。客車はそこで切り離された。ザルマンは眠りに落ち、次に目覚めたときには、ふたたび移動のさなかだった。午後、モスクワに着き、しばしの空き時間を地下鉄に試乗して過ごすことになった。ザルマンは、大理石をふんだんに用いた駅や、シャンデリアで飾られたホームに目を見張った。タイル張りの通路、彫刻やモザイクの装飾がほどこされた壁面は見事だった。ひんやりとしたトンネルの迷宮を抜けて車両が静かにすべっていくさまは、まるで亡霊が冥界の恍惚のなかを歩き回っているかのようでもあった。

その恍惚感は、夜明け前、シベリア横断鉄道に乗り込んだあともしばらく続いた。列車は雪の平原を越え、白一色のウラル山脈を貫いて走った。ロシア全土が雪に包まれている。だが、乗客たちにはそれが嘘のようだった。彼らの旅は快適そのものだ。列車には暖房がきいていて、車掌が温かいお茶さえふるまってくれる。持ち金に余裕がある人は、夕食時にウォッカも注文することができた。

ザルマンも、背後にどんどん飛び去っていく駅の風景などを眺めながら、夢の世界に誘い込まれそうになる。ふと線路の側道に目をやると、武装した監守らに付き添われ、とぼとぼ歩く囚人たちの姿が目に入った。頭を前にかしげ、両肩を落とし、希望の失せたうつろな目をした囚人たち。それは、後方に飛び去る地獄の風景、世界の反対側との短い接触だった。あとはひたすら暗闇と、単調なリズムで軌道上をひた走る列車の鼓動のみ。

乗客たちは、シベリア中央部のノヴォシビルスクで、一時間の下車が許された。そのホームにだけ、なぜか人影がなかった。ザルマンは待合室まで歩いてみた。気がつくと彼は大勢の人混みのなかにいた。人びとはみな、まるでロボットのようにひしめき合っている。所在なげに、ただゆっくりと動き回っている。

ザルマンと目が合うたび、彼らは羨望の気持ちをのぞかせた。小ぎれいな格好をしたザルマンに対し、彼らはぼろ着姿だ。ザルマンが用ありげに歩いていくと、彼らはもぞもぞと退いて通り道をつくる。見ると、ほかにもホームに座り込み、荷物の上に身をかがめている人びともいる。まるで、自分の命とそのささやかな所持品だけはどこまでも守り通してみせる、とでもいうように。彼らの目に、ザルマンは別世界の人間と映っていた。ザルマンにはそれがわかった。手を伸ばし、彼らに触れたいとも思った。だが、同時に恐ろしさの気持ちに引き戻され、急いでその場をあとにした。

夜がきて、また昼となった。次の夜には、イルクーツクを過ぎ、バイカル湖の突端にさしかかっていた。氷に覆われた湖面が、満月の下、光輝いて見える。氷が青白い光を反射し、十分本が読めそうな明るさだ。静寂と清明、内海の上にぽっかり浮かんだ満月。ザルマンは、この夜の一部始終を、生涯、忘れることがないだろう。

仲間の乗客たちが眠り込んだあとも、ザルマンは立ち尽くした。大気中に鋭さがみなぎっている。この瞬間、彼は歓喜の高ぶり、抑えがたい興奮を味わった。自分はバイカル湖沿いをゴトゴトと進む列車に運ばれ、未知の世界に向けて移動中の身にすぎない。だが、そんなことはどうでもよい。もうほかの場所へいきたい、とさえ思わない。彼は、この瞬間が永久に終わらないことを願った。静けさを抜け、月明かりに照らされた見知らぬ湖海を越えての、この孤独な旅のひとときが。

鉄道の終点に、帝国の東のへりにうずくまる港町ウラジオストクの姿が見えてきた。夕暮れどきに到着した乗客らは、そのまま各自の席で待機するよう命じられた。不安がよぎる。兵士らがホーム上をパトロールしている。本当はこのヴィザは無効なんじゃないか、土壇場で出国許可が取り消されるんじゃないか、といったたぐいの噂が飛び交う。「結局、ロシアからは出られんのだ」と誰かが言えば、別の誰かも、「そう、罠にはめられたんだよ」と言う。「だいたい、どこかへ逃げられる、なんて考えが間違ってたんだ」

ザルマンと仲間の乗客らが列車から降ろされたとき、あたりはまだ真っ暗だった。彼らはバスで波止場まで移送された。彼らの視界がおよぶかぎり、町は暗がりのなかで押し黙っていた。ところどころ、家の窓と街灯に明かりが灯っているのみ。彼らの前には、湾の黒い水がどこまでも広がっていた。

乗客たちは、波止場の方へと急き立てられた。視線を落とし、港湾警察とは目を合わせないように努めた。そして、ひたすら黙りこくった。自分たちの運命について、とうに決定権をなくした者たちの沈黙であった。

港が灰色の薄暮に包まれたころ、乗客らは、日本人クルーが配置された日本の貨物船に乗り込んだ。ブリッジにはロシア人の役人がひかえている。ザルマンが渡航書類を差し出すと、役人はロシアの通過ヴィザだけを引きちぎった。そのときザルマンは、それが不帰の瞬間であることを痛いまでに感じた。いま彼は、自分の過去、友人、家族、その他、それまで見知っていたものすべてから引きちぎられた。いまや、さすらいの人、難民になったのだ。そして以後、終生、難民のままなのだ。

唯一の心の支えは、旅仲間たちだった。ヴィルニュスからここまでいっしょに移動してきた三百人ほどの人びとである。彼らは一様に疲れ果て、方向を見失ったまま、未知の世界の縁をさまよい歩いていた。だが、偶然によって結び合わされただけのこの集団が、いまや親族同様のまとまりをなしていた。そこに、彼ら全員が心の支えを見出していた。

ザルマンは、絶えず何かに当惑しているような表情を見せる。いまこうして、週日の午後、《シェヘラザード》に腰を下ろしているときも。彼はもう一度、ゆっくりとコーヒーを口に含み、窓から差し込む日の光にじっと目を凝らしながら、その味と自身の思考を味わい尽くそうとする。退職以来、こんなふうに何かを味わい、ゆっくりと時を過ごすことが、彼の最大の楽しみとなった。

「つまり、わたしらの重心が移動したってことです」と、彼が語りをつぐ。「わたしらが出航した日、甲板に立ってわたしが感じたのは、その点ですよ。水夫たちが船に貨物を積み上げていました。積み荷にまじって、馬の集団もいましたよ。わたしらの数時間前、同じようにして乗せられていたんです。馬たちの目にも、迷いと怯えが見て取れた。わたしらとまったく同じだったんです。わたしらも、どっかに追いやられていく家畜みたいなものだった。こうして重心が動いていった。ポーランド、ロシア、ヨーロッパから遠く離れ、幼少期の家からも遠く離れた場所へとね。

以来、今日にいたるまで、わたしには重心というものがない。自分が根無し草だと感じるし、この先もずっとそうでしょう。すべて、はぎ取られたんです。青春時代の香りとか、定まった生活様式といったものをね。そして、そこには一定のメリットもある。自由気まま、というかね。たとえば、わたしはもう五十年この方、メルボルンに住んでいるが、いまなお帰属意識ってものがまったくない。人生においてはすべてが仮そめ、単なる橋にすぎない、という意識が強いんでしょうね。誰だって橋の上に家なんか建てないでしょう。でも、そのかわり、わたしは自分のなかに家をもっている。いつでも自分のなかに逃げ込んで、気の向くまま、どこにだっていくことができるのです。

〈シャンペンを味わいたくても、懐にはビール代のみ〉、そんなことわざがありましたか。でも、わたしには、ビールの味をシャンペンにするだけの想像力がある。それだけが、わたしの天賦の才です。すべてを失うことによって、自由の身になったんです。

たとえば、わたしは、それぞれの国家の歌などというものに、あるとき以来、とんと関心がなくなった。国とか民族とかいったものにもね。それらとて、一時滞在者みたいなものじゃないですか。自分が何者かっていう真実は、別のところにある。見知らぬ海をさまよいながら、各人が内側の生を整える、そのやり方にあるんです。

すべてを失うことによって、わたしはすべての価値がわかるようになった。たとえばこの一杯のコーヒーの味、その温かさ、香り。海沿いの散歩もそうですし、いま《シェヘラザード》のテーブルに友人といっしょに座っている、この瞬間もですね。これ以上の何があるっていうんでしょう。どうです、違いますか？」

日本の貨物船は、夕方近くになって錨を揚げた。船周辺の水面には港のごみが漂っている。砕氷船が何艘か湾内を行き来している。船が遠ざかるにつれて、ウラジオストクの町の灯りがちらちらと明滅する。ザルマンは船酔いが心配だったが、その日の海は凪いでいた。船の優しい揺れが、彼の気持ちを落ち着かせてくれた。

船が沖合の暗闇に包まれたころ、ザルマンは船倉に下りていった。船倉のなかは通路で区切られ、そのあいだに藁の筵が並べてある。乗客たちは筵の上に横たわり、もう眠り込んだ者もいれば、天井をじっと見つめている者もいる。片隅の暗がりでは、髭を生やし、黒い長衣を着た男が、祈りに合わせて体を前後に揺らしている。

ザルマンも筵の上に横になり、眠りに落ちた。深い眠りだった。気持ち悪さを感じて目覚めたときは、まだ真夜中だった。頭と体全体がずきずき痛む。彼はふらつく足で甲板まで出て嘔吐した。それから這うようにして藁の筵まで戻って、眠りに落ち、数時間後、ふたたび目覚めたとき、彼は唇に何か冷たいものを感じた。旅仲間のひとりが、リンゴのひと切れを彼に食べさせようとしていたのだ。旅仲間は微笑んでいた。ザルマンはその年配の男、まさに賢者の趣をたたえた男の微笑みと優しさを、今日まで片時も忘れたことがない。ザルマンはリンゴを食べ、そしてふたたび暗い眠りのなかに落ちていった。

明け方、目を覚ました彼は、階段を上り、甲板に出てみた。海は鏡のように凪いでいた。水平線上に、日本の海岸線らしきものが見える。遠くの小高い丘の上に松林が見える。船は静かな海をすべるように進んでいく。そうやって何時間、立ち尽くしたか、よく覚えていない。しばらくして、その場を離れがたい思いとともに、朝食をとりに下りていった。

昼前、ふたたび前甲板に立っていた。日はすでに高い。陸地もどんどん近づいてくる。森、畑、木立の丘、港、湾の入り口も見える。そのとき、彼は思った。「ついに『蝶々夫人』の国にやって来たのだ」と。

敦賀の埠頭が、静かな夢のように迫ってくる。その町並み、街路、チーク色の木造家屋が、ザルマンにはよく見えた。なかでも一軒の家に目が留まった。扉がある。それが横にすべり、キモノ姿の女が現れる。女は木の履物をつっかけたまま、しばらく歩き回ってから、ふと姿を消した。だが、ザルマンの想像のなかで、彼女は永遠に光り輝く存在、未知の国の最初のひとコマ、『蝶々夫人』の化身となった。

ザルマンは何よりも心の平静を好む人間だ。しかし、いくつか未解決の問題が心のどこかに引っかかっている。自分がいまなお旅の途上にあり、しかも、その舵取りの力をずっと奪われたまま今日にいたっている、という意識である。ワルシャワの家族に別れを告げ、東への逃避行を始めた、あの時点へ、彼の心は何度となく立ち返ってしまうのだ。

とにかく事の運びがあわただしすぎた。最後に見た母の姿、父が最後にかけてくれた言葉、慣れ親しんだ街路の最後の風景を、しばし立ち止まり、記憶のなかで整理する時間など持てずじまいだった。そもそも、あれが永遠の別れになるなど、どうして知りえただろう。それが、これまで五十年にわたって彼の心の平穏をかき乱す問いだった。要するに自分の人生は、確かなものから遠ざかる一方の長旅にほかならなかったのではないか、と。

そして、そこには別の要素もある。罪悪感と呼んでいいのかもしれない。あるいは逆説、受け入れがたい現実認識とでも。いずれにせよ、ヴィルニュスから遠ざかる旅の途上、思いがけぬ歓喜の瞬間があったことは確かだ。こみ上げる自由の感覚に頭がくらくらするほどの瞬間が。そして、この感情は、彼の目がはじめて『蝶々夫人』の国の姿をとらえた、あの日以上に強烈だったことはない。

翌朝、日の出を待って、彼は貨物船内から波止場に降ろされ、人気のない敦賀の町を仲間とともに歩いた。三百人、あるいはそれ以上からなる集団は、いまだ眠りから覚めぬ町並みを縫うように歩いていった。細い道の両側に木造の家が立ち並んでいる。セメントの用水路にかかる小さな橋が、各家の玄関につながっている。女がひとり、店先をほうきで掃き清める。漁師が二人、網を重そうに背中に垂らし、浜の方へ歩いていく。町の背後に迫る丘の上には、まだ太陽も姿を見せていない。

一行の命運は、税関吏と鉄道職員、日本当局とユダヤ救援組織(33)の活動員たちの手に委ねられていた。救援組織のメンバーらに導かれるまま、一行は駅の改札を通った。そしてホームの一番端っこにいき着いたとき、時刻どおり、一分の遅れもなく、列車がすべり込んできた。

客車のドアが開く。難民たちは、一列になって乗り込み、席につく。ひとりひとりに、きちんと一席があてがわれている。ザルマンが感心したのは、この効率のよさ、正確さ、礼儀正しさだった。それから清潔さも。それまで以上に自分が夢の世界を移動中なのではないか、と感じられた。

列車は峠を越え、這うように進む。ザルマンの目は、水量の豊かな滝や峡谷の姿をとらえた。何世紀もの風にたわんだ松の林も見える。農地は、水を張った田んぼで縦横に区切られている。そのなかに、長靴、色とりどりのシャツ、パジャマ式のズボンといった出で立ちの農民たちが立っている。女たちは白頭巾をかぶり、腰にたすきを巻きつけている。藤色、青緑色の背景画のなかに、かわいらしい民家のまとまりと、その瓦屋根がおさまっている。城の廃墟、邸宅風の建物とその瀟洒な庭、木造の寺、神社のまわりに集まった参拝者たちの群れ。そういった風景が、次々とザルマンの視界のなかを通り過ぎていった。

しばらくして、列車は煙ですすけた工業地帯にさしかかる。広々した田園風景が、都市の目抜き通りや行き交う群衆の姿に取って代わられる。列車は速度を落とし、駅に停車した。扉が開き、難民たちは、また一列になって車外へ。ホームで待ち受けていた救援組織のメンバーらに付き添われ、駅の外に出た彼らは、神戸の市内へと歩を進めた。

一時滞在のこれら無国籍の男たち、女たちが、冬の太陽の下を歩く。光に慣れていない彼らは、昼の太陽にさらされ、しきりにまばたきをする。しわしわの服、よれよれのスーツは、ヴィルニュス以来、ずっと着た切りだ。

彼らに交って、黒ズボン、白シャツに、つば狭の帽子をかぶり、刺繡模様の袋に包んだ祈禱書をしっかりと脇に抱えたユダヤ教神学校《イェシヴァー》の学生たちがいた。その脇を、絹の黒コートに身を包んだラビたちが歩き、さらにその脇を数えるほどの子供たちが歩く。女の子はすり切れたワンピースを着てスカーフをかぶり、男の子は半ズボンに、やはりすり切れたジャケットを羽織っている。子供たちは、保護者役を買って出てくれた大人たちと手をつないで歩く。母親や父親と手をつないでいる子もいるのだろうが、そのように家族そろって無事なのは、きわめて稀なケースだ。

それを除くと、ほとんどがザルマンのような独身男性である。彼らの脳裏からは、愛する家族の面影が消えない。神戸の急な坂道を登っていく男たちの心を苦しめていたのは、その残像だった。坂から見下ろすと、目に入ってくるのは、またひとつ新しい港の風景だ。坂を登るにつれて眺望が開けてくる。港には砲艦や貨物船が多く停泊していた。

湾が、銀の光沢とともに輝いている。海岸線の一部が内陸へと入り込み、数百メートル水平を保ったのち、いま彼らが登っている丘陵地へと一気に駆け上がっている。途中、フランス、イギリス、スイス、デンマーク、ノルウェーの旗を掲げた建物の前を通り過ぎた。彼らが歩いているのは、商人、外交官、富裕貿易商、海運業者などの家が寄り集まる国際地区だったのだ。

坂道を登りながら、ザルマンは不思議な感覚にとらわれていた。その日一日がまるで夢のようだった。何よりも彼は、目にするものの美しさ、その均衡に魅せられていた。そして頼れる人びとの手に引き渡されたのだ、という安心感に包まれていた。その日は、異郷の神々と流れの速い小川の土地を横切って旅程をこなした。しかしなお、彼のまわりの男たちのほとんどがそうであったように、彼も、事態が好転した暁《あかつき》の再会を約しつつ別れてきた人びとへの思いを断ち切ることが、どうしてもできなかった。

事態好転の暁という、この希望に彼らは必死にしがみついていた。絶えず政治を語り合い、あらゆる可能性によすがを求めた。アメリカ、オーストラリア、カナダ、あるいはパレスティナへの移住を夢見、夜にはタタミの上に身を横たえ、およそありえない未来を想像のなかにたぐり寄せようとするのだった。そして毎朝、神戸のユダヤ人たちがヨーロッパ人居留地のなかで彼らのために借り上げてくれた〈ホーム〉で目を覚まし、コミュニティー・センターまで下りていった。

センターは、丘陵のすそ野、狭い小道沿いにある何部屋かの建物だった。一九四一年の春から夏にかけて神戸で過ごした何千人もの難民たちにとって、それがなじみの場所となった。彼らはその部屋で何時間も過ごしながら、決まった書式に氏名を書き込んだり、新聞を読んだり、共同のラジオに聞き入っては最新の情報を仕入れたりした。

いまでもザルマンは、あの狭い事務室、金属のファイル棚、ぼろぼろの木机が目に見える。いまでもあの灯油ストーブの匂いを覚えているし、朝、窓から差し込んできて憂鬱を晴らしてくれた、あの太陽の光をまぶたに浮かべることもできる。そして毎朝、気を取り直してはコミュニティーの掲示板の前に立ち、数千キロ西の本当の〈ホーム〉から便りが届いていないか、目を走らせるときの心臓の鼓動を、いまもはっきりと思い出すことができる。

いつもザルマンは、掲示板を隈なくチェックし、一度、肩をすくめては、近隣をぶらつきに出るのだった。よい知らせはほとんどなかった。第三帝国の軍は、あいかわらず死の進撃を続けていた。ヴィザの申請は却下され、扉は依然、閉ざされたままだった。そんなとき、歩く以外に何をしろというのか。

彼は、バナナやミカンを山積みにした露店の前をずんずん歩いた。それまで嗅いだことのない香草や香辛料を売る店の前でしばし立ち止まってみたり、通り沿いに列をなす売り子たちが売っている揚げ物の香りを胸いっぱいに吸い込んでみたりしながら。灰色のキモノを着て、赤子をおぶった女たちが多く集まる路地をさまよったこともある。通行人のなかにはカーキ色の軍服姿も見えたし、町なかのラジオからは軍歌が鳴り響いていた。可動式の料理用コンロが歩道上に一列に並び、揚げた魚の匂いがあたりに漂っていた。自転車と人力車で混み合う通りを、軍用車両の列が駆け抜けていく。

ザルマンは低地まで下りて、軍事施設が立ち並ぶ埠頭の方へ歩いてみた。戦車と大砲が防水シートの下で汗をかいているように見えた。倉庫群が波止場のすぐそばまで広がり、水際では将校連がもったいぶった足取りで歩いている。

ザルマンは高台に戻った。さびれた小道を抜けて、〈ホーム〉近くの公園へいってみる。ベンチに座ると、眼下に港が一望できた。真紅色や青の瓦をふいた中腹の家々に目を凝らしてみる。竹の群生と満開の椿が印象的だ。梅が最初のつぼみを膨らませているのもわかる。ザルマンは、自分の旅路の終点が、ここ、この町を見下ろす公園のベンチであってもまったく構わない、と思った。

日が暮れるころ、独身男の一群と家族二組が同居する二階建てのレンガ造りの家に帰る。ちょうど真向かいにドイツ人の住む家があって、屋根の上の白いポールには、いつもナチスの旗がはためいていた。このドイツ人の商人たちと無国籍のユダヤ人らは、ときおり路上ですれ違うことがあっても、どちらからも決して声をかけなかった。ザルマンは、自分が純粋な偶然によってこの最果ての王国に放り込まれ、いまは幻の時を生きているのだ、という感をますます強めるのだった。実際にできることといえば、機をうかがうこと、そして歩くことのみだった。そして、ときには日本の内陸部へ足を伸ばしてみることも。

一度、彼は、友人らに誘われるまま、女性歌劇団で有名なリゾート地、宝塚まで遠出したことがある。町は春の花々でまばゆいばかりだった。ザルマンは仲間らとともに宝塚大劇場に陣取り、その回り舞台に目を凝らした。その日の演目は、故事をもとにしたサムライの立ち回り、ムーラン・ルージュ流のカンカン・ラインダンス、古代ローマを舞台とする剣闘士の決闘、そして締めくくりに、ブロードウェイ風の歌と踊りによる定番の演目。まさに西洋と東洋をそのまま舞台上で混ぜ合わせる異色の構成だった。ザルマンは、国を隔てる境界線がかき消され、世界の土台が自分の足元で溶けていくような感触を味わっていた。

別の日、神戸の町をそぞろ歩いていると、一軒の小さな喫茶店があった。薄暗い店内に、座席がきちきちに並べてある。シューベルトのソナタの調べに引き込まれ、思わず店の扉をくぐった。キモノ姿の日本人女性が、アイスクリーム・ソーダと代用コーヒーを出してくれる。音楽がやむと、彼女は蓄音機のところまで戻っていき、今度は、同じソナタながらショパンの〈ポロネーズ〉をかけた。

ザルマンの前に六人の客がいて、リクエストの順番を待っていた。自分のリクエスト曲が流れ終わると、席を立ち、新しい客に順番をゆずるという仕組みだ。ウエイトレスが近づいてきて、曲のタイトルを集めた冊子を手渡してくれる。ザルマンは、チャイコフスキーの交響曲、最終楽章を選んだ。

この店は、クラシック音楽をこよなく愛するひとりの日本人が、みずからの発案で始めたものだった。壁の貼り紙は〝店内私語厳禁〟を周知していた。この規則を守らない客がいると、店主は一時、音楽を中断し、しかめ面をしてみせるのだった。もっぱら音楽愛好家だけのカフェなのだ。

ザルマンは、次第に、さまざまな感覚の微細な部分に敏感になっていった。日々の散歩をつうじ、時間の裂け目のなかに宿る平和を見出していったのだ。チリンという風鈴のひとそよぎ。白の小袖に黒い烏帽子という世俗離れした出で立ちで、足早に通り過ぎていく神官たち。誰にもわずらわされることなく、庭にひとりたたずむ老人の姿。近隣の寺から響いてくる仏教僧たちの読経。そして、ポーランド出身のラビ学者たちが、仮住まいの信仰の家から外に漂わせている単調な祈りの声。

ザルマンは、自由思想家で社会主義者の、いわゆる世俗ユダヤ人の家庭に生まれ育った。だが、この仏教僧の読経とヘブライ語の祈禱の双方に、彼は、狂い果てた世界にあって、なお調和を求めようとする人間たちの共通の願いを聞き分けることができた。同じ願いは、いまやなじみの場所となった名曲喫茶でも耳にすることができた。とくに、ひとつの音がトレモロで響き渡る瞬間、ふいに訪れる清らかさと透明さの瞬間に。

ある日、やはりその喫茶店にいて、レコード演奏の合間のことだった。常連客のひとりが、近々、神戸から三〇キロのところにあるオーサカという町で、日本のオペラ劇団がジュゼッペ・ヴェルディの『ラ・トラヴィアータ』を上演することになっている、と教えてくれた。ザルマンにとって、その翌日の顚末が一生涯の思い出となった。朝、難民仲間のオペラ愛好者たちからお金を集め、チケットを買いに大阪まで出かけたのだ。

大阪駅に着くや、ザルマンは、賑やかな交差点の真ん中で交通整理をしているお巡りさんに近づいていって、歌舞伎座までの道を尋ねた。お巡りさんは、すべての車両をいったん停止させ、ザルマンを市電《トラム》の停車場まで案内してくれた。しかも、ほかに彼の案内役をつとめてくれそうな人が見つかるまで、しばしザルマンに付き添ってくれたのである。

通りがかりの人が、彼を車内に導いてくれた。十五分後、劇場に到着する。ザルマンはチケットを買い、そしてその夕方、仲間のグループを連れてもう一度、神戸からオペラ観賞に出かけたのだった。

日本人の歌い手たちは、イタリア式アリアの演出において、いささか堅苦しく、ぎこちなく見えた。しかし、自分たちから遠く離れた文化に引けを取るまいと懸命な彼らの姿には、どこか抗しがたい魅力があった。演出が全体として独特の魔力を発揮し、アリアは催眠効果を醸すまでとなっていた。いわば西洋の流れるような動きが、東洋の定式化された舞台作法のなかにすべり込んだ格好である。ヨーロッパ産オペラの決まりごとが、歌舞伎のしきたりとともに再現されていたのだ。ザルマンは完全に魅了された。

観劇のあと、彼は仲間たちと大阪の町を散策した。夏の空気が実に心地よい。「一年前、こんなことになるなんて誰が予想できただろう」、ひとりひとりが心のなかで自問していた。「日本で『ラ・トラヴィアータ』を観るなんて」。こうして彼らが興奮気味で神戸に戻った、そのあくる日の夕、第三帝国軍ロシア侵攻の第一報が飛び込んできたのだった。

一九四一年、日本の夏、その六月の夜にラジオニュースをむさぼるように聞きながら、彼らは、もはや世界が以前と同じではありえないことを悟った。数日後には、ヴィルニュス一帯が炎に包まれた、との知らせも入ってきた。彼らは、これまで以上に、背後に残してきた愛する家族から隔てられてしまった。そして、これまで以上に、罪の意識と抑えがたい愛《いと》おしさに責め立てられることになった。

かつての世界へ戻る道は、とうに絶たれていた。ウラジオストクから敦賀への船旅も、もはや不可能となった。日米関係の悪化にともない、アメリカ行きの選択肢が薄れていった。キュラソーは遠すぎる。日本当局は、同盟国たるドイツ側から、難民たちをより厳格に処するよう圧力をかけられていた。ユダヤ組織の指導者たちと日本当局が水面下であわただしく交渉を重ねた末、ひとつ残された最後の選択肢が実行に移されることとなった。

一九四一年九月十七日、七カ月の幕間を経て、ザルマンと仲間たちは、トランクの柄をしっかり握り、丘の中腹の〈ホーム〉から波止場へと下っていった。すでに季節は秋となり、神戸の町は赤と金に染められつつあった。街並みが急によそよそしく、黙りこくったように感じられる。ふたたび彼らは、世の流れから外れた異邦人、自分の手で御することのできない旅路の囚われ人となった。

難民たちは、客船〈大洋丸〉に乗り込んだ。夕方、彼らは甲板に立ち、それまで彼らの避難地となってくれた高台の家々をじっと見つめていた。船と陸のあいだが広がり、最後の町の灯りがかすんで消えゆくまで、彼らは見つめ続けた。いまでもこの瞬間を思い出すとき、ザルマンは、ひと呼吸入れ、しばし不動の姿勢をとる。あたかも、〈大洋丸〉が東シナ海の暗闇を突き進むあいだ、彼が味わっていた諦めの感覚、あるいは寄る辺なさを、そのまま生き直しているかのように。

ぼくらが《シェヘラザード》のテーブルに座り、飲み物を飲み、議論を交わし、おしゃべりをしているあいだにも、ぼくが彼らの語りにじっと耳を傾け続けているそのあいだにも、この古老の男たちは過ぎ去っていく。ひとり、またひとりと、この世を去っていく。数週間に一度の割合で、ぼくの耳に新たな訃報が入る。ぼくは、とうに彼らの集団的運命に引き込まれている。だから、カフェから車で一時間ほど、町の南のはずれに広がる墓地まで、ぼくはその都度、彼らの棺につき従うことにしている。

ぼくが彼らを見送った季節も、いまでは全シーズンにおよんでいる。春には草花が芽やつぼみを吹き始めた小道を通り、夏の暑い日には、固く、からからに乾いた参道の土を踏みながら。冬の朝には、雲が低く垂れこめるなか、靴を泥だらけにし、墓の脇の濡れた粘土に足を取られそうになり、秋の午後には、太陽が北の地平線に低くかかるころ、朽ち葉で金色に光る小道を踏みしめながら。

墓地は、平坦な台地の上にある。北の方角にはダンデノン丘陵がそびえ、空気が澄んだ日には、ボール紙を切り抜いて立てかけたのかと思うほど、茫漠と広がる大空に対し、ごく短い焦点距離で光り輝いている。そんな日、ぼくはあの古老の男たちがたどってきた旅路の最後のアイロニー、物語の最後のひとひねりを感じ取ってしまうのだ。

たしかに彼らは、粉々にされた人生をやり直すため、古い世界から新しい世界に渡って来たのだった。しかし、彼らの墓のそばに立ってみると、ここもまた確実に齢《よわい》を重ねてい く土地であることがわかる。地質学的な時間の浸食を受け、木々に覆われた丘陵と玄武岩の平野に姿を変えて来たこの土地も、いまでは一種独特の光に浸され、その光が、いまこうして葬礼の祈禱を唱えるユダヤ教ラビの姿を照らし出しているではないか。

ラビの声が風に運ばれていく。弔辞も宙に吸い込まれる。友人たちがひとりずつ歩み出て、パイン材の棺の上に、掘り出されたばかりの新鮮な土をかけていく。自分の順番を終えた人びとはうしろに下がり、この宙づりとなった時間、静かに会話を交わす。

会葬者たちが引き上げたあと、二人の係員が墓の埋め戻し作業を完遂する。数分もかからず、残るは土の小山と、その上に立てられた木の杭のみとなる。人びとの群れがほどけ、世代がひとつ移り変わるのだ。こんなふうに、ひとつひとつの生を見送るたび、ぼくにははっきりと感じられる。その主《ぬし》といっしょに墓穴のなかへ消えていく前に、語ってもらいたくてうずうずしている物語がある。人に聞かれることを、ひたすら待ち望んでいる話がある、と。

だから、ぼくはカフェへ戻り、この世にまだ残る語り部たちに合流しては、話を聞き、記録をとる。何かを書き込み、そうして、ぼくもいつかはこの世を去る。でも、それによって、この古き土地の神話に何かをちょっとつけ加えることができるかもしれない。

上海で過ごした時期を思い出してほしい、とぼくが頼むと、ザルマンの返答はいくぶん曖昧になる。「上海? 何が一番際立っていて、どんな印象が蘇ってくるか、って? 一言でいえば、混乱《カオス》ですよ。神戸が均衡《シンメトリー》だったとすれば、上海は混沌だった。神戸が牧歌的な間奏曲だったとすれば、上海はネズミの迷路、袋小路でしたね。

マーティン、もしもわたしが絵描きで、戦時期の上海を油絵にしてみせろといわれたら、筆をパレット上のすべての絵の具に浸し、そのままバシャバシャとでたらめにキャンバスに叩きつけるでしょうよ。あるいは音楽家だったら、世界じゅうから楽器という楽器をかき集めてきて、〈さあ、吹け、鳴らせ、叩け。とにかく、できるかぎりやかましく演奏しろ。みんないっぺんにだ〉と言うでしょうね。

それ以上、何が言えますかね。上海で、わたしは、とにかくどこかへ逃げたいという気持ちにつきまとわれていた。沼地にはまり込んで、身動きとれなくなったような感じです。上海は、衰運の極みといいますか、その混沌のなかで、わたしは負けを認め、すべての希望を手放さなくてはならなかったのです。それでいて実に不思議なことに、その上海で、わたしは、神戸の町なかを毎日歩き回りながら味わい方を習得した、あの孤独の瞬間をふたたび見出すことになったのです」

こう語るザルマンの眉間に、いつもの皺が戻っている。そして、その瞳には、あの旅路を振り返るときに決まって見られる畏怖と皮肉の交錯したまなざしが帰ってくる。その旅路は、いまなお彼の体を貫いて続いており、彼の心に何かをあふれさせるその力でもって、彼を驚かせてやまない。

三十六時間の航海の末、〈大洋丸〉は黄浦江の河口部にさしかかった。ザルマンは、どちらにも流れていないように見える、その川のコーヒー色の水面に目を落とす。コウモリが羽を広げたような帆掛け船が港に点々としている。帆掛け船には家族がひしめき、ありあわせの紐に干された洗濯物がはためいている。石炭を満載した平船、それを操る船頭たちの顔は、埃と炎天下の労働のせいで真っ黒だ。貨物船や定期客船が、倉庫とドックの密集する一帯にゆっくり接岸を試みたり、逆に静かに離岸したりしている。オール一本のサンパンが、童話の勇敢な小人たちのように素早く行き交う。〈大洋丸〉の舳先の部分に立ってみると、ぴしゃぴしゃと船を叩く水の音が聞こえる。それが、周囲のけたたましい騒音のなかでいっそう蠱惑的に響く。そして、この暑さだ。人を疲労感に包み込み、感覚をぼんやりと鈍らせる、この種のじめっとした暑さをザルマンはそれまで経験したことがなかった。

〈大洋丸〉は、鋭い弧を描いて旋回し、川岸の大通りに近づいていった。岸では、トロリー車や、中国人の車夫が引っ張る人力車がひっきりなしに動き回っている。苦力《クーリー》たちが天秤棒に吊るした荷物を揺らしながら走り過ぎる。彼らのしなやかな体は汗でぐっしょり濡れ、そこに太陽の光が反射している。イギリス人やフランス人のお偉方たちも、そのかしこまった服装の下は汗まみれだ。富み栄える銀行や商社なのだろう、ドーム型天井、アーチ窓、浅浮き彫りの円柱で飾られたヨーロッパ式のビルが、目抜き通り沿いに高さを競っている。

ザルマンがこの通商と金融の魔都に目を釘づけにされているあいだ、〈大洋丸〉は、川岸からやや離れたところに錨を降ろした。神戸からやって来た難民たちは、小型エンジンつきのランチに乗り、水際まで運ばれた。安い貨物のように扱われる感覚は、これまでも、どこの国境でも同じだった。地位と権力を笠に着てふんぞり返る制服組の役人どもに鼻先であしらわれる、この感覚。

出迎えてくれたユダヤ難民救済委員会のメンバーたちさえ、どこかいきり立っているように見えた。彼らは新参者たちを無蓋トラックの荷台に誘導し終えると、混み合う上海の町なかを抜け、よろよろとトラックを走らせた。輸送隊は、各国領事館が軒を連ねる一画を過ぎ、蘇州河にかかるガーデン・ブリッジを越えた。水上には木材や石炭を満載した帆掛け船の大集団が行き交っている。その濁った川の向こうに見えてきたのが、以後四年にわたって彼らの住処となる界隈だった。

トラックはスピードを緩め、虹口《ホンキュー》地区内のある場所に停車した。その一帯は、つい四年前、日本軍と中国の防衛勢力とのあいだで血みどろの戦闘が繰り広げられた場所だ。侵略者は、見境なく虹口一帯を荒らし回った。二十五万人もの中国人が猛攻の矢面に立たされた。退却の間際、中国側は敵軍の手に落ちそうな建物に火を放った。

新しい虹口は、廃墟のなかから立ち上がりつつあった。当初は、焼け焦げた瓦礫とごみに覆われた空き地のあいだに、間に合わせの家屋が点々とする惨憺たる風景だった。血塗られた過去に凍りついたままのような住居もあった。扉が蝶つがいからだらりと垂れ、穴から吹き込んでくる風がひゅうひゅうと音を立てた。台風の季節には泥と雨水が街路を浸した。夏の数カ月間は、乾ききった地面から残飯とごみの臭いが毒ガスのように立ち上った。

この朽ち果てた地区に推定十万人ほどの中国人が居残っていたところへ、難民たちが流れ込み、急速に数を増していった。一九三〇年代後半、世界のほかの場所への立ち入りを拒まれた一万七千人のユダヤ人が上海に流れ着いた。ドイツ、オーストリア、チェコスロヴァキアといった国々の、ウィーン、プラハ、ベルリン、その他、ナチスに占領されたヨーロッパのあらゆる都市と農村から逃げ出してきた人びとである。

彼らは、徒歩、鉄道、川船、自動車、あらゆる方法で旅をしてきた。当局の目をごまかし、役人に賄賂を握らせ、出国税を支払い、正規、非正規を問わず、あらゆる手段でヴィザを取得しながら。山を越え、回り道で倒れ込みそうになったり、袋小路からかろうじて抜け出したりしながら。上海という、入国書類がいまだ必要とされていなかった地上でただひとつの目的地に近づくためなら、どんな些細な可能性も見逃すまいとした。そうして、ついにある日、黄浦江を遡り、上海の河港に舳先を向ける船の上で朝を迎えることができたのだ。

彼らの多くが、ザルマン同様、救援委員会のメンバーの出迎えを受け、ガーデン・ブリッジを越えて、一本の通りを軸に寄り集まっているそれぞれの寝場所に分散した。それは、倉庫や工場を改造した建物や、うらぶれた路地にかぶさるように立っている借家や集合住宅だった。彼らは最初の数カ月、二段ベッドが所せましと並べられた大部屋で、夏は、じめじめする夜の空気を耐え忍び、冬は予想外の寒さから毛布で身を守りながら過ごした。たしかにそれは慈善家たちの手にかろうじて支えられ、血塗られた礎石の上に建てられた心許ない避難所だった。それでも、それが避難の地であることに変わりはなかった。

ただ、ザルマンにとって、上海はどこまでも絶望の地だった。その思いは、彼が虹口に着いて間もないころから、ずっと彼を捕らえて離さなかった。それが、その後、四年の滞在をつうじて彼の強迫観念となったのだ。あれから半世紀以上を経たいま、ザルマンの脳裏に残っているのは単なるイメージの数珠つなぎにすぎない。ほとんど順不同で連続するそれらのイメージが、いくつかの重要な日付で区切られているにすぎないのである。その日付を追うごとに、ザルマンのうちにかろうじて保たれていた楽観主義が摩滅させられていったのだ。

最初のころ、彼は独身男性用の倉庫で暮らした。その後、ヴィルニュスから上海まで、なんとか離れ離れにならずに全旅程をともにしてきたワルシャワ出身の三人家族——ハダサ、ヤシャの夫婦とその十二歳になる一人息子ハイム——とひとつ部屋に入居することになった。

それは虹口地区内の窓のない部屋だった。部屋といっても、単にベニヤ板の仕切りと竹の棒から吊るされたカーテンで隣の小部屋から分離されているだけだった。薄い仕切りを筒抜けにして、食器の触れ合う音、夫婦喧嘩の怒鳴り声、男女が交わる声、みしみしする木の階段の足音が聞こえてきた。隙間からは、このスラムの住人たちが生き延びるのにぎりぎりの食材を煮炊きする粗末なコンロの練炭、燃えながら、焦げた藁、揚げ物、すえた油の匂いが漂ってきた。

最初しばらくのあいだは、それでもなんとかしのぐことができた。難民たちは、まだヨーロッパ人の手中にあった共同租界とフランス租界に自由に出入りできたからである。ザルマンは、あるロシア人が経営する毛皮貿易会社で事務職にありついた。イタチやミンクの皮の塩漬け作業はこの国際都市で最下層を形成する中国人労働者たちにまかせ、処理済みの毛皮を、のちの輸出に備えて倉庫にストックするのである。ザルマンの仕事は在庫管理と帳簿つけだった。何もすることがないときは、足を机に乗せ、椅子にふんぞり返ってタバコを吸っていればよかった。あるいは事務室に鍵をかけ、街の散策に出ることもしばしばだった。

戦時期の上海は、投機と剛腕取引、ギャンブルと闇市を中心に回っていた。いわば明日という時間観念を欠落させた社会だ。

「説明して、わかってもらえるかどうか」とザルマンが言う。「あの町は、どこかで箍《たが》が外れてたんですよ。ビルがコンクリートの基礎の上にそびえ立っているようでいて、その基礎自体が干潟に浮かんでいるだけなんですから。脇道には全身傷だらけの孤児たちが群れをなしていました。町を歩くたび、乞食に袖を引っ張られる。彼らの目には絶望が宿っていた。でも、みんな自分が生きるのに精いっぱいですから、足早に通り過ぎる。乞食なんて見向きもしない。見たくないんです。かたや裕福な連中は、車のシートにゆったりと背をもたせ、キャバレーやプライベートクラブに直行する。

だが、どういうわけか、華やかさの上辺のもとに惨めさを見て取ってしまうのが、わたしの性《さが》のようなんです。いつも惨めさの方に引き寄せられ、そのなかを歩いてしまうんですね。たとえば、同じフランス租界を散歩するにも、酔っ払った船乗りたちが街娼のあとを追ってふらふら歩いている〈血の小路《ブラッド・アレー》〉(34)の方へふと曲がってしまう。船乗りたちは、ギャングみたいに街なかを徘徊していた。いわゆる〈シング・ソング・ガール〉たちを追っかけて、ダンスホールにたむろするんです。そうやって景気よく飲み歩き、毎日毎日を人生最後の一日のように過ごしていた。でも、わたしには、彼らの姿が〈悪霊《ディブク》〉のように見えてましたね。故郷から遠く離れ、どこかに乗り移れる温かい体はないかと探し歩く、あの悪霊どもです。

虹口はといえば、それは悪霊のカーニバルみたいな場所でした。わたしは、職場への行き帰り、その通りという通りをぶらついてみました。わたしらは、ひたすら生き延びるためにあくせく動き回る、いうなればフンコロガシの王国を築いていたわけですな。そして虹口こそは、わたしらの糞の山だった。歩くときは、空き地で雨風をしのいでいる中国人家族の脇をいつも素通りする。新聞や竹ござにくるまれた赤ん坊の死体をまたいで歩いたこともあります。朝の空気には、夜のあいだにわたしらが出した排泄物がしたたる桶から立ち上る臭いが染みついていた。そんななか、荷物運びがうめきながら荷車を引っ張り、女たちは背中に赤ん坊をくくりつけて仕事場に急ぐのです。

　この時期をとおしてもずっと、わたしらは、故郷を追われた者なりの夢だけは見ていました。早朝、街の騒音がいくらかおさまり、浅い眠りがふうっとわたしらを包み込む、そんなとき、虹口の細い路地を抜けて夢が忍び寄ってくるんです。水平線や港を遠くに眺め、海のそよ風に吹かれながら、広々とした甲板に立っている、そんな夢がね。

　夢のなかでは、いつも欄干に寄りかかっているんです。手には、ようやく手に入れた宝物、新しい世界へのヴィザが光り輝いている。そうやって、自由あふれる憧れの地に向けて航行しているんです。そこで、はっと目を覚ますと、やっぱり、じめじめした小部屋や混み合った共同寝室にいて、いつもと同じ、未来のない一日の始まりを告げる不協和音に包まれているのです」


　その日は冷たい雨が降り、北風が吹きすさんでいた。一九四一年十二月八日未明、日本の戦闘機が真珠湾を攻撃する。夜明け前の闇を突いて、日本軍が上海の川沿いの大通りに隊列をなし、中流に係留されたアメリカ唯一の軍艦に奇襲をかけた。さらに、より川上に停泊していた英国海軍の砲艦〈ピーテレル〉をも砲撃した。多勢に無勢、〈ピーテレル〉は炎上して川に沈んだ。川面はその残光で光輝いた。乗組員の一部は下流に流されながら岸まで泳いだが、そこで捕らえられ、悪名高きワードロード刑務所[35]に移送された。

夜明けころ、軍用機の一群が空からビラを撒き、通告した。「不幸な戦争状態が日本と連合諸国のあいだに発生した。動揺せず、平静を保つべし」

この蛇の年[36]も終わりに近づいたとき、上海の難民たちはすでに疲れ果て、動揺する気分にさえなれなかった。ほかの逃げ場所など、この地上にはもはや残されていなかった。共同租界は日本の手に落ち、かけがえのない上海の町は、以後、日本人の厳重な管理のもとに置かれることとなった。

一九四二年の一年をつうじて、上海の難民たちの境遇は宙づり状態だった。人びとの運命は、次々と国籍の別に応じて決定されていった。イギリス、アメリカ、オランダのパスポートを所持している者は、町の中心部から収容キャンプへと追いやられた。ロシア移民は旧来の租界内に住み、日本当局の管理下に入った事業所で自由に働くことができた。そして、当初は国籍の定義を免れた人びと、つまり無国籍者と分類された人びとは、一九四三年二月十八日の朝、虹口の〈指定居住地〉にゲットーの設置を告げるラジオ速報で叩き起こされることとなった。

壁の貼り紙も、同じ通知を繰り返していた。すなわち、一九三七年以降、上海に到着したポーランド、オーストリア、チェコ、ドイツ出自のユダヤ人は全員、五月十八日までに四十区画からなる指定地区に移動せねばならない。彼らの行動は、以後、日本軍、シーク教徒の警察官、そしてゲットーの収容者のなかから徴集される歩哨要員によって監視される、と。

当時、ザルマンは、ハダサ、ヤシャ、ハイムと寝起きをともにしていた。彼らはチェスをさし、ワルシャワを思い出し、乏しい食料を分け合いながら暮らしていた。朝、ザルマンは狭苦しい部屋を抜け出して、階段を下り、虹口の街路にさまよい出るのだった。そうして、いつもどおり、行く当てもない散歩を繰り返すのだが、そんなとき、彼には自分が何を追い求めているのか、よくわかっていた。何よりも欲しかったもの、それは神戸の散策中に発見した、あの孤独の瞬間だった。

だが、一九四三年の上海で、そのような瞬間を見出すことはほぼ不可能だった。日本人の将校たちは、占領軍特有のいばりくさった態度で町なかを闊歩していた。神戸でザルマンに感銘を与えた秩序正しさは、手当たり次第のボディーチェックと無差別な平手打ちに置き換わった。ゲットーの出入りは、通行許可証のシステムにより制限されることになった。虹口の通りは、ごみ漁りをする子供たちであふれ返っていた。チフス、コレラ、脚気、赤痢で、多くの命が奪われた。飢餓、熱ばて、そして絶望が原因で死に追いやられる者もいた。仕事のない者は、来る日も来る日もゲットーのカフェにたむろし、トランプに興じた。

それらすべてを貫いて、ザルマンは歩き続けた。有刺鉄線のフェンス沿いに、銃剣を捧げ持つ兵士たちの脇を抜けて歩いた。虹口内の路地はもちろん、日本の警察から通行許可証をうまくせしめることができたときには、ここぞとばかり、上海の町じゅうを回り歩いた。そうして次の日も、また次の日も、夜明けから夕暮れまで歩き回り、夜になって、彼の〈ホーム〉たる窓のない部屋に帰りつくのだった。その〈ホーム〉が、当時の彼にとって唯一の不変要素であり、すでに他人とは思えなくなっている三人とともに構成する家庭でもあった。だが、部屋はあまりにも圧迫的だった。ザルマンは、夜間外出禁止が解かれる時刻を待ちかねて、空が白む前に出かけることもしばしばだった。

彼が長らく探し求めていたイメージに遭遇したのは、ある明け方のことだった。それは蘇州河の水面をおおう湿った霧のなかから、ふいに出現した。霧のなかにボートが漂っている。一艘の孤独な帆掛け船が、山と積んだ干し草の重みで沈みそうになりながら、ゆっくりと動いていく。

そのとき、ザルマンの目に、川べりの荒れ果てた小道を重い足取りで進む老人の姿が映った。右手に鳥かごを提げている。老人は一本の木のそばで立ち止まると、上着を脱ぎ、それを鳥かごの近くに生えている低い枝にかけた。鳥のさえずりが、かごのなかから漏れ聞こえてくる。

老人は両腕を高く上げ、上半身をかがめて膝を曲げた。通常の身体動作の法則を無視するかのようなスローモーションで、型から型へ、なめらかに体を動かしながらも、背筋だけはまっすぐ伸びているのだ。彼の足は膝のところで折られたままであるため、下半身は地面に固定されているように見える。ただ上半身だけが、空を飛ぶ鳥のように自由に浮いているのだ。

ザルマンは、老人の所作ひとつひとつを目で追った。そのあいだだけ、上海の町がぴたりと動きを止めたかのようだった。ザルマンは心の平静を取り戻した。この中国の老人が動きを止めるまで、十五分くらいだったろうか。老人は、ことさら急ぐ様子もなく、上着を羽織り、鳥かごを手に持ち、薄らぐ霧のなかへ、またゆっくりと姿を消していった。

その後、その男は本当に姿を消した。ザルマンは、毎日、河沿いの同じ場所に戻ってみたが、その老人の姿を二度と見ることはなく、その残像で満足するほかなかった。ザルマンはいつでもその残像を蘇らせることができるようになった。あの老人の姿をまぶたに浮かべ、あのような瞬間がまだ存在しうるのだ、と思ってみることで、心の平静を取り戻せるようになった。

一九四四年六月、連合国による最初の空襲が上海を見舞った。アメリカの爆撃機は、倉庫、工場、軍需品の集積場などを驚くべき精度で標的にした。一九四五年初頭にもなると、連合国軍はかなりの優勢を占めていた。二月、マニラ陥落。三月に硫黄島が落ち、四月には中国軍が上海を射程におさめるようになった。

一九四五年七月のうだるような暑さの日、虹口の表通りを歩いていれば誰しも、頭上高く、アメリカ機の翼から銀色に反射してくる太陽の光束を目にしたはずだ。ダイヤモンド編成の爆撃機が飛来しては、海の方角に旋回していったのだ。サイレンが急を告げる。飛行機は虹口の上空に縞模様を描き、唐山路と公平路の交差点の方角へ飛び去った。

地上では、ザルマンとその事実上の家族も、大急ぎでコミュニティー・センターの回廊に避難しようとする難民たちの群れに加わった。ちょうど昼食を済ませたところだった。人びとは回廊でぴたりと身を寄せ合った。

ハダサは炊事場に残った。台所を片づける方が先、と考えたのだ。おそらく、それで彼女は命びろいしたのである。

ザルマンは、それに続く光景を鮮明に記憶している。いまでもそのとき交わした言葉ひとつひとつを覚えている。まず、こもったような爆音が聞こえた。彼は暗闇をまっすぐ貫き通すかのような回廊に目を凝らした。もうもうと舞う埃のなか、その不気味な静けさがいまも蘇ってくる。ザルマンは隣に立っている男の腕をとっさにつかんだ。

「放してくれ」と男は言った。

「みんな、埃をかぶってしまったね」とザルマンは言った。「でも、ほら。向こうに光が見える」

「おれは怪我をしてるんだ」と男は返した。そして、ふいと身をひるがえして走り去っていった。

ザルマンは、近くに横たわっている二つの人影を見た。ひとりは、いまや彼の代父ともいえるヤシャだった。彼は動かなかった。もうひとりは十五歳のハイムで、全身血まみれだった。

「足に感覚がないんだ」とハイムは言った。「行って、母さんの様子を見てちょうだい」と彼はつけ加えた。「父さんが死んだ、と伝えて。そして、ぼくは怪我をしてる、と。でも、ぼくの姿は母さんに見せないで」

ザルマンは炊事場に駆けつけた。「ヤシャは死んだ。ハイムは怪我をしている。わたしがハイムの手当てをするから、あなたはそのまま、ここにいて」

「あなたのいうとおりにします」とハダサは答えた。その声はよそよそしいほどだった。彼女はバケツに水を張ってブラシをつかみ、膝を落として床をこすり始めた。彼女はまるで何かに取りつかれたように、ゴシゴシと床を磨いた。ザルマンは、その落ち着きぶりに驚いた。ハダサは働き続けた。彼女の体は、祈りに没頭するラビのように折り曲げられていたが、瞬時、彼女が頭をもたげたとき、ザルマンはその目に恐怖が満ちみちていることに気づいた。

ザルマンは回廊に戻った。そして、蝶つがいごと吹き飛ばされた戸板の上にハイムを横たえた。ひとりの友人がハイムを外に運び出すのを手伝ってくれた。

彼らの耳には周囲の大混乱も騒音もほとんど入ってこなかった。建物が炎に包まれ、犠牲者が道端の毛布の上に横たえられ、センターの野菜畑に死体が散乱していることにも、ほとんど気づかなかった。

人力車の車夫たちが道路の片づけをしている。ザルマンの視界の隅っこに、路上に散乱した死体が映る。中国人の隣人たちの姿も目に入ったが、なぜか彼らとの距離がずいぶん遠く感じられる。彼らはシーツ、シャツ、タオル、スカートなどをもって走り回り、それらを引き裂いては怪我人の包帯がわりにしている。

二人でハイムを運んでいると、ワードロード刑務所の敷地内に設営された臨時救護所に向かうよう指示された。そこには、焦げた死体が怪我人と隣り合わせで横たえられていた。男も女も子供も、みな刑務所の中庭にひしめいていた。頭上には監視塔、鉄格子の窓、灰色の壁。難民の医師と看護婦たちが懸命に怪我人の手当てをしている。

ハイムは担架から降ろされた。ザルマンは、腹部の大きな傷に目を見張った。肝臓が露出している。ひとりの若い女性医師がハイムのそばに来て、ひざまずいた。

「ぼく、死なないよ」とハイムが小声で言った。

「この子はわたしにまかせて」と医師は言った。「手当てしますから。それより、あなたの方は？」

「わたしはどこも痛いところはありません」とザルマンは答えた。

「でも、全身出血してますわよ」

ここでザルマンは、はじめて体の痛み、顔のしびれを感じた。自分自身の傷、突き刺さった何かの破片、服ににじんだ血にはじめて気づいたのだ。

医師はザルマンに破傷風予防の血清を注射して、言った。「これからこの子の手術をします。一時間後に戻ってきてください」

「ぼく、死なないよ」とハイムがささやく。

一時間後に戻ったザルマンは、こう告げられた。ハイムは、ほんの一瞬、意識を取り戻したあと、数分前に息を引き取った、と。

一九四五年七月の燃えさかる一日。戦争は終結間近だった。二つ目の家族をなくしたザルマンには、もう帰る場所もなかった。望むこととて、もはや何もなかった。急ぐ理由はなく、すべきことも何もなかった。ただ、歩く以外に。

6

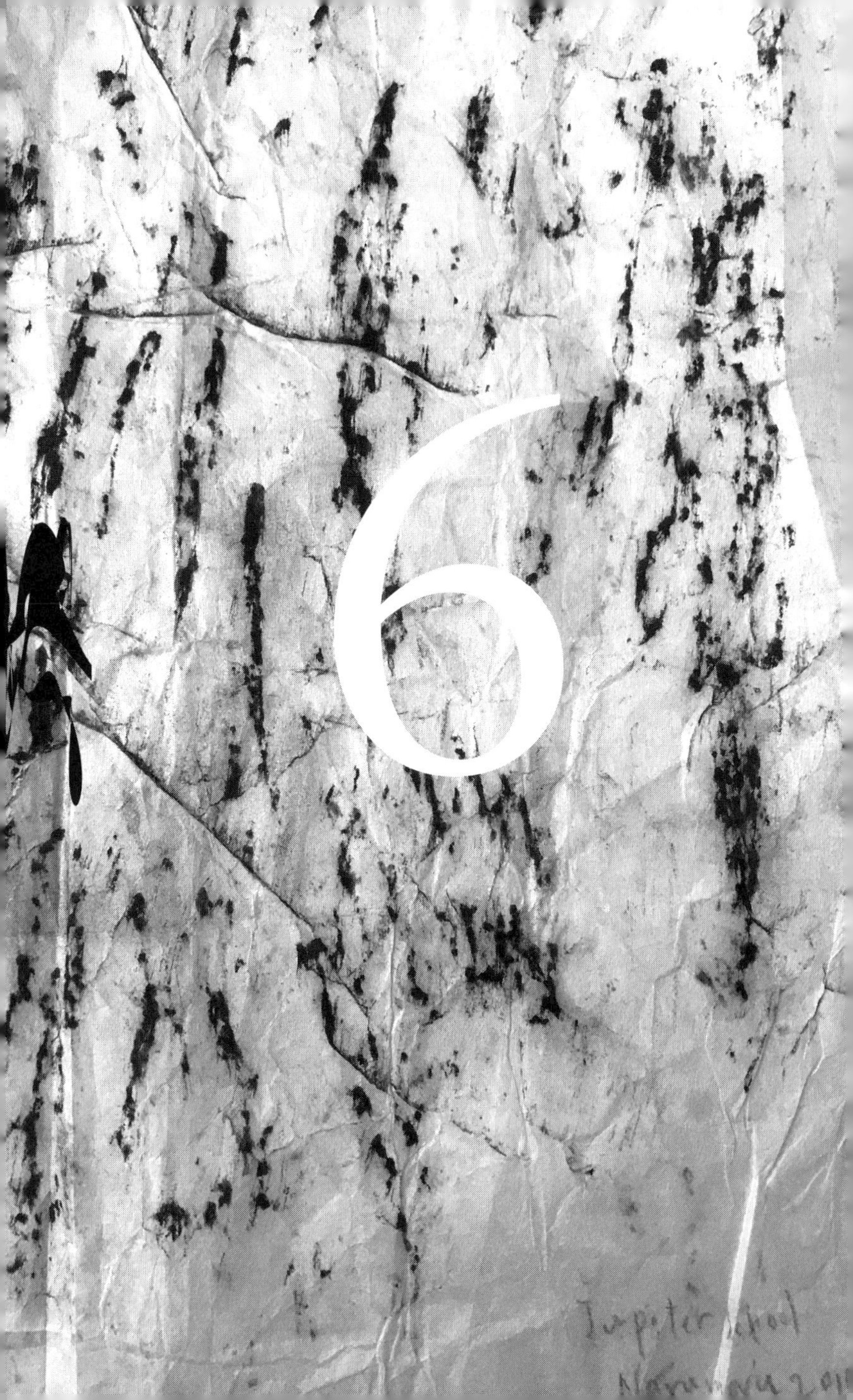

《シェヘラザード》は、言語のバベルの塔だ。それぞれの言語に独自のメロディー、際立ったトーンがある。ポーランド語とロシア語は冷たく、ちょうどドニエプル川、ヴォルガ川、ヴィスワ川、ブク川のように流れる。ドイツ語は、その多音節とともに、壮麗な抽象観念に向けて絶えず手を伸ばしているように感じられる。いま、ぼくの耳にはハンガリー語とルーマニア語の片言と、何語なのかさえわからない、いくつかの言葉が聞こえている。さらに、いろいろなアクセントと言葉づかいで味つけされた英語の無数の変種があり、ぼくはそれらも採集する。

イディッシュ語はといえば、それこそメインディッシュだ。荒れ狂う風を突き、無謀に飛び続けることで推進力を得ているような、あわただしい言語である。あちこち走り回っているうちに、いつのまにかできてしまったような複合語。まさに、こちらからひと口、あちらからひと切れ、つまみ食いという趣きで、スラブ語適量、ゲルマン語たっぷり、ウクライナ語ひと匙、そこにアジアのステップ地帯の響きを隠し味にしている。聖書ヘブライ語、その他、古代諸語の片鱗もお忘れなく。それは、まさにさすらい人《びと》、ロマ人、〔イディッシュ語でいう〕〈ツィゲイネル〉の言語なのだ。

「そう、わしは〈ツィゲイネル〉さ」と、ヨセル・バルトノフスキは言う。「わしは常に、より緑の濃い野原を求めて移動するのが好きなんだ」

そして彼は歌い出す。

気楽なのはツィゲイネルの暮らし
ファリヤ
われらに皇帝なく　払う税金もなし
ファリヤ
気楽なのは森のなか　緑の野
そこで　もうじきツィゲイネルたちが踊り出す
ファリヤ　ファリヤ　ファリヤ　ファリヤ
ファーリーヤ　ハ・ハ・ハ・ハ・ハ

今日、ヨセルはさまざまなトーンの白で身を包んでいる。白のシャツにクリーム色のスラックス、わずかに灰色を帯びた白のネクタイをしめ、白い靴を履いて。白いつばのある帽子をテーブルに置いたかと思うと、その青い両目は、もう表通りをいく女たちのあとを追っている。彼はカフェに入ってくる常連客たちをちらりと見やってから、ミニスカートのウエイトレスが彼のかたわらに置いたチキン・シュニッツェルをじっくり眺める。そして、「ありがとよ、わが美しき乙女」と軽くウインク。「あの子は、まさに本物の別嬪《クラサヴェツェ》さんじゃあないかね？」
　こう言って彼はナプキンを広げ、歌を続ける。

ファリヤ　ファリヤ　ファリヤ　ファリヤ
ファーリーヤ　ハ・ハ・ハ・ハ・ハ

　秋の暑い日の昼下がり、ぼくらは《シェヘラザード》の屋内テラス、窓際のテーブルに座っている。日の光は、マーシャとエイヴラムが友人たちをもてなしている奥の間まで届いている。そして、電気オーブンのなかで酵母が固まり、炎の上でフライパンがジリジリ音を立てるキッチンにも行き渡り、昨晩の残飯がごみ箱で発酵しかけている店裏までを照らし出す。きつくて暑い、むき出しの日光。だが、ここ、屋内テラスは冷房がきいていて、けっこう涼しい。

　ぼくらは丸テーブルを囲んでいる。大きさはほどよく、スペースもゆったりとれる。背伸びをしたり、あくびをしたり、体の向きを自由に変えたり。表通りに面したガラス壁と木枠のガラス扉に囲まれて、通りを眺めるにはうってつけの場所だ。ウィンドーに反射する日の光は、逆に、舗道を行き交う人びとの視線からぼくらを守ってくれる。「ああ、なんと素晴らしい狂喜《メシューガス》」とヨセル。「座って、ただ眺めるってのは、なんという喜び《メハイェ》、純たる悦楽だろう。だから、わしは昔から、賑やかな通りに面したカフェが好きなんだ」

　通りでは、片手に眼鏡、もう片手に書類カバン、いかにも用意万端といった様相の男が先を急ぐ。制服姿の十代のカップルが、手をつないでゆっくり歩いている。黒いスーツを着て髪に白いリボンをとめた女性が、白いハイヒールをコツコツいわせながら、リードにつないだ白のプードル犬とともに通り過ぎる。プードル犬の頭には黒の蝶リボン。

「見てみろ、マーティン。あれこそが服の着こなし、ってやつだ」と、ヨセルが頭を左から右へゆっくり回転させながら言う。「ああ、なんとセンスのいい娘だろう。あの胸元が広く開いた赤いブラウスの娘だよ。まさに別嬪《クラサヴェツェ》さん。あのなめらかな歩きを見てごらん。なんという喜び《メハイェ》。ああいう貴族的な娘には、赤がうってつけの色なんだ」

「わしは、ひとりでいるのはあまり好かん」。しばらく間をおいてから、彼が口を開く。

「マンションにひとりで座ってるなんてな。わしは、いつも大勢の人に囲まれて育った。人混みのなかにいるのが好きだった。いいかい、お前さん。わしはクロフマルナ通りの少年だ。人生をこよなく愛し、みずから楽しみながら、残された時間を使っていきたいんじゃよ。

そして、わしは人間が好きだ。とくに若い娘が。ほら、あのレザーのショートパンツ姿のプリンセスを見てみろ。あの丸いヒップ。あの美しい脚《シェイネ・フィスラハ》」

ヨセルは、シュニッツェルをがぶりとひと噛みしてから言う。「《シェヘラザード》はシュニッツェルの〈ガン・エデン〉、エデンの園さ。ここのは最高級だ。しかも、いろんな種類がある。わしのお気に入りはチキンだ。だが、お好み次第で子牛のシュニッツェル、パリ風シュニッツェル、ウィーン風シュニッツェル、どれもいける。あるいは、自分だけのシュニッツェルを注文してもいい。かつて、向こう、かの古き世界《デル・アルテル・ヴェルト》にいたころに食べていた自家製をな」

彼は、次のひとかじりの前にちょっと間をとる。「ここのシュニッツェルには手抜きがない。油をたっぷり使い、肉汁がしたたり、しかもボリュームがある。ケチケチした感じがないんだ。見てみろ、これだって皿いっぱいで、脇に突き出るくらいじゃないか。マーティンよ、わしのひとつ覚えはな、〝食い物を前にして遠慮は無用〟ってことだ。次のおまんまにありつけるって保証はどこにもないんだからな。ほら、これをひと口いってみろ」

「あいにくベジタリアンなんです」と、ぼく。

「この愚か者めが」、ヨセルはすかさず返す。「自然界ではな、食うか食われるかだ。それを、わしはクロフマルナ通りで学んだんだ。そして、ヴィルニュスでも、ウラジオストクでも、神戸でも、上海でも、繰り返し教えられたんだ。わしは、この狂った世界《メシューゲネ・ヴェルト》を横切りながら、どの町でもそのことを目の当たりにしてきたんだ。だから、心配するな。ひと口、いってみろ。何も悪いことはありゃせん」

ヨセルも、〈杉原のユダヤ人〉としてヴィルニュスから東に向けて旅立ったひとりだった。しかし、ザルマンとは別行動だった。《ヴォルフケス》で顔を合わせる以外、二人はまったく別々の暮らしをしていた。ワルシャワにいたころは、それぞれ遠く離れた地区で育ったので、まだ顔見知りでさえなかった。ヨセルは戦前のクロフマルナ通りで、すさんだ借家住まいの連中にもまれて育った。そこでは、表社会と裏社会の境界があってなきがごとくだった。そうした環境のなかで、彼は世渡りの術、つまり、常に周囲の空気を嗅ぎ分け、いま何がどうなっているか、見極める術を学んだのだ。

ほかの多くの人びとと同様、ヨセルも一九三九年九月、ワルシャワを抜け出した。ヴィルニュスは息継ぎを許してくれる場所であり、ポーランド西部を占領するナチスと東部を掌握するソ連が新たに引き直した国境線から逃れるための最初のステップであった。

「いいかい、お前さん。ヴィルニュスは貧しい町だった。煮炊きの燃料すら十分になかった。いつも、やかん一杯いくらでお湯を買い、砂糖のかわりに甘菓子をそこに入れて飲んだもんだよ。わしらは、祈禱所、回廊、ロビー、あらゆる場所をねぐらにした。アパート暮らしの連中は一部屋に十人単位で寝てたよ。わしは、横になれる場所ならどこでも眠り、目が覚めると外に出て、空気の匂いを嗅いだ。わしは常に自分の鼻をたよりに生きてきた。いまだかつて、それで失敗したことは一度もない。

あるとき、わしの鼻は《ヴォルフケス》に行け、と告げた。たぶん、食い物のいい香りがしたんだろうな。《ヴォルフケス》では、ヴィルニュスで最高のチョレントが食べられた。タマネギ、ジャガイモ、豆、大麦、そして牛肉を煮込んだ、とろけるようなシチューさ。それから、あそこのチョップ・レバーは絶品だった。パテのようになめらかな、ゆで卵のすりつぶしが添えてあってな。その繊細な食感ときたら、真の悦楽さ。

だが、それが長く続くものではないということも、わしにはわかっていた。じきに、わしらはパンのかけらを分け合うような毎日になった。だが、わしは《ヴォルフケス》にだけは足を運んで、人脈を作った。そのうち、闇市で商売も始めた。外貨、タバコ、とにかく手に入るものは何でも売り買いした。そうこうしているうちに気づいたら、わしは、ナット、ボルト、ネジ、鋲、釘、その他、いろんな小物を扱う店で働いていた。

わしは店を経営する女性と親しくなった。名はドヴォラといってな。聖書の名前さ。[37] いかにも時流に乗っかった女性で、しかも美人だった。わしは一目ぼれした。わしはたいていの場合、一目ぼれだ。だって時間の無駄だろ。人生は短いんだ。

ドヴォラには商品を卸してくれるリトアニア人の仲買人がいた。この男が、カラット当たり五十ドルでダイヤモンドをわしらに売ってくれた。わしは、このダイヤモンドをこっそりヴィルニュスから持ち出し、カウナスで一番高級なホテルに持っていった。そこにはドイツ人のバイヤーがいて、二倍の値段で買い取ってくれるんだ。ドヴォラはわしの恋人になった。いっしょにずいぶんと金を稼いだもんさ」

ヨセルのイディッシュ語はワルシャワなまりなので、ぼくも聞き取るのに必死だ。彼の服装の優雅さは、そのクロフマルナ通りのルーツにそぐわないようにも見える。だが、優雅な着こなしこそが自分の成功の秘訣だった、と彼は言う。良い服は食べ物にも優先する、とさえ。

「わしは人びとから好かれた」と彼は言う。「よい身なりをして魅力的に見せること、それが肝心なんだ。それで、はじめて相手は自分を信頼し、ものを買ってくれる。まずお互いに好感をもち合い、それからビジネスに入るのさ」

ヨセルは九十代にさしかかっているが、たしかに、その魅力は健在だ。それは計算ずくの魅力ではなく、勝負師特有の少年のような魅力なのだ。

「わしは、いつもリスクを冒して生きてきた。世界に踏み出ていこう、という気概に満ちていた。窓があれば必ず中をのぞく。開いたドアがあれば、ずけずけと入っていく。カフェが目に入れば、必ず足を踏み入れるのさ。

わしはヴィルニュスを離れ、ヨーロッパからも抜け出して、地球の果てまで航海したかった。わしには、すべてが崩れ去っていくさまが見えていたんだ。ただ、どこへいくにも金が要った。金があれば、自分の身をなんとかできるし、よそさまを助けることもできる。金がなければすべて無《ゴルニシュト》なのさ。それこそ、わしがクロフマルナ通りの少年たちから学んだことであり、わしらがホテル《ポロニア》の地下カフェで思いめぐらせていたことなんだ。ほかに選択肢があったとでも思うかい？

ヴィルニュスで、わしは金を稼ぎもしたし、金を失いもした。三度逮捕され、三度ともなんとか抜け出した。ダイヤモンド取引の水脈は干上がってしまった。ナチス――おお、やつらこそ地獄《ゲヘナ》で朽ち果てるがよい――の連中は、危険なほど近くにいた。わしは迫りくる恐怖の匂いを嗅ぎ取った。空気の匂いを嗅いで、そのとき何がどうなっているか、直感できた。出発の潮時だった。

聞けば、バルト海を経由するルートがあるという。ある漁師が、わしらをスウェーデンまで密航させてくれるというのだ。同時に、ドイツ人とリトアニア人が脱出を試みる者どもを捕らえ、その場で射殺しているという話も聞いた。どっちを向いても、必ずひとつ罠があったわけだ。

その後、《ヴォルフケス》での話題はスギハラという男に向けられていった。おお、彼こそ栄光に包まれ、神の右手に座しますように。彼の両足が、小天使と智天使の手で永遠にマッサージされますように。彼は真の義人《ツァディク》だった。まさに聖人だ。
マーティンよ、もちろん、わしは彼に直接まみえたさ。その前に、オランダの植民地キュラソー島への渡航許可を取る必要があった。このことについては、きっとザルマンがあんたにあれこれ語ったことだろう。だが、やつは詳しいことまではほとんどわかっちゃいないんだ。なにしろ、やつはまだこのことを本で勉強しているくらいだからな。

　このわしはといえば、ヴィルニュスからカウナスまで汽車に乗り、オランダ領事ツヴァルテンダイク氏の執務室に急行したのさ。この名前は決して忘れやせん。彼は実業家だった。ラジオと電球を売っていたらしいが、わしはあまりに急いでいたものだから、言葉を交わし、取引に入る暇もなかった。そこからスギハラの執務室にまっすぐ走ったんだ。そうやって、わしは、カウナスのスギハラの家の外に集まった数百人の人びとの群れに合流した。わしは順番が待ち切れずに、ぴょんぴょん飛び跳ねてばかりいたよ。そうやって、気を急かした群衆といっしょに汗を流し、押し合いへし合いしたんだ。結局、スギハラは、わしら全員を迎え入れてくれた。真の義人だよ。純金の心の持ち主。彼はわしらが差し出す証書に見境なくスタンプを捺してくれたんだ。

　スギハラの家を出て、わしは道々、小躍りしたよ。安堵のあまり、〈メシューゲ〉、頭がどうにかなっておったんだな。貴重な証書がちゃんと入っているかどうか、何度もポケットを叩いてみた。寝るときは、それを枕の下に置いたよ。防水性の袋にくるんでな。

数日にいっぺん、わしはその証書を取り出して、ひとつひとつにキスをした。昼も夜も、肌身離さなかった。なにしろ、不思議の国行きの通路を見つけたんだからな。証書の取得にかかった元手は、ヴィルニュス＝カウナス間の往復切符代だけだったが、実際は黄金以上の値打ちがあった。いわゆる絶好の取引《メツィア》さ。あんな掘り出し物は、わしの人生でもほかに例がない。

数カ月後、わしはNKVDのヴィルニュス支署にいった。そりゃ、びくびくものだったよ。みんな、やつらのことを恐れていた。しかし、やつらの許可が下りなければ、わしらは出発できない。やつらは二十四時間体制だった。寒い部屋でひとりひとりを尋問するんだ。冷たい目でにらみつけながらな。

しかし、わしには運《マゼル》があった。もちろん、ついてたのは、そのときばかりにかぎらんがね。だが、そのとき、わしを尋問したのはユダヤ人の将校だったんだ。しかも、どうやら、わしは彼の目に好人物と映ったらしい。わしは母語のイディッシュ語で彼と話したよ。あたかも、わしが、消息を絶って久しい彼の息子であるかのように感じさせてやったんだ。マーティンよ、わしは、そのとき必死だったんだ。そして、何をどうしなければならないか、ちゃんとわかっていた。結局のところ、わしはクロフマルナ通りの少年なのさ。

数日後、友人がわしのところに訪ねて来た。喜びに飛び跳ねんばかりにな。〈ヨセル、ぼくらはリストに載ってるよ〉と彼が言う。こうやって、わしらはブラックホールから抜け出す方法を見つけたんだ。わしらは、さっそく祝杯を挙げ、ウォッカのボトルを一本空けたよ。いや、二本だったかな？　ああ、あのときほどウォッカの苦味をうまいと感じたことはなかった。ウォッカは薬だ。風邪を治すし、退屈を和らげるし、それから老体を愛の営みへと駆り立ててもくれるしな。

ボトルの最後の一滴を飲み干すと、わしらは飛んで出かけた。無蓋馬車に乗って警察署に駆けつけたんだ。馬車の鈴の音を聞きながら、雪の上を飛ぶように走った。そうして正規の出国ヴィザを受け取った。ＮＫＶＤの将校は握手の手を差し伸べて、よい旅を、お気をつけて、と言ってくれたよ。こんなふうに、わしは、いつも人を自分に引きつける方法をわきまえているんだ。

出国ヴィザを受け取ったのは水曜日だった。あくる木曜、わしはドヴォラのところに行き、残っていたダイヤモンドを買った。彼女は、わしといっしょに行くのはいやだと言った。なにしろヴィルニュスが彼女の故郷だったからな。そこで、わしらはお別れを言い、以来二度と会うことはなかった。マーティンよ、人生なんてそんなもんさ。

金曜、わしは、特殊なトランクを作れる神学校《イェシヴァー》の学生のもとを訪ねた。彼が作るトランクには秘密のスペースが仕込んであって、そこにダイヤモンド、米ドル、イギリス・ポンドを隠せたんだ。そのほかトランクに詰め込んだのは、サラミ、ガチョウの脂身の缶詰、ウォッカのボトル、コニャックの小瓶など、まあ、長旅に欠かせない品々だね。

翌日、わしは合計三つのトランクを駅まで運んだ。わしが買った切符は高額の部類で、二百ドル以上したよ。アメリカ・ドルでな。だが、それだけの価値はあった。いろいろと特典があったし、快適だった。一等車の悠々自適さ。

旅のことで何を覚えてるかって？ お前さん。覚えてるどころか、わしの鼻には、まだあのときの食事の匂いが香っている。あれを思ってみただけで、よだれが垂れてくる。〝ひもじいときのまずい物なし〟、ことわざにあるとおりさ。サワークリームで味つけしたキャベツスープ。黒パンとニシン。紅茶に入れる砂糖もあった。わしは、ふかふかの座席と寝台つきの客車に乗った。全世界がめらめらと燃え上がるなか、わしだけ一等車の旅ってわけだ。

わしは、囚人たちが鎖でつながれ、ぼろをまとって駅のホームに寝転んでいるのを見た。線路のそばには、黒服の年老いたおばあちゃん《バブシュカ》たちが立って、食べ物をせがんでいたよ。車窓をどんどんうしろに飛び去っていく村々に、裸足で、やせ細った子供たちが埃だらけの小道を走ったり、髭を生やした農夫たちが、やせた畑に腰をかがめたりしているのが見えた。

ロシア全体が飢えていた。帝国全体が食い物を漁っていた。かたや、わしはといえば、イルクーツクで、バイカル湖からあがったばかりの世界最高級といわれる魚を食した。でっかい魚さ。でも、とても柔らかくて肉厚なんだ。調理も見事だった。魚汁がしたたってな。まさに歓喜《メハイェ》さ。いまでも、あの魚を食べてるときのことを思うと、よだれが出てくるよ。

もちろん、怖いことは怖かったさ。トランクのこと尋ねられたときはいつも、わしのものではないと言うことにしていた。誰かがトランクのそばを通り過ぎるたびに、心臓が震えたよ。だが、ここでもわしには運《マゼル》があったんだ。どのワゴンにも、コミッサール、つまりスパイがいた。わしのところのコミッサールが、わしの金時計をさかんに褒めそやすもんだから、わしはそいつに時計をくれてやり、それでやつはわしの荷物に目をつぶってくれた。わしらがようやくウラジオストクに着いたとき、このコミッサールがわしを家に連れてってな、たんまりご馳走してくれた。そのかわりに、わしはウールの靴下やら、暖かい下着やら、キャヴィアの瓶詰めなんかをくれてやった。

わしらはウラジオストクに二週間、滞在した。いってみりゃ、地の果てのごみ捨て場さ。本当にそこから出ていけるなんて、誰も信じていなかったよ。日本行きの船に乗り込んだときでさえ、まだ信じられなかった。ロープが解かれ、わしらの船が埠頭から離れていく。本当に海上を進んでいるってことがわかったとき、わしの隣に立っている男が、わっと泣き出した。自由の身だってことが信じられなかったんだな。あるいは、置いてきた家族のことを思っていたのかもしれん。彼が嬉しくて泣いてたのか、辛くて泣いてたのか、いまになってもわからんね。

わしは、その男に、酢漬けのニシンとウォッカひと口をふるまってやった。お互いの健康を祝して飲んだんだ。わしらの船は進んでいる。それでもそいつは泣いてるんだ。わしは笑ってたね。そして歌ってたよ。ファリア、ファリア、ファリア、ファリア、ファーリーヤ、ハ、ハ、ハ、ハ、ハ、ってね。

ああ、わしは歌ってたよ。だって当然だろ。わしの忠実な連れ合い、三つのトランクはそのまま船に乗っけてもらえた。王様のようにめしも食った。ドルもあったし、ポンドもあったし、ダイヤモンドもあった。おまけに、ゲフィルテ・フィッシュとレッドベリーのジャムも。わしは、もう外海に出ている。もう安全だ。しかも自由だ。お前さんよ、これ以上、わしに何が言えるってんだ？　古き世界はめらめらと燃え上がり、そして、わしは自由だったんだ」

ぼくらの町メルボルンには、物事の記憶をなかったことにしてしまうような気だるい日々もある。海に生気がなく、空がただ白く光り、そよ風さえ吹いてこないのに波も白けてしまって押し黙る日。そんな日は、あらゆる思考が麻痺してしまう。肌はひたすら汗を流し、日光を受け流すだけ。こんな日は、すべてが身体の問題に還元されてしまう。

セント・キルダ桟橋のコンクリートの遊歩道から、町の中心部がぼんやりと見える。防波堤の向こう、水平線にかかる銀白色は、町を西の郊外に結ぶ大橋だ。それは、まるで渡り鳥のように、クレーン、細長い煙突、石油化学工場が立ち並ぶ背後の飛び地を越えて下降曲線を描く。

桟橋の突端に立つと、ヨセルは湾の手袋のなかにすっぽりとおさまったように感じる。防波堤の岩はコケで覆われている。ボートの群れが係留所に身を寄せている。腰まではだけた二人の男が、象牙色の上半身を日にさらしながら釣り糸を垂れる。日光浴の年寄りたちが何人か、岩の上に寝そべり、肌をパーマネント加工のブロンズになるまで焼いている。少年がひとり、浅瀬で犬を散歩させている。こちらの若い女は、ビキニにヘビーブーツという出で立ちで遊歩道をそぞろ歩く。まさにエロティック、ハードエッジ、カジュアルという当世の流行そのままだ。

そう、すべてがカジュアルであり、しかも鈍い。熱気が、まるで地ならしの重機みたいに、ぼくらを片端から、その瞬間のみに生きる存在へ、光と砂でしらちゃけた身体へと還元してしまう。ただヨセルだけは、こんな日でさえ過去にこだわる。齢《よわい》九十に達しようとも関係なしだ。彼は、しっかりとした足取りで《シェヘラザード》に戻ってくる。そしてエイヴラムとマーシャに手で挨拶し、いつもの指定席に腰を下ろすのだ。

ぼくがテーブルに近づいていくと、ヨセルは不安そうな表情を見せ、灰皿をいじくってみたり、ベージュのシャツに合わせた金色の蝶ネクタイを直してみたり、いかにも落ち着かない様子を見せる。今日は彼のクリーム色のサファリスーツが実に決まっている。金のカフスボタンも、カフェの照明の下できらきらと輝いている。ぼくには、彼がどんなふうにぼくを迎えてくれるか、もうわかっている。

「ごきげんよう！《ショレム・アレイヘム》」

そして、次に彼が何と口にするか、聞かなくてもわかる。

「いいか、お前さん。加齢など何でもない。意志の力で克服できる。わしは、いまでも五十キロのものを持ち上げられるし、今日だって十五キロ歩いてきた」

ぼくにはわかっている。彼はすっくと立ち上がり、ぼくの両の頬にキスしてくれるだろう。そして、ぼくは、オーデコロンの香りに彩られた彼の生気を感じるのだ。ぼくが彼の口元から漂うブランデーの残り香を嗅ぐと、彼はぼくのことを〈わが古き友《ハヴェル》〉と呼んでくれるだろう。本当は、知り合ってまだそんなに経っていないのだけれど。そして、彼はぼくの体に腕を回し、こう言うのだ。「マーティンよ、いざとなったらパンツまで売っちまうがよい。だがな、信頼できる友以上に大切なものはないぞ。わしの言うことにまちがいはない。なんたって、クロフマルナ通りの少年だからな」

そして、ぼくに言葉を返す余裕さえ与えず、堰を切ったような熱弁をふるい始めるのだ。

「なあ、お前さん。昔のことで、あんたに何がわかるっていうんだい。あんたに、ああいったことについて何がわかる？　多くの人にとって、あれは悲劇《トラグディア》、本物の地獄だった。だが、わしとっては、そんなに酷いものではなかった。生きるか死ぬか、笑うか泣くか、すべて宝くじみたいなものだった。何と言おうかね。わしには運《マゼル》があった。それで、戦争時代を上海で過ごすことができたんだ。

　わしが知るかぎり、すべての都市のなかで、上海はもっとも素晴らしく、もっとも美しかった。あんたには想像もつかんだろう。わが愛しのワルシャワは燃えていた。クロフマルナ通りは、有刺鉄線の壁に囲まれた。わしの家族は地獄《ゲヘナ》にいて、かたや、わしはといえば、上海で結構な暮らしをしてたんだ。

　まさにイディッシュ語一色の暮らしさ。イディッシュ語劇場では一等席に座ってな。ワルシャワ、ヴィルニュス、オデッサ、それからハルピンからも一流の役者たちが来てたからな。イディッシュ語クラブ。イディッシュ語ラジオ。イディッシュ語新聞。『われらの生活《ウンゼル・レベン》』、『われらの世界《ウンゼル・ヴェルト》』、『ユダヤ年鑑《デル・イディッシェル・アルマナック》』とかな。

〈じゃあ、ゲットーは？　収容キャンプは？　空襲は？〉と言いたいんだろう？

　マーティンよ、もちろん真珠湾攻撃のあと、すべてが変わった。もちろん、虹口に押し込められたさ。たしかに、通行許可証をもらおうと行列しているときに、こっぴどく殴られることもあったさ。何百人もの人が飢えて死んだ。発疹チフス、コレラ、マラリア、まさに狂気《メシューガス》だった。

　もちろん空襲も見た。わしも、あのとき通りを歩いてたんだ。全部、見たよ。爆撃機が虹口に急降下してきて、人びとが側溝に飛び込んだ。爆弾が落ちてくるときのヒュルルーっていう音も聞いた。死体が道にごろごろ転がり、その傷口にハエがびっしりたかっているのも見た。暑さのなか、膨張した死体の臭いも嗅いだよ。家族を必死に探している人たちの姿も見た。めちゃめちゃに壊れた人力車に、手足のもげた苦力《クーリー》の死体がもたれかかってるのも見た。全部、見たんだよ。

それでいて、どういうわけか、わしにとって上海の暮らしは素晴らしかった。記憶するかぎりにおいてはな。ほかにどう言えってんだい。こんなことを語って恥ずかしい、とでも？ たとえチャンスがあっても、生活を楽しむなんてすべきじゃなかった、とでも言わせたいか？ もし毛沢東が出てこなかったら、わしはあそこに留まったことだろうよ。どん底の時期でさえ、なお上海を愛していた。わしは、やりくり上手だったんだな。途中、神戸での六週間のあいだに、ヴィルニュスから隠し持ってきたダイヤモンドを売り払った。それで、上海には現金をもってやって来たんだ。

上海にはセファラディ・ユダヤ人の億万長者たちがいた。彼らの祖先は、何世紀も前からバグダッドに住んでいた。そこから、まるでアラビアン・ナイトのシンドバッドのように、上海に船で乗りつけたんだ。彼らは大邸宅に暮らしながら、海運会社、綿工場、銀行を切り盛りしてたよ。彼らは、わしをナイトクラブやらキャバレーやらに連れていってくれた。いっしょにウイスキーを飲んだ。馬鹿高いリキュールも飲んだ。すべて、わしのワルシャワが燃え上がっているあいだにな。すべて、わしの家族が地獄にいたあいだのことだ。狂《メシュゲネ・ヴェルト》った世界さ。ほかに何と言えばいい？

上海には、世界各地からユダヤ人が来ていた。ボンベイ、テッサロニキ、ペルシャ、コーチン。みな大殿様さ。工場、倉庫、不動産のオーナーでな。ところで、なんで不動産《リアル・エステイト》っていうか、知ってるか。それはな、実際に手で触れられるものって意味なんだ。幻想だの、ばあさんの繰り言だのとはわけが違うぞ、ってことだな。

なかでも有名な大殿様ヴィクター・サッスーン(38)に、《キャセイ・ホテル》のロビーで出会ったことがある。偉大なる博愛主義者だったよ。彼は片足を引きずって歩いて、来る人来る人みんなに金をばらまいてやるんだ。

カーペット敷きのロビーを歩き回るのが、とっても嬉しかった。黄浦江を見下ろす豪勢なホールで、何時間も、ただぼうっと過ごしたよ。エレベーターさえもが宮殿の部屋のようだった。ボタンを押してから、かごが来るまで待つあいだが楽しかったな。わしは何度もエレベーターで昇り降りを繰り返した。まるでメリーゴーランドの馬に乗っているみたいにな。あるとき、途中で乗って来た金持ちそうな商人たちのグループに帽子を持ち上げて挨拶した。ウインクして、ニコッとしてみせた。そこから会話が始まったんだ。

小さな話が大きな話、つまり契約や取引につながるって、よくいうだろう。わしも、そんなふうにして大富豪バルクと会ったんだ。彼の孫娘はエスター・ウィリアムズだって言ってたね。あのハリウッド女優さ。少なくとも彼の言うところではな。自慢したかったんだろう。あるいは、わしの方で話をまぜこぜにしてしまっただけかもしれん。

　カドゥーリ[39]とハルドゥーン[40]にも会った。いや、ただカドゥーリとハルドゥーンについて話を聞いただけかもしれん。どっちがどっちだか、ちょっとあやふやなんだが、たしかカドゥーリが、虹口という名のネズミ穴でこそ最も必要とされていた難民用の小ぎれいな学校を建てたんだ。黄金の心の持ち主さ。いまごろ、天国《ガン・エデン》に座って、天使たちのセレナーデに包まれていることだろうな。

　ハルドゥーンも黄金の心だった。奥さんは中国人でな。いろんなところから子供を引き取って、養子にしてたよ。彼は、亡き父親に敬意を表してシナゴーグを建て、それを〈アハロンの家〉と名づけた。そして、難民が来たとき、彼はそれを贈り物としてくれてやった。それをミル〔現ベラルーシの町〕から来た神学校《イェシヴァー》の学生たちのために開放したんだ。想像できるか？　ポーランドのどこにでもある町《シュテトル》、ミルから、神学校がまるごと、上海まで移動してきていたんだ。

　ああ、本当さ。ミルからヴィルニュスへ、何百人ものラビと神学生らが避難したんだ。彼らは、ヴィルニュスの町からリトアニア北部の村々に分散し、ひっそり暮らしていたところ、チウネ・スギハラに助けてもらえた。そこで彼らは、ヴィルニュスからウラジオストク、神戸から上海へ流れて来たってわけだ。タルムード研究の学院がそっくりそのまま、キャラバンを組んで！　もみあげをしごきしごきして歩く学生や、ほっぺたをボリボリと掻く十代の少年たちがさ。彼らは、黒いつばの帽子をかぶって飛び回っていたよ。上着を風になびかせてね。夏でも黒いコート姿で虹口の街をすたすた歩き、〈アハロンの家〉にいっては勉強やお祈りをしてた。

わしも、そこでお祈りをした。いまも目に見えるようだよ。アーチ型の入り口とアーチ型の窓、高くて白い天井、白壁のドームもあったな。昔ながらの大シナゴーグだった。

ロシア系ユダヤ人たちも立派な博愛主義者だった。彼らは長年上海に住んでいて、生活力に長《た》けていた。いいかい、お前さん。恩恵ってのはな、よそさまに授ける前に、まず自分で授かる仕方を学ばねばならん。それが黄金律だ。

ロシア人は、ナイトクラブ、レストラン、映画館、キャバレーなどを経営していた。フランス租界のジョフル大通り[41]沿いのロシア地区を、わしもよく散策したもんだよ。〈リトル・モスクワ〉なんて呼ばれてな、スラブ系の言葉を話す人でいっぱいだった。当然、わしも、そこで自分の家みたいにくつろぐことができた。街の空気を嗅ぎ回っているうち、すぐに《バラライカ》、《カフカス》、《ルネッサンス》といった店の常連になった。〈リトル・モスクワ〉はボルシチと黒パンの天国で、シベリア産の毛皮からサモワールまで何でもござれの店でごった返していたんだ。

全世界が上海にあった。まさに〈世界まるごと《デル・ガンツェ・ヴェルト》〉さ。メンデル・マンデルバウムは、いつも「イディッシュ語で」言ってたよ。

ディ・ヴェルト・イス・フル・ミット・ヴェルテレハ
ウン・メン・シュピルト・ジヒ・イン・ベヘルテレハ

そのとおりさ。〈世界は小さな世界で満たされ、人はみな、そこでかくれんぼ遊びをしている〉。これこそ、メンデル・マンデルバウムがわしに授けてくれた教訓だ。わしがクロフマルナ通りで、そしてワルシャワ旧市街の長屋の中庭で学んだことなんだ。そして、それこそ、上海がわしにとってあんなに親しみやすかった理由さ。上海は、燻製ニシンとベーグルを売る行商人とか、狭い路地をとおって市場に追い立てられていくガチョウや豚とか、子供時代の思い出をそのまま蘇らせてくれたんだ。それこそ見事な混沌《バラガン》だった。船が賑やかな波止場に近づいたときから、わしは、もうわくわくして手をこまねいたものさ。上海にも一目ぼれだったんだな。接岸したら、すぐにでも街に飛び込んで行きたかった。

ほかに何を話せばいいんだ？　上海で、わしはいい暮らしをした。虹口にある、独り身の男たち専用のドミトリーで寝起きしながらな。真珠湾攻撃の前までは、行きたい所を自由に歩き回ることができた。フランス租界をほっつき歩いたり、ウィーン風のカフェに座ってみたり。ベルリンから来た若い連中といっしょにコーヒーをすすったよ。プラハ、シベリア、ハルピン出身の連中もいたな。それぞれのグループにそれぞれのカフェ、つまり、それぞれの小さな世界があった。やっぱりメンデル・マンデルバウムの言うことは正しかった。世界には小さな世界がたくさんあって、わしらはそこでかくれんぼをしているだけなのさ。

そして、どこで人と会っても、わしは必ず相手の名前を鉛筆でメモった。いいか、商売繁盛の秘訣はな、常にアドレス帳を持ち歩くことだ。自活したいなら、いつでも用意万端にしておくことだ」

今日のヨセルは絶好調だ。その金の蝶ネクタイも、昼下がりの日光を受けてピカピカしている。彼はグラス入りのボルシチを注文する。さっきまでロシア人の慈善家たちの話をしていたので、その飲み物が彼の語りの仕上げになってくれるのだ。しかも、ここから先はボリス・サラモニク賛歌だ。

「いいかい、お前さん。金を持ってるってのは、すごいことなんだ。自分の身も危ういってときでさえ、どうやって人に金をくれてやれるか、つまり、どうやって人間《メンチュ》、真の人間でいられるか、心得ている人がいるものだ。ボリスは、あるロマ人《ツィゲイネル》の女と結婚していた。彼は、ロマ人も、中国人も、みんな助けてやった。さらには、あのミルの神学生たちもな。ボリスは彼らがタルムードを印刷するための資金、数千ドルを寄付したんだ。それがないと勉強もできんだろうといって、ボリスが彼らを助けてやったんだ。

そして、彼はこのわしをも助けてくれた。彼はミンク毛皮の仲買人だった。アメリカに輸出してたんだ。最高級のミンクさ。写真もあるぞ。わしは、いつも彼の写真を財布に入れて持ち歩いとるんだ。自分がいかに幸運だったたか、忘れんようにするためにな。ほら、見てみろ。わしとボリスが冬のコートを着ていっしょに写っている写真だ。彼はわしを息子として扱ってくれた。だから金を持ってるってのは、すごいことなんだ。金があれば、手前の身をなんとかできるし、よそさまも助けることができる。そんなふうにして、ボリスはわしを助けてくれたんだ。

しかも、そのやり方がうまくてな。人の誇りを傷つけないよう、わしに乞食のような思いをさせないようにして助けてくれるんだ。たとえば、彼はわしに布地を手渡して、こう言う。〈行って、取り引きしてこい。行って、自分の食い代を稼いでこい〉ってな。これは慈善じゃない。彼は、ただチャンスを与えてくれたんだ。そのわしも、金を稼いだあと、よそさまを助けることができるようになった。なあ、お前さん。それが世の中ってもんだ。世界はそんなふうにして回っているんだよ」

こう言ってヨセルは、いつものチキン・シュニッツェルを注文する。そして、いかにもうまそうにそれを食べる。まるで、ひと口ひと口が生涯の最後の食事でもあるかのように。

「わしは、生き延びるためなら何でもした」と彼は言う。「密輸もやったし、ダイヤモンド売買もしたし、苦労して稼いだ金を闇市場で交換したりもした。一度なんか、カール・マルクスとアダム・スミスの全集をある難民から買い取り、それをキロ単位で売り払って十倍の利益を上げたこともあった。上海では、あらゆる品々と同様、紙が不足していた。マルクスとスミスは正反対の意見を持っていたようだが、キロ当たりの値段はいっしょだったよ。

だが、〔ユダヤ教の戒律で〕決められたとおり、命の危機に瀕するのでもないかぎり、安息日《シャベス》には絶対に取り引きしなかった。そこは、ちゃんと一線を画していた。金曜の晩、わしは一番いい服を着て、〈アハロンの家〉まで歩いて行き、お祈りをした。神学校の青年たちに交って年季の入った石の床に立ち、体を前後に揺らしながら祈った。すると、昔、自分が通っていた祈禱所に戻ったような気持ちになったんだ。

お祈りのあと、わしは、いつもレストラン《ゴルドブルーム》にいった。そこでは〈ヘイミシュ〉、つまり家庭的なおふくろ料理を食べさせてくれるんだ。食べ物は、すべてコーシャ〔ユダヤ教の戒律にかなったもの〕さ。いうまでもなかろう。そして、お客みんなで〈ズミレス〉という安息日の歌を歌った。そうしてコーシャの赤ワインを飲んだ。まるでクロフマルナ通りに戻ったかのようにな。毎週の安息日を、その都度、過越祭に見たててワインを飲んだものさ。

ああ、たしかに上海は悲劇《トラゲディア》だった。だが、わしらはそこに生活を築いた。ロシア風の生活、フランス風の生活、中国風の生活、何でもお好み次第でね。わしらは貸し切り部屋で、蓄音機に合わせてダンスを踊った。オールナイトのダンスホールに行って、かわいい女の子らを追いかけ回した。ラファイエット大通り[42]でアメリカ映画も観た。愛するワルシャワが崩れ去るなか、わしらは〈ブロードウェイ映画館〉でドロシー・ラムーアを観ていた。愛しの両親が地獄で命を奪われていくあいだ、わしらは〈アップタウン・シネマ〉でベティ・デイヴィスを観てたんだ。

もちろん、状況は一九四一年十二月以降、大きく変わった。もちろん、どんちゃん騒ぎもおしまいさ。だが、そのあとにも虹口にはコーヒーハウスがあった。むしろどんどん増えていったほどだよ。食い物はほとんどなかったがね。わしらは代用コーヒーで我慢した。お湯のなかに沈んだ、ふやけた米を食べた。小豆もいやになるくらい食ったな。それでも、なんとか生きられたんだ。何時間もぶっ続けでトランプをやった。ピンポンもしたし、ごみだらけの空き地でサッカーもした。苦力《クーリー》の連中と麻雀も打った。そうやって、その日その日を生きる以外、わしらに何ができたというんだ？

虹口では、男と女が物陰や薄暗い路地で体をからめ合わせていたよ。何度もこの目で見た。だが、お前さん。そういったことについて、あんたに何がわかる？　たとえスラムに住んでいようと、人の心は何かに浮き立つんだよ。

そうして、背後に残った人びとに比べたら、わしらの暮らしは天国だった。ああ、向こうは本物の悲劇《トラゲディア》さ。わしらの身に起こったことなど比較にもならん。〈無《ゴルニシュト》〉さ。少なくとも、わしらには体を動かすだけの余地があった。少なくとも、わしらは仕事ができて、子供を作り、死者を葬ることができた。本来そうでなくちゃならんように、各人の名を記した墓石の下にな。周囲の世界が燃え上がっているあいだ、少なくとも、わしらはコーヒーが飲めた。たぶん、それだろうな、わしが上海を愛する理由は。だから、いまでも上海の夢を見るんだろう。だって、あの上海で、わしは〈生き延びた《サヴァイヴ》〉んだから」

　カフェをあとにするとき、ぼくはいつも、自分がどこにいるのかわからなくなったような気持ちになる。舗道が足の下でぐにゃぐにゃしているような感じ。確実なものなど実はどこにもないんだ、という気持ちだ。でも、見渡すと、すべてが活気に満ち、きらきらしている。ケーキショップ《ヨーロッパ》は、今日も、ラム酒をきかせたザッハトルテやチェリーのクグロフなど、遠い過去から見たら夢のような砂糖菓子で光り輝いている。ほかにもバニラのキッフェルン、アーモンドのホースシュー、焼きチーズケーキ、ウィーン風リングケーキ、ヘーゼルナッツのメレンゲ、蜂蜜のスポンジケーキ、などなどが。

　ぼくはトラムに乗り込み、開け放しのドアから流れ込んでくるそよ風にひと息つく。アッパー・エスプラネード通りには、瀟洒なマンションとだらしのないホテルが交互に立ち並ぶ。海は焦げた銀色で、見つめているうちに目がひりひりしてくる。船がぽつんと一艘、湾を横切っていく。低い空から、霞のようなものが沈んでくる。緑のドームをかぶった時計台が、この夏の一日の時間をゆっくりと刻んでいる。

トラムがカーブしてフィッツロイ通りに入る。ニレの老木の林立。道路脇に並べられたカフェのテーブル。ポン引きと娼婦が自分たちの縄張りをしっかり見張っている。バックパッカーが、『一日二十ドルの世界旅行』のコピーを指でなぞる。それは見飽きた光景であり、同時に、どことなく新しい。留め金から外れ、根っこごと掘り出されたような一時滞在者、さすらい人《びと》たちの世界。

そういうぼくも、すでに歩き回る男、カフェの住人になっている。ぼくも留め金から外れ、ライゼル、ザルマン、ヨセルの物語にあまりに深くとらわれてしまったせいで、自分のまわりのすべてのものがパレードの行進、偶然のゲームのように見えている。

「わしらは、みな空気の人《ルフトメンチュ》なのさ」。ヨセルが、今日、笑いながら言ったのも、きっとそのことだ。

「空気の人。どこかひとつの場所に属するってことのない人のことさ。全世界が自分のもの。それでいて、どんなにあちこち走り回ったからといって、何も本当に自分のものになるってことがない。なあ、お前さん。すべては結局、そういうことさ」

7

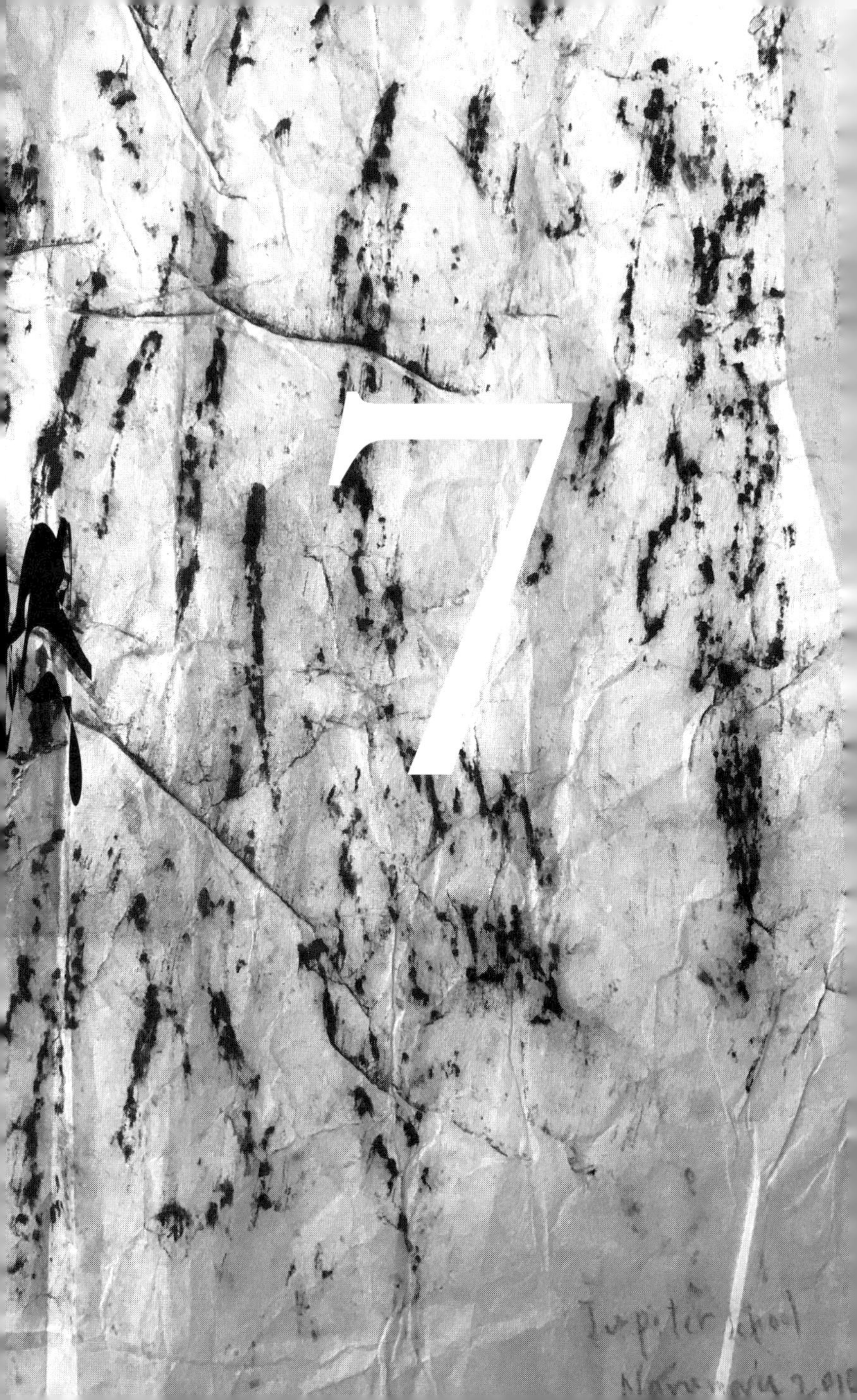

おなじみのルートを歩いてください。今夜はメルボルンの中心部が、遠く夜露に覆われて見えます。セント・キルダ桟橋には、ミニチュアのお月さまのように光る街灯が並んでいます。女の人がひとり、欄干に寄りかかっています。カップルが人気の絶えた浜辺で抱き合い、中年男が木のベンチでゆったりくつろいでいます。〈パレス劇場〉が、霧のなか、ゴシックのお城のようにそびえています。

上海の街路を歩いてください。クロフマルナの路地も、ヴィルニュスの崩れかかった中庭も、神戸の丘のふもとも、古代の貿易ルートも歩いてください。桟橋を歩き、歩道を歩き、湾の波打ち際を歩いてください。歩いて、そして、ほかの人びとがもう何千年も前からその場所を歩いてきたことを感じてください。海辺も、平地も、丘も、動脈のように湾に注ぎ込む川の岸辺も、歩いてください。歩いて、そして、その土地には古くて新しい物語が満ちあふれていることを感じ取ってください。

そこから、おなじみのルートをたどって、もと来た道を引き返してください。ネオンサインが見えますか。ライラック色、青、バラ色と、交互に《シェヘラザード》の文字が点滅していますね。さあ、ガラス扉を押して、なかへお進みください。少年らがトランプをしている表側の屋内テラスを通り抜け、雑誌や競馬新聞に没頭している男たちの脇を通り過ぎてください。家族連れが、がつがつ食事を平らげているテーブル席をうまく迂回して、そうして、奥の間へいらしてください。

彼らは今夜もそこにいます。オーナーのゼレズニコフ夫妻、エイヴラムとマーシャは。ディレクターチェアに座って、注文書を作ったり、請求書をにらんだり、書類の整理をしたり、新聞を読んだりしています。

ですから、この本をお読みのあなたも、どうぞ、そこにおかけになって。遠慮なさらず。ほら、この〈黒い森《シュヴァルツヴェルダー》〉ケーキをひと切れ、いかがです。今日は、お店からの特別サービスですって。この赤のグラス・ワイン、ひと口どうですか。ほっぺたに、ちょっと赤みが差したように感じるでしょう。味が口のなかにいつまでも残るようにしてやるんです。ほら、ちょっといい気持ちじゃないですか? 楽になさってます? そう、椅子に背をもたせて、深く座ってください。そうして、〈おばあちゃんの繰り言《ボッベ・マイセス》〉に耳を傾けてみてください。

この話を聞いてちょうだい　子供たち
鼻と目でもって聞いてちょうだい
むかし　おばあちゃんの家を越えてね
牛が飛んでくのを　この目でみたの
ほんとうのこと　ほんとうのこと
ほんとうのこと　ぜんぶほんとうにあったお話
ほんとうのこと　ほんとうのこと
だって　ほんとうに　この目でみたんですもの

戦争は終わった。どの帝国も廃墟と化した。疲労感がどっと世界に降りかかっている。そんななか、ぼろをまとった旅人たちが地平線を横切っていく。彼らは、納屋、打ち捨てられた山小屋、燃え尽きたビルのなかで夜を過ごす。彼らは、かりそめの避難所や遠い彼方の村落から這い出てくる。命を解かれた軍隊や東部の労働キャンプからも分散してくる。いまや、残してきた家族を探すとき、家路につくときだ。

マーシャの家族は、ポーランドに帰還した最初の一陣に含まれていた。一九四五年九月、フリドマン一家はジャンブールから汽車に乗った。冷たい風が車内まで吹き込んでいた。早くも雪が舞い散っていた。背の高い草が強風にかしぎ、森は暗く沈んでいた。村々は、かすかな光のまわりに寄り集まり、いまにも消え入りそうだった。

一家は押し黙ったまま旅をした。あたりを見回すと、みな移動中の人びとばかりだった。トラックの荷台に積まれた人、裸足のまま歩く人、自転車や馬車で走り去る人。みな、静かに撤退するお役御免の大連隊のように移動していた。彼らが帰っていく土地については、さまざまな噂が飛び交っていた。みな、家族が生き延びていてくれますように、と祈っていた。同時に、これから目にすることを恐れてもいた。

しかし、どんなに心の準備をしていても、瓦礫の山、ねじれた建材、焼き尽くされた集落、敗残の荒れ野など、彼らの不在中に引き起こされた荒廃を予見するのは難しかったろう。どんなに覚悟していたとしても、実際に焼け焦げた大地、ぼろぼろの町並み、汚された神殿、粉々になった家屋を思い描くことは無理であったろう。

そして、彼らの語りにどっしりと重しが乗せられたのも、このときだ。このとき、フリドマン一家をはじめ、東方で生き延びた多くの者が、自分たちをはるかに凌ぐ苦境下にあったほかの人びとに対する負い目に打ちのめされた。そして、一刻も早く忘れ去ること、過去を埋葬し、奪われた生活を立て直す必要に追い立てられた。


「最初に会ったとき」とマーシャが語り出す。「エイヴラムは、あの地獄《ゲヘナ》の時期をつうじてずっと白い部屋を夢見ていた、と言ったの。照明が明るくて、座ってものを書くことのできる机のある部屋。自分が望んでいたのはそれだけ。電灯のある部屋だったんだ、って」

「ああ、おれはずっと夢見てたよ」と、エイヴラムがあいづちを打つ。「沼やら肥溜めやらのなかを這い回っていた、あの時代、おれは、ずっと白い部屋を夢見てた。あの〝夜の王国〟で過ごした日々の記録を書くための机が置いてある部屋をな」

「はじめて会ったとき、あたしは彼の話に恋をしちゃったのね。彼の話を聞いて、自分なんか、まだ守られた暮らしをしてたんだ、ということがわかったのよ。あとから、あれこれ文句を言う筋合いじゃないんだ、って。エイヴラムの話を聞いて、あたしの苦労なんて、まだまだ大したことないって感じたのよ」

「おれたちは、〈ブンド〉の集会で出会った。ポーランドの片田舎、ヴロツワフの近くだったな。一九四六年、夏のことだ。おれは二十二、マーシャは十九。おれからすりゃあ、あれは一目ぼれだったたな」

「あたしの方は、あまりぴんとこなかった。ただ、彼が野心家じゃなくて、夢想家タイプだってことはわかったわ。だって欲しいものは白い部屋だけ、あとは机と照明があればいい、なんて言うんだもの。信じられる？　あたしが彼の物語に恋をした、なんてこと」

「二人なら、ポーランドでの生活を立て直せると思ったんだ」とエイヴラム。「〈ブンド〉の広報部員として田舎を回ったよ。子供たちを隠れ家から引っ張り出してやるんだ。子供たちは、修道院、地下室、屋根裏部屋、あるいは地中深く掘られた穴倉なんかに隠れていた。偽装の壁のうしろに子供たちをかくまってくれていた農家へいって、引き取ったりしてな。それから、組織のアーカイブとして資料の収集にも当たった。とにかく記録し、断片を拾い集め、脈絡をつなげる必要に迫られていたんだ。だが、おれ自身の中身は空っぽだった。おれは、人間的な触れ合い、自分を受け入れてくれる人間の顔が欲しくてたまらなかった」

「それは、あたしも最初から感じてたわ」とマーシャ。「自分の話を聞いてもらいたいっていう思いね。それはちょっと怖いくらいだった。でも、それに惹きつけられちゃったのね。同時に、あたしも自分自身の生活を築き上げたいって思っていた。当時まだ十九で、希望に満ちてたものね。母さんのように家庭の召使いにはなりたくなかった。勉強して、自活したかったの」

「おれはおれで、人生をやり直したかった」とエイヴラム。「ポーランドのユダヤ・コミュニティーを復活させたかった。そこで、まずウッチに居を構えて〈ブンド〉の活動に専念した。生き延びた人たちの手助けがしたかったんだ。おれたちは難民を迎え入れ、寝泊まりする場所を見つけてやり、家族の消息を調べてやった。そのうち、ウッチの町が好きになった。荒れ果てちまった故郷ヴィルニュスに比べたら、ウッチはまだきれいな方だった」

「あたしの方は医学を学びたかったの」とマーシャ。「それで、両親がふたたび腰を落ち着けたカトヴィツェからウッチに出て、大学に入った。ポーランドじゅうから人びとが帰ってくるところだったわ。収容所から、あるいは森のなかとか、いろんな隠れ家から出てきてね。みんな、ひとりひとり、語らなきゃいけない物語があった。あたしたちは、その人たちの話に打ちのめされていた。とくに、あたしはエイヴラムの話に打ちのめされた。あたしには、母、父、弟、妹がいて、全員生きてた。あたしたちは全員生き延びたのに、エイヴラムは完全にひとりぼっちだったのよ」

「そのころ」とエイヴラム、「おれは、こりゃ自分のことを書いてくれたんだと思える一冊の本に出会ったんだ。当時はみんなこの本を読んだものさ。『凱旋門』っていってな。ドイツの作家エーリッヒ・マリア・レマルクが書いたものだ。『西部戦線異状なし』と同じ作者だ。無国籍者を描いた本でな。つまり、敗者、おれたちみたいな人間について書いた本だった。それで、この本のなかで、はじめて《シェヘラザード》っていうナイトクラブのことを知ったんだ」

「アヴラメル、《シェヘラザード》がパリにあるってことを説明してあげなきゃ。ロシア移民がよく集まって、故郷に帰った気分を味わっていたキャバレーでね。ロマ人のバイオリンが奏でる昔の音楽を聴いて、おしゃべりをしては思い出にふけり、そして、いつか故郷に帰る日のことを思い描いていた場所よ。そこにレマルクの描く恋人たち、医者の男とキャバレー歌手の女が通ってくる。二人は会うたびに、カルヴァドスっていうリンゴのブランデーを飲むの」

「あの本を読んで」とエイヴラムは言う、「はじめて、おれは、パリや、ほかの町や、ほかの世界のことを夢見るようになった。あの本を読んで、おれは、別の生き方、新しい人生を想像し始めたんだ」

「アヴラメル、あなた、また先に飛んじゃってるわよ。まだマーティンに全部の話をしてないじゃない。あたしを打ちのめし、あたしの話なんか生やさしいって思わせた話。最初に聞いたとき、あたしはほとんど信じられなくて、いまでもまだ驚いてしまって、それ本当なの？　って思っちゃう話をね。それに、あなた、〝夜の王国〟のことをまだマーティンに話してないじゃない」


東ヨーロッパのエルサレムことヴィルニュスの朝まだき、嵐の前の静けさが漂っていた。一九四一年六月二十二日、日曜の朝、日の出とともにそれは始まった。ドイツ軍は、西から怒濤のように押し寄せて来た。そして、ヴィルニュスの空を黒に染め、恐怖の統治を告知した。爆弾を雨あられと振り注ぎ、町の中心部を粉々にした。

赤軍は東の方にぽつぽつと駐留しているだけだった。二日と経たず、ナチスが町の門から入ってきた。暴徒集団があちこちで暴れ回った。民家が荒らされ、略奪にあった。十六歳から六十五歳までのユダヤ人男性が捕らえられてトラックに放り込まれ、町から八キロ離れた村、ポナリーの森に運ばれた。彼らはそこで裸になるよう命じられ、大きな墓穴の前に一列に並ばされて、銃殺された。死体に死体が積み重なった。掘り出されたばかりの土が、死体の上にも、まだ生きている者の上にも投げ入れられた。

攻撃が激しさを増すなか、エイヴラムは、家族とともに家にこもったままだった。彼は愛するヴィルニュスの町にじっと留まった。暗がりに隠れて。こうして彼は〝夜の王国〟入りを果たしてしまった。

エイヴラムは、これまで何度もこの話をしてきた。彼は、過去の熱心な守り手だ。彼は、神聖な義務として、きちんと自制も働かせながらこの話を語る。その一回一回の語りに、人を驚嘆させる力が宿っている。

彼は、何日か家にひそんだあと、ある夜、ついにヴィルニュスから抜け出した。二十五キロ離れたリエシェーの村まで、森の小道を歩き続けた。村のはずれに泥炭工場があった。日中、エイヴラムは沼地まで歩いて行き、ぬかるんだ土から泥炭を掘り出した。そして夕方、工場の掘っ建て小屋に戻り、最新の噂や情報を仕入れるのだった。

夜ごと、近況報告は恐ろしさを増していった。彼の家族はヴィルニュスの歩道を歩くことを禁じられ、側溝を這って進むよう強制されているという。服に黄色い星の装着を義務づけられている。男連中は夜中に叩き起こされ、家から連れ去られている。タオルと石鹸だけをもって、ポナリーの森に消えていくのだそうだ。作戦は六週間続いた。集団銃殺を目撃した農民たちが、その噂は本当であると証言したという。ポナリーは殺戮の場と化していたのだ。

八月の終わりころ、泥炭工場を経営するリトアニア人がヴィルニュスからリエシェーに戻り、ナチスが大規模なポグロムを計画していると労働者たちに警告した。信頼できる筋からの情報で、九月上旬にも実行に移されるであろう、という。エイヴラムは、あるポーランド人の農夫に頼み、ヴィルニュスに伝言を届けてもらった。家族に手紙をしたため、逃げるよう促したのだ。

農夫は、エイヴラムの姉バシアとその夫ウリ、そして二人の六歳になる息子シュムレクとともに戻ってきた。しかし、母エッタは出立を拒んだという。逃げ隠れの旅など、もうたくさん、と。たしかにエッタは、あちこち動き回って何年も過ごした末、ようやくヴィルニュスに落ち着き、念願だった安住の地を手にしていたのだ。

しかし、一九四一年九月六日、彼女が築き上げたものは、土台もろとも崩れ去った。ヴィルニュスのユダヤ人に自宅からの立ち退きが命じられたのだ。彼らは二つのゲットーに押し込まれた。第一のゲットーには、商人や職人など、何かの役に立ち、奴隷として使えそうな人びとが集められた。弱者、老人、その他、使いものにならない、とされた人びとは二番目のゲットーに入れられた。

知らせを耳にしたエイヴラムは、上司に頼み込んで馬車を貸してもらった。農夫を装い、泥炭を積んでヴィルニュスに向かう。泥炭の配達を終えると、彼は家に急行した。エイヴラムが戸口に現れたのを見たポーランド人の門番は、腰を抜かし、胸の前で何度も十字を切った。聞けば、エッタは、ヴィルニュスの古いユダヤ地区に作られた二番目のゲットーに連れていかれたという。

そのときの自分は怖さの感覚を忘れていたと、いまでもあの過去の出来事に対する畏怖の念に包まれているかのように、エイヴラムは語る。たしかに、あのとき彼は、すべての打算を宙づりにした特殊な精神状態に入っていた。彼はヴィルニュスの通りに公然と馬車を走らせた。そして、武装した警備兵たちの目の前を素通りし、ゲットーの正面入り口から馬を進めていった。母とその二人の年老いた友人は、三階建ての建物の屋根裏部屋にいた。彼女たちは一週間、何も食べていなかった。

それでもエッタは、リエシェーへいくのを拒んだ。むしろ彼女は、第一ゲットーに移してほしい、そこで友人や同志たちといっしょにいたい、と望んだ。やむなくエイヴラムは母を階段の下まで連れていって馬車に担ぎ上げ、入って来たときと同じ大胆さをみせつけながら表通りに出、今度は第一ゲットーの門をくぐった。

エイヴラムは、日暮れ前にリエシェーに戻った。ヴィルニュスにまだ家族を残している仲間の労働者たちに手紙を渡したり、情報を伝えてやったりした。大量虐殺の知らせは、日々、彼らのもとに届いていた。数週間後、エイヴラムは二度目の泥炭配達に出た。彼がゲットーの入り口に向かって馬を走らせると、ちょうど四人の群れが外に連れ出されるところだった。その群れのなかに、母の歩く姿もあった。

エイヴラムは、馬を群衆のなかに突進させた。そして警備兵らを蹴散らし、母を馬車に引きずり込んだ。道ゆく人びとは、目の前の光景にあっけにとられていた。エイヴラムがそこから抜け出せたのも、やはり彼の大胆さのなせる業だった。彼は恍惚のうちに町を駆け抜けた。以来、彼の人生そのものが恍惚となった。そして、いま《シェヘラザード》の奥の間のテーブルで彼がこの話を続けるのも、同じ恍惚のうちなのである。

エイヴラムはリエシェーに戻った。エッタはふたたび娘や孫といっしょになった。だが、この森のなかの滞在も長くは続かなかった。工場長が迫りくる総攻撃の情報をつかんだ。ナチスは、ユダヤ人が泥炭工場にひそんでいることに、とうに気づいていたのだ。

そこでゼレズニコフ一家はヴィルニュスに戻り、第一ゲットーに紛れ込むことにした。そこには黄色の労働パスを持っている者しか入れないことになっていた。パスを持っていない者は身をひそめた。見つかれば、拘束され、死にいたるのみ。つまり、奴隷だけが存在を許されていたわけだ。

ウリはゲットーの厨房で仕事を得た。それにより、バシアとシュムレクの登録も可能となった。一九四一年の〈大贖罪《ヨム・キプール》〉の日、黄色の労働パスを持っていない者は表に集合せよ、との命が下った。エッタは娘婿が働いている厨房に紛れ込んだ。エイヴラムは屋根に登り、屋根裏部屋の煙突に身をひそめた。ところが、ひとりの年配のユダヤ人が、彼のあとに続こうとしてリトアニア人の警官に見とがめられてしまった。エイヴラムもその年配のユダヤ人も煙突から引きずり出され、階段から蹴落とされるようにして表通りに連れ出された。

　エイヴラムは血まみれで、すすだらけだった。それでも彼は、黄色のパスを持った労働者たちの群れのなかに姿をくらまそうとした。だが、ユダヤ人ゲットーの警察署長ジャコブ・ゲンス[43]が彼を群れから引きずり出し、ドイツ人将校たちに引き渡した。こうしてエイヴラムは、第二ゲットーにひしめく数千人のなかに放り込まれたのだった。

　何百年もの歴史を誇るヴィルニュスのユダヤ地区は、廃墟と化した。名高きシナゴーグも瓦礫に姿を変えた。第二ゲットーは、ほどなく清算された。煙がくすぶり続けるかつての収容部屋には、引き裂かれたシーツや衣類、写真アルバム、手足のもげた人形、焦げたガラスの破片などが散らばっていた。《ヴォルフケス》が入っていた建物も、ほかの多くの建物と同様、破壊し尽くされた。〈ヴィルニュスの賢者〉の中庭は跡形もなかった。そして、これらの廃墟に集められた人びとは、自分たちを待ち受けているのが、殺戮の場、ポナリーへの最終行程のみであることを、無力のうちに確信させられるのだった。

　だが、エイヴラムは最後のチャンスをつかみ取った。戦前からの友人、アナトルスキー博士とその看護婦たちの一団が、怪我人の手当てのため、第二ゲットーへの出入りを許されていたのだ。エイヴラムは助けを求めた。アナトルスキーは、エイヴラムが担架の下に身をかがめて外に出ることを黙認してくれた。エイヴラムが、監視の目をかろうじてごまかし、犬のように四つん這いになって第一ゲットーに戻った、その数時間後、残された人びとは、のちに〈黄色のパス作戦〉の名で知られることとなる虐殺の餌食となった。

ぼくは、あらためてエイヴラムの手を見つめる。彼の手には、独特の言語能力が備わっている。彼が手で描く円はどこまでも広がっていき、その円が、かぎりなき虚空、理解不能の空間を表現しているのだ。握りしめられたこぶしは、握りしめられた感情そのものだ。記憶のもっとも焼けつく部分に言い及ぶ前に、まずこぶしが握りしめられるのだ。言葉で語ることが、ほとんど不可能な物語。語る側も聞く側も、できることなら避けて通りたい物語。

一九四一年、〈大贖罪《ヨム・キプール》〉の夜に行なわれた〈黄色のパス作戦〉については、ほかにも語るべき話がある。その夜、囚人たちはゲットーの門の近くに追い立てられた。シェパード犬が吠え、彼らの足に噛みつく。SS隊員や監視員らが、ライフルの付け根や銃剣で誰彼構わず殴りつける。ゲシュタポの将校たちが木のテーブルに座って、男、女、子供をひとりずつ選り分けていく。

労働パスを持っている成人ひとりにつき、その黄色の台紙に三人まで名前を書き込むことが許されていた。すなわち、性の異なる家族一名と子供二人だ。余分な子供は連れ去られる。その決定を数秒以内に下さなければならない。子供が三人以上いる者は、どの子を選んでどの子を捨てるか、決めなければならない。その選択ができない場合、家族全員がポナリーの森で殺されてしまうのだ。

　エイヴラムは、身をひそめた場所から人びとの叫び声を聞いていた。この話をすると、彼の目に涙があふれる。そして、聞いているぼくの目にも。エイヴラムとぼくの二人は、このカフェの奥の間で、いっしょに沈んでいく。一歩また一歩と、いっしょに歩んでいく。一歩下ると、そこにはまた別の世界がある。計り知れない闇への、また新たな一歩だ。

　エイヴラムが、こぶしをさらに強く握りしめる。椅子たちが、磨かれた床の上をすべってどこかへすっ飛んでいくように感じる。カフェの四方の壁が、ぼくらの方へじりじりと迫ってくる。近くのテーブルに座っている人たちは、幽霊となって蒸発する。ネオンに照らされたアクランド通りが次第に遠のいていく。ぼくらの住むこのメルボルンの町が、ぼくらのまわりでぐるぐると渦を巻く。そしてふたたび、ぼくらは〈東ヨーロッパのエルサレム〉、ヴィルニュスのゲットーの門に立っている。子供たちが、母親からも、信頼していた父親からも引きちぎられた、その現場に。

「多くの親が、その夜、狂気に追いやられていたよ」と、エイヴラムがささやく。「おれたちは、もう悲劇には慣れっこになったと思っていた。最悪の事態への覚悟ができていた。だが、これぱっかりはだめだった。理解できなかった。絶対に理解できないことだ。あの〈作戦〉を生き延びた親は、死んでも自分のことを許せないだろう」
「そして最悪なのは」とエイヴラムはつけ加える。「あの犯罪に手を染めた連中が、それを楽しんでいるように見えたことだ」

いつの季節にもありうるのだが、だいたいにおいて早春だ。こんな強風が吹き荒れる日は。この風は南の海上で発生し、突風に煽られた雲といっしょにやってくる。湾は、いつもの輪郭を打ち破って荒れまくる。水しぶきが目に痛い。メルボルンの中心部は、低い空の下に姿をくらます。高波が桟橋に打ち寄せる。マリーナのボートも鎖を引きちぎられそう。浜辺のヤシの木も大きく揺れ、いまにもぽきりと折れてしまいそうだ。

この荒れ狂う南風は爽快だ。それは、ぼくの心を洗い清め、骨の髄まで貫き通してくれる。ぼくの顔は冷えて生きいきとし、目も澄み渡って切れ味を増す。ぼくは、逆立つ海と雲で黒ずんだ空をざっと見渡す。そうして、ぼくははじめて気づくのだ。これまで何年ものあいだ、数え切れないほどの南の嵐に吹かれて海と反対の方向にたわみ、叩きつけられそうになりながらも、なお立っている木々がある、ということに。カラスとカモメが風に逆らって螺旋を描く。にわか雨が浜にシャワーを浴びせる。砂浜には、擁壁に打ちつけられた海藻が散乱している。

これまで、嵐の激しさをこんなにも心地よく感じたことはない。こんな日は、わざと浜に出て、湾ににじり寄り、あたりの道をさまよってみることが、ひとつの息抜きになる。そして、過去の重みをたくわえ、物語に満ちみちたあのカフェからしばし解放されることが、ひとつの息抜きになるのだ。

だが、一度始めてしまったからには、最後まで見届けなくてはならない。ぼくはカフェに戻り、エイヴラムは物語を再開する。まだ一万五千人の囚われ人が第一ゲットーに残されている。第三帝国は奴隷を必要としていた。いまやエイヴラムは発電所で働かされている。夜明けにゲットーを出て、夜に作業場から戻るのだ。

囚われの奴隷たちが組織を再編する。彼らは、学校、幼稚園、壁新聞、書店などを再開した。抵抗運動は一九四二年のはじめころに形成された。リーダーに選出されたのはイツハク・ヴィッテンベルグ[44]である。組織の大きな二集団はいくつかの分会に分けられ、さらにその内部が細胞組織に分かれていた。エイヴラムはゲットー青年クラブの議長になった。クラブは、展覧会や演劇を企画運営するほか、武器を調達し、ひそかに軍事教練も行なっていた。

祈禱所は地下の一角に設けられた。エイヴラムの姉バシアは、ゲットーの子供たちに音楽を教えた。彼女は、精神力と特技を活かして周囲の人びとのために働き続けた、多くの収容者のひとりだった。人びとは、キャバレー、聖歌隊、劇場、オーケストラなどで絶望の心を癒した。作家たちは、自分たちの苦境を哀歌、悲歌に表現した。ここでいくつか、からみつくような旋律が灰のなかから蘇ってくる。ひとりの詩人が、消えた恋人を探してゲットーの路地を歩き回っている歌だ。

春よ　ぼくの悲しみを取り去り
愛する人を　ぼくのもとに返せ
おお　春よ　ぼくの悲しみを取り去り
ぼくの良き人を　連れ戻せ

詩人の名は、シュメルル・カチェルギンスキー。(45)〈シュメルケ〉という愛称の方で一般に知られている。彼の歌は、同族、仲間の囚われ人たちの感情を見事に映し出している。ゲットーの人びとは、彼の詩を朗誦し、小声で歌うことで、しばし心の安らぎを見出したのだ。

しーっ　お黙り　静かになさい

いま　死体が育とうとしてる
みな　悪の人びとの手で蒔かれた
恐怖の種から芽を出したの
あるのはポナリーへの道だけ
ほかにいく道はありません
ああ　父さんは亡くなり
家族たちも粘土に包まれた
だから黙って　わが子よ　泣いちゃだめ
泣いたって　誰も聞いてくれはしない
静かに　わが子よ　お眠りなさい
あなたの涙も無駄になるだけ
わたしたちに自由が戻ったとき
その光が　あなたの辛さを洗い流してくれる

〈リトアニアのエルサレム〉に最終段階が迫る。しかし、そんななかでも子供を産むという、死罪にも相当する挙をやってのける人びとがいる。バシアが、ゲットーの病院の隠し部屋で二人目の子を産んだのだ。彼女は、その女の子をヘブライ語で〈希望〉を意味するネハミア[46]と名づけた。彼女は窓のない部屋にこもり、そこでエッタ、エイヴラム、夫のウリ、幼いシュムレクといっしょに暮らした。

ネハミアが生まれてまだ四カ月もたたない一九四三年七月五日、イツハク・ヴィッテンベルグが逮捕された。彼がゲットーから連れていかれるとき、彼の護衛に当たっていた人びとは攻撃を受け、殺害された。ゲシュタポは最後通牒を出した。翌朝までにヴィッテンベルグが降伏を申し出ない場合、ゲットーは清算される、と。

苦悶のうちに一夜を過ごしたヴィッテンベルグは、要求に屈した。ゲットー内のいくつかの戦闘班は森に逃げ込むことを決断する。しかし、彼らは途中で待ち伏せされていた。そのときの戦闘で多くの者が死んだ。報復と称し、ナチスは逃亡者の家族と仕事仲間を殺害した。

一九四三年九月一日、ゲットーは封鎖された。その後、数週間のあいだに数千人の人びとがヴィルニュス駅に向かわされ、まだ仕事ができる者は労働キャンプに移送された。男性労働キャンプはエストニア、女性労働キャンプはラトヴィアにあった。老人、病人、障害者、その他の女性と子供、つまり奴隷労働に適さないとされたすべての者は、トラックでポナリーに運ばれて射殺され、あるいはマイダネクのガス室に連行された。ヴィルニュス・ゲットー最終処分の始まりである。

エイヴラムと彼の仲間たちは、ゲットーの図書館の脇、ストラシュナ通りに面した中庭に退避した。貴重な蔵書が棚から下され、金物、家具、ベッド、レンガなどといっしょにバリケードに用いられた。最初の銃撃戦のあと、ナチスは撤退した。しかし、人びとの移送はその後も続いた。

パルティザンの司令部が最終決定を下す。ゲットーの戦闘員は森に潜伏せよ。ゲットーの壁の内側で蜂起しても意味がない。地下にもぐって抵抗活動を続ける方がましだ。九月二十三日早朝、エイヴラムと仲間たちは図書館を出て、ストラシュナ通りに下りた。ふと見ると、偶然にも母の姿が目に入る。もう六週間も会っていなかった。母は、赤ん坊のネハミアを抱いたバシアといっしょに道を急いでいた。幼いシュムレクが、バシアのもう一方の手を握っている。

「おふくろは、これが最後だと、はっきりわかっていた」とエイヴラムは言う。「おれは、赤ん坊のためといってパンとミルクを渡し、おふくろは、身に着けていたスカーフをくれた。おれに暖かくしていて欲しかったんだ。〈森にいったら、体に気をつけるんだよ〉と、おふくろは言った。それが、おふくろの最後の言葉さ」

朝の光に照らされながら煙と瓦礫のなかに消えていった家族の姿は、その後、エイヴラムにとってもっとも忘れがたい心象となるであろう。バシア、シュムレク、赤ん坊のネハミア、そして生涯をつうじて革命家であり続けた母が、確実な死に向かって歩いていった、その最後の映像は、いまだにエイヴラムにつきまとって離れない。あの母の言葉が、まだ彼を追い続けている。この記憶は、墓場まで彼に付き添うことであろう。

ここで、エイヴラムは椅子に背をもたせかける。彼のコーヒーはもう冷め切っている。顔は緊張気味で、血の気が失せている。自分の内部に引きこもった子供のようだ。「この話は、したことがあったかな」と彼が尋ねる。

「ゲットーには、若者たちのためのタルムード学院《イェシヴァー》があった。学院の長は、カバラー、つまりユダヤ教神秘主義の学徒でな、宇宙には数学的完全性があると信じて疑わない数秘術師だった。この人が、未来を正確に予測するために数字の知識を用いる不思議な能力を持っていたんだ。ゲットーのなかでも、彼は、カバラーの原典中の原典、『光輝の書《ゾーハル》』に没頭してたよ。神を愛し、昼も夜も、神に信仰を捧げていた。そして、神を愛するのと同じくらい、自分の学生たちを愛していた。

ゲットーの処分も最後段階に入ったところ、学生たちは隠れていた地下室からあぶり出され、ポナリーに引っ立てられていった。学院長《ロシュ・イェシヴァー》は、学生たちがたどった運命を知って、正気を失った。ゲットーの街路を走りながら、こう叫んだんだ。〈ユダヤびと《イドゥン》よ、神はおらぬ。神を信じるな。いかなる神とて、このようなことは起こさせないはずじゃ。ユダヤびとよ、これは嘘じゃ。神など、いようはずもない！〉

おれたちのバリケードのところからも、彼の叫び声が聞こえたよ。〈ユダヤびとよ、連中はわしの学生たちを殺した。ユダヤびとよ、神はおらぬ。いかなる神とて、このようなことは起こさせないはずじゃ〉ってな。そうやって彼は、何時間も同じ言葉を叫びながら走った。何かに取りつかれたように。彼自身、射殺されるまで、ずっと叫び続けたんだ」

エイヴラムはひと息入れる。そして体を横に傾け、椅子のひじをしっかりとつかむ。顔は白く、体はねじれたままだ。ぼくらの周囲では、人びとがガヤガヤとおしゃべりを続けている。まるで、ぼくらのテーブルだけ非常線で囲まれているみたいだ。

ふとエイヴラムの声が戻ってくるが、それは、ひそひそ声のように響く。まるで怖い夢から覚めた子供のように、彼はこう尋ねる。「なあ、教えてくれ。ああいう場所を生き延びてきて、それでいて怒りを感じない人間なんているだろうか？　あれらすべてから抜け出してきて、どうやって正気のままでいられるんだ？」


街は燃えていた。古壁が次々と崩れ落ち、空気は、犬の泣き声と怪我人のうめき声に引き裂かれている。エイヴラムと仲間たちは下水溝にもぐり込んだ。手には十四ミリ口径のコルト式拳銃が握られている。弾丸は配給された四発のみ。尿が壁からしたたり落ちてくる。トンネルは、狭いところで幅五十センチしかない。よどんだ空気と糞尿の臭いとで、仲間のひとりが失神しそうになる。

遠くから銃声が聞こえる。トンネル内にその残響がこだまする。先発の五名のパルティザンたちは見つかってしまった。彼らは引きずり出され、広場に集められたゲットーの囚人たちの目の前で絞首刑に処された。

処刑された人びとのなかに、エイヴラムの親友アブラハム・ツヴォルニクと、その恋人アシャ・ビックがいた。その朝、たまたまエイヴラムは、バリケードとなった図書館の床の上で交わっている二人の姿を目にしていた。二人は本でこしらえたベッドの上で、傍目も構わず求め合っていた。アブラハムは四十代、アシャは二十一歳だった。二人は、朝に愛を営み、午後、並んで首をくくられた。

エイヴラムと仲間たちは、夜になって下水溝の外に出た。待ち構えていた連絡員は、彼らをある毛皮工場まで案内した。二日後、その工場からスロヴァツキ通りのゲシュタポ司令部に移った。

それは大胆不敵な行為だった。リトアニア人の守衛が、その建物の屋根裏部屋に彼らをかくまってくれたのだ。彼らはそこで三晩を過ごし、森からの連絡を待った。階下からは、ゲシュタポ将校たちの声や物音が聞こえた。エイヴラムたちは、まさに獣の胎内にいたのだ。

「恐怖ってのは、ほかにまだ選択肢があるときに感じるものだ」と、エイヴラムは言う。「おれたちには選択肢がなかった。おれたちは生き残りたかった。たぶん自己保存本能っていうんだろうな。逆に、恐怖は人を麻痺させてしまう。

何年もたって、ここメルボルンで息子がポリオにかかったとき、おれは恐怖ってのを久しぶりに感じたよ。それまでのおれは、恐怖に免疫ができていた。おれが抱いていたのは、どうしても抑えることのできない怒りと、それに煽られる復讐欲だけだった。だが、家庭をもち、子供ができたとき、そして自分の息子の病苦を目にしたときに、おれは、また怖くなった。息子が元気になってくれることをひたすら願った。息子が苦しむ姿は見るに忍びなかった」

こう話す彼の背後に、ぼくは、下水溝から這い出し、ゲシュタポ司令部に身をひそめ、森に忍び入る十九歳の若者の姿を見ている。ゲットーの戦闘員の姿だ。そして、このぼくにも、消え去らぬ怒りは感じられる。だが同時に、そのコントラストに驚く。エイヴラムの物語と、彼がそれを語っている場所のコントラスト。埃となって崩れ落ちる古きヴィルニュスのイメージと、このうすら寒い春の夜の《シェヘラザード》を包む親密さのあいだのコントラストに驚いてしまうのだ。


「こんにちは《ショレム・アレイヘム》」

「ごきげんよう《アレイヘム・ショレム》」

「さあ、こちらへ。ここにおかけになって。ご注文はいかがなさいます？　まずはボルシチのグラスから？　あるいは大麦のスープでも？」

「イディッシュ語は、多少、お話しになる？　えっ、イディッシュ語が母語《マメ・ロシェン》ですって？　ロシア語もちょっと？　もしかしたらポーランド語も？　メインディッシュは何になさいます？　ラトケ(47)、チキン・シュニッツェル、あるいは野菜シチュー？」

「で、ご出身は？　ワルシャワ？　ブダペスト？　クラクフ？　ルブリン？　さてはウィーン？　あるいはベルリン？　デザートは何にいたしましょう？　リンゴのコンポート？　チーズの盛り合わせ？　コーヒー？　それともレモン・ティー？」


「こんな感じで始まった《シェヘラザード》が、いま、ここまでになったのよ」とマーシャ。

「どうなることやら、最初は見通せなかったなあ」とエイヴラム。

「あたしたちには経験がなかったから」とマーシャが引き取る。「ミルクスタンド《オ・シェイズ》を譲り受けたのはいいけど、あたしたち、レストラン経営者でも、料理人でも、商売人でもなかったのよ」

「その後、独り者の男性客が増え始めてな。あの〈絶滅〉で家族全部を失い、そのまま再婚もしなかった男たちだ」と、エイヴラム。「寝室一間のマンション、賄いつきの下宿、ワンルームなんかに住んでる男たち。おれたちは、こういうお客の好みに合わせるようにしたんだ」

口コミが広がり、さらに男性客が集まるようになった。《シェヘラザード》は彼らのニーズに見事に応えたのだ。客の数はまたたく間に増えていった。みな、イディッシュ語の挨拶、親し気な笑顔を求めてやって来た。まさに〈生存者《サヴァイヴァー》〉たちの渇望がそこにあった。つまり、母のぬくもり、友の手触りが。

彼らの欲求がマーシャの献立を決定づけた。そして、昔のレシピの記憶、あのシベリアのキャンプで薪を燃やしながら母の手伝いをしたときの具材の思い出が、ゆっくりと戻ってくるのだった。

最初は、鶏がらスープ、安息日のシチューといったシンプルな料理から始まった。そのうちにメニューが広がり、客も増えていった。マーシャはテーブルのあいだを駆け回った。二階へ駆け上がって三人の子供の面倒を見るかと思うと、一階に駆け下り、独り身の男たちからなる一大家族を養うのだった。エイヴラムは帳簿をつけ、請求書を始末し、地区の寄り合いにも顔を出しては急いで戻り、夕食を提供したあと、床を掃除し、シャッターを下ろし、扉を施錠する、その繰り返しだった。

かつて、マーシャは医者になりたいと思っていた。それから、カザフスタンの小村メルケで、埃だらけの小道を歩いて村の学校に通っていたころに思い描いた教師の夢も追いかけてみたかった。他方、エイヴラムは、自分の貴重な物語を伝え、問いを投げかけ、記録に残す仕事をしたいと考えていた。だが、二人がメルボルンにやって来たとき、人生は一からのやり直しだった。二人はまず、ある衣料品の工場で働いた。次にランドリーと食肉処理場の割り当て仕事をこなし、そこから、出来高払いの深夜作業や組み立てラインへ職を転々とした。ミルクスタンド《オ・シェイズ》が目にとまったのは、そのころだった。

こうしてミルクスタンドはコーヒーショップとなり、コーヒーショップはレストランになった。さらにレストランは、集会場所、寒さからの避難所の役割も兼ねるようになった。《シェヘラザード》は、〈生存者《サヴァイヴァー》〉たちがグループを組み直し、古き世界が再構成され、うずく心の傷が癒される場所となった。それでも、オーナーの二人が、自分たちの事業から何かが詩となって現れてくるのを目にするまで、その先、数年の時間を要した。

エイヴラムと仲間たちは森に身をひそめた。ルドニツキスの沼沢地に浮かぶ島に拠点を移し、〈ゼムランケ〉と呼ばれる地下壕を掘って、その上に木の枝や葉っぱで迷彩をほどこした。

隠れ家は次第に拡大していった。エイヴラムと仲間たちは、厨房、パン焼き工房、サウナまで追加していった。石ころを一列に並べ、それを薪の火で加熱するのだ。蒸気はシラミの大群を遠ざけ、すでにシャツやぼさぼさの髪のなかに巣くってしまった連中をも追い出してくれるのだった。パルティザンたちは、地下の泉から水を汲んだ。熱した石を水に入れて風呂をわかすこともできた。

彼らは兵器庫を作り、中央司令部から命令を受けるための受信機も組み立てた。木の枝や砂で固めた仮設の通路を通って、沼地のなかを自在に歩き回った。小集団に分かれ、森の小道づたいに敵陣まで接近することもあった。地雷を仕掛け、線路を爆破し、電信柱をなぎ倒すためである。ときには農家を襲い、食糧を奪い、農民を尋問することもあった。いまようやく幼少期から抜け出してきた彼らは、男女の分け隔てなく、気骨ある戦闘員になっていった。

エイヴラムは、戦闘員として加わった最初の任務をよく覚えている。一九四三年の冬、彼らは夜明け前の暗闇を突いて、沼沢地をあとにした。女性リーダー、ルシュケ・マルコヴィッツが率いる総勢十五人のパルティザン集団である。ルシュケは二十二歳だった。彼らは、ある線路の待避線を目指して進んだ。ところが、線路を横切ろうとしたところで、ドイツ人の警備員たちに見つかってしまった。ルシュケともうひとりの同志が、銃を放ちながら警備員たちを陽動した。残りのメンバーは無事退却できたが、ルシュケとその連れは殺されてしまった。

ほどなく、彼らは冷酷無残になっていった。あるところに、牛とガチョウの飼育で生計を立てている村があり、いつもガアガアという家禽の鳴き声が聞こえていた。藁ぶきの小屋、木造の厩舎、馬車の車体が遠くから見えた。子供たちが吹きさらしの小道で遊んでいた。女たちは家を切り盛りし、男手は野良に出ていた。そうしながらも、ドイツ人の占領者とソヴィエト傘下のパルティザンの両方を敵と見すえ、彼ら自身、武器を蓄えていた。その村は森の縁に位置していた。パルティザンたちは、攻撃活動の行き帰りに、しばしばその近くを通った。あまりに近くまで寄ってしまうと、村から銃撃され、死者を出すこともあった。

あるとき、モスクワから指令が届いた。村人たちの目にものを見せてやれ、というのだ。ロシア人、ポーランド人、リトアニア人、ユダヤ人からなるパルティザンの連合部隊が結成された。彼らは村をまるごと包囲し、すべての逃げ道をふさいだ。

真夜中に攻撃を開始する。パルティザンたちは、家、馬車、柵、厩舎に火を放って回った。焼け死にする家畜の鳴き声が銃声と炎の轟音に入り混じった。たてがみに火がついた馬たちが、水飲み場めがけて突進した。パルティザンたちのあいだに狂気が伝染する。狩られる者が狩る側に回ったのだ。

こうして、穏やかな家庭の父親が無差別殺人者になった。かつて敬虔なユダヤ教の学徒だった者が、復讐の怒号を吐き散らした。若い男たちは、愛する家族の名を叫びながら、捕虜たちを死ぬまで打ち据えた。パルティザンの女たちは、燃え続ける炎のなかから上がる子供たちの泣き声に無感覚となった。東の空が白み始めるまでに、村の男たち、女たち、子供たちはひとり残らず殺害されていた。

ふたたびぼくは、エイヴラムの声のなかに鋼《はがね》の響きを聞き分ける。彼の背後に、泥と汗にまみれた沼沢地の若者の姿を見る。ぼくは話を聞くだけで、身動きひとつできない。ぼくにできるのは、この奥の間のテーブルで耳をすまし、語られる話をそのまま受け止めることだけなのだ。

稀ながら、息抜きの瞬間もあった。彼らは火を囲んで座り、針葉樹の香りに満たされた夜気を吸い込むのだった。「三年間、無力の状態を味わわされたあと、おれたちは自分たちの運命を自分たちで決めることができるようになった」と、エイヴラムは言う。「おれたちは、もはや無力ではなかった。たしかに、いまだ一歩ごと死に直面してはいたが、自分たちの命を自分たちでコントロールできるようになっていた。

そして、襲撃が成功したあとなんかには、火を囲んで何時間もいっしょに過ごした。ジャガイモを焼きながら、燃えさかる火をじっと見つめるんだ。ロシア語やイディッシュ語の歌を歌った。そうやって、昔の生活の切れ端を思い出すんだ。いまでも生き残った連中に会うと愛情のきずなを感じるよ。その後、メルボルン、ニューヨーク、エルサレム、ブエノスアイレス、メキシコシティ、モントリオールなど世界じゅうの町に移住して、ばらばらに暮らしている昔の同志さ。会って話すと、あのころの匂いがそのまま戻ってくるんだ。

おれたちは沼地と森の王者だった。本能と知恵だけで暮らしていたんだ。ドイツの空軍機が頭上を旋回すると泥の中に隠れた。やつらだって怖がっていて、地上戦になかなか移れずにいたんだ。沼地にいれば、何時間もぶっとおしで人目を避けることができた。草を食べたり、のどの渇きを癒すのに自分の小便を飲んだりしたよ。何でもかんでも自分たちの役に立つものに変える技術を学んだんだ。空軍機から爆弾が落とされても、泥のなかじゃ不発弾になっちまう。おれたちはそれに忍び寄っていき、雷管を抜いて火薬を取り出す。あとで、それを地雷に使うんだ」

そう話すエイヴラムの目に、ぼくは、自由の味を知り、自分の身を自分で守ることを学んだ人間特有の輝きを見て取る。小枝や松かさを敷きつめた森の地べたに仲間たちと座っている彼の姿が、ぼくにも見える。ハーモニカの音やパルティザンの歌の合唱が聞こえ、くすぶるカンバ材の香りまで鼻に届いてくる。こうしてぼくは、すべて物事の両義性、影と光の交錯を感じ取るのだ。

まるでぼくの考えていることを見透かすように、エイヴラムがつけ加える。「おれたちは、森の鷲だった。鷲のように、高く高く舞い上がるときもあれば、生き延びるため、また泥に舞い降りて、死の匂いを嗅ぎ、獲物を追いかける技も学ばねばならなかった。翼の力を取り戻すためなら、汚物のなかにも嘴を突っ込む。それしか選択肢がなかったんだ」

だが、いつ、どの瞬間にも彼らにふっと襲いかかってくる、うずくような喪失感があった。襲撃を仕掛けているあいだ、あるいは、彼らが日々の作業をこなしているあいだは、その感情をなんとか抑え込まねばならなかった。下手をすると、命にかかわる瞬間に判断ミスや誤算を引き起こしかねないからだ。それがもとで同志の命を失う場合もあった。それでも、この切望の感情は、彼らのすきを突いて襲ってきた。眠っているあいださえ、その感情は、母、父、夫、妻、恋人、あるいは子供など、愛する人の姿かたちを取って、夢のなかに割り込んでくるのだった。

そうした人びとのイメージがあまりに強烈だったため、できるだけ夢から覚めまいとした。その蜃気楼に触れようと手を伸ばしてみるのだが、目覚めると、やっぱり地下深く掘られた隠れ家にうずくまっているのだ。だから、夜半、燃え残りの焚き火のそばで過ごす時間が持てたときなど、彼らは愛する人の顔を熾火の炎のなかで思う存分蘇らせてやった。そして、愛する人びとのイメージをこんな歌で呼び戻すこともあった。

炉ばたに炎が揺れ
樹液が松の枝を涙となってつたう
アコーディオンが歌ってる
君の目の微笑みの歌を
君は遠い彼方

森と草原がおれたちを隔てる
誰もそれを越えていけない
でも　死だけはこんなに近い
歌え　アコーディオン
歌え　風に逆らい
このねじれた運命を紐解いてくれ
その意味を　頼むから　おれにわからせてくれ

エイヴラムが、人びとにもっとも愛されたこのロシア語のパルティザンの歌に耳を傾けていたときでさえ、残り火のシュウシュウいう音を聞きながら、そっと周囲を見渡し、仲間たちの目に涙を見ていたあいださえ、彼の心のなかには、未来永劫の戦線が一本、着実に引かれつつあった。愛と怒りのあいだ。愛する人のぬくもりを取り戻したいという欲求と、すべてを捨てて立ち去りたいという衝動のあいだ。生に対する信仰と、その信仰そのものの喪失のあいだで。それが、以後、彼にとって最大の葛藤となった。もちろん、その心の闘いは、現実の戦闘が完全に終わったときにこそ、本当に始まりを告げることになるのだが。

一九四四年七月の最初の週、ラジオ・モスクワをつうじて、中央司令部からの指令がルドニツキスの沼地に響き渡った。森を出よ！　退く敵軍を追撃せよ！　赤軍の歩みに合流せよ！

パルティザンたちはヴィルニュスに向かって進軍した。ポナリーの森を抜け、殺戮の現場のそばをかすめたとき、彼らは、最近埋め立てられたとおぼしき墓穴に遭遇した。エイヴラムの目には、まだその光景が焼きついている。盛られた土の斜面を、土くれが転がり落ちていた。最後の虐殺は、彼らが到着する数時間前に行なわれていた。彼らが進軍しているあいだも、ドイツ兵は六十人のポーランド人司祭をその場で殺害していたのだ。

深紅のとばりが、古きヴィルニュスの町にかかっていた。赤軍の戦車が攻撃を主導し、砲兵隊が壁を撃破していった。パルティザンの隊列に復讐の渇望がみなぎる。その後五日にわたって、舗装道路、石畳の路地、民家、ビル、焼け焦げた中庭や空き地、いたるところで激しい戦闘が繰り広げられた。ドイツ兵と対独協力者は捕らえられ、銃殺された。ヴィルニュスの町は、猛攻撃のもとに揺れ続けた。

そして、すべては終わった。不気味な静けさが一帯を支配した。パルティザンたちは、人気の絶えた表通りを行進した。愛する家族の死に涙し、敵兵の墓に唾を吐きかけながら。そうして彼らは、最愛の町ヴィルニュスの荒れ果てた姿に深くため息をついた。

この解放の日の夜こそが、エイヴラムにとって最悪の夜となった。彼の大隊は、ヴィルニュスの象徴たる〈ナポレオン宮殿〉に宿営した。一八一二年、結局は失敗に終わることとなるナポレオンのロシア戦役の際、そう命名されたといわれる場所だ。パルティザンらは、軍司令官から新しいブーツと数百ルーブルを支給され、除隊となった。エイヴラムの仲間たちは、さっそく町じゅうに散らばり、生き残った家族や友人と再会した。だが、エイヴラムだけは宮殿に残った。探すべき人など、ひとりもいなかったからだ。

彼は回廊をぶらぶらと歩き、豪華な続きの間を見て回った。バルコニーに立ち、爆撃された町並みをじっと見つめた。このとき、彼の心は暗闇に包まれた。人生ではじめて完全にひとりぼっちになったのだ。たしかに、いまや自由の身だ。戦争もどうやら終結したらしい。だが、彼はまだ救われていなかった。彼の家族全員が、碑石もない墓穴のなかに消えてしまっていたからである。

自分でもどうしたらいいか、わからなかった。ただ、じっとしていることもできなかった。孤独感に耐えられなかったのだ。宮殿の部屋から部屋へさまよい歩きながら、彼の不安は募る一方だった。この解放の夜、彼のなかで何かが崩れた。何か、生きる意志のようなものが砕けた。もはや過去も未来もない。彼がかつて、あんなにも愛しさをこめて胸にかき抱いたものがすべて、残酷な嘘として、その素顔を露わにしたように感じられた。

ヴィルニュスは、生者と生々しい死者のあいだをつなぐ冥界となり、境目を行ったり来たりする霊魂の世界に変じていた。エイヴラムは、自分でももはや制御不能となった心の動きに従うことにした。彼の心は、喪失感と抑えがたい復讐欲で満たされていた。自分の苦しみのもとを作った連中、愛する家族を奪った殺人者どもを目の前にしている自分を思い描いた。その連中の体を八つ裂きにし、やつらの住む家や村に火を放ち、財産をすべて焼き払ってやりたいと思った。そして、恐怖でいっぱいになったそいつらの目を見てやりたい、と。

だが、彼に残されたこの唯一の欲求さえ、疲れの感情にふと取って代わられる瞬間があった。「おれは、それまで、あまりにも多くの残虐さ、あまりにも多くの人殺しを見てきた」とエイヴラムは言う。「そんなものは、もうたくさんだった。一番の望みは忘れることだった。だが、人殺しはまだ続いていた。ヴィルニュスの町なかでは、人殺しの場面を避けて通ることはできなかった。自分もそこにすっかり取り込まれていたんだ。戦争は、まだ本当には終わってなかった。戦争は絶対に終わりっこないんだ、とさえ思ったよ。

赤軍といっしょにヴィルニュスに入ったとき、おれは、昔の恩師のひとりの死体に出くわした。名はオペシュキンといった。おれが小さかったころ、先生は憧れの存在だった。知に傾ける情熱と、言語と文学への愛を人一倍もっている先生でな。

この人も、抜け出して森にひそんだひとりだった。武器と言葉の両方で戦い抜いたんだ。同志の苦境を描く詩をいくつも書いてくれたよ。おれたちが先生を見つけたとき、その体はまだ温かかった。おれたちの到着が、ほんの三十分遅すぎたんだ。そのときの無力感っていったらな。人生なんて、単なる偶然のゲームじゃないかって思えたよ」

物語は滝となってあふれる。いま、ぼくらはエイヴラムといっしょにヴィルニュスの廃墟のなかを歩き回り、密告者を探し出しては、彼らを隠れ家から引きずり出す場面にいる。

「おれたちは、ゲットーの元囚人のくせにゲシュタポに協力していた男に出会った。やつは、おれたちのことを解放者だ、なんていって出迎えたよ。だが、おれたちが自分を処刑しに来たんだ、ということがわかると、やつはひざまずき、命乞いを始めた。やつの奥さんも泣き叫んでいた。奥さんもいっしょになって、やつの隣でひざまずくんだ。おれは仲間らを引き留めようとしたが、仲間らの決意は固かった。そして、おれは疲れていた。あまりにも疲れていたんだ。

やつは即刻死刑と決まった。そこで、パルティザンのひとりが、〈こいつを殺すだけじゃ不十分だ〉と言った。そしてナイフを取り出し、ゆっくりと男の体を切り刻み始めたんだ。おれたちは、このパルティザンを取り押さえ、叫び声を上げる元囚人の男から引き離さなければならなかった。結局、別の仲間がピストルを取り出し、その場でこの密告者を撃ち殺した。一種のお情けさ。そうでもしなきゃ、男の体はバラバラに切り裂かれていただろう。

人殺しの場面はもうたくさんだった。そこで、おれは自分の感情を押し殺した。ほかに仕様がなかったんだ。あのままじゃ、自分の感情に押しつぶされていただろう。何度も、ただ横になって目を閉じていたいと思った。そう思うだけで、ちょっと楽になった。つまり、おれはすべての感情を自分から取り去ってしまいたかったんだ」

エイヴラムの人生は天秤にかけられていた。世界そのものが不安定な天秤の上で揺れ動いていた。赤軍が進軍を続け、前線は西に移動していた。そんなころ、元同志でパルティザンの司令官だったヴァセレンコがエイヴラムを配下に置いてくれた。彼はヴィルニュス地区鉄道の新しい局長として、有能な職員を確保したがっていたのだ。エイヴラムは、武器と食糧を前線に送り届ける列車を担当することになった。

エイヴラムは、持ち前の真面目さの一方、すべてどうにでもなれという気持ちで仕事に没頭した。彼は、もはや何も考えないことにしていた。生き残りの本能さえ、すでに彼の心から離れていた。ある朝、何者かがウォッカの積み荷を奪って逃げた、との通報が入った。エイヴラムが報告の真偽を確かめようとしていると、ひとりの赤軍将校が近づいてきて、大切なスピリッツのボトルを自分にも何本かよこせ、と要求した。エイヴラムはそれを撥ねつけたうえ、拳銃を引きぬいて、自分の命令に従わない者は撃ち殺す、と脅した。

その晩、エイヴラムは、駅を管轄する赤軍の指揮官の部屋に呼び出された。「あんたがわしの部下のひとりを脅したというのは本当かね」と指揮官が尋ねる。エイヴラムは相手の言い分を否定しなかった。さきほどの無礼な将校も部屋に呼ばれた。それでもエイヴラムは、ウォッカをよこせ、という要求に耳を貸さなかった。実のところ、駅長までもが、その程度の要求は当たり前と考えていたにもかかわらず、である。

「連中は、おれが賄賂を受け取ってないはずがない、と思ったんだ」とエイヴラム。「そこで連中は、おれの部屋とわずかばかりの所持品を検査した。でも、ボトルなんか一本も出てきやしない。連中は怒ってたよ。そして、おれのことを馬鹿だと言った。たしかに、おれは連中の流儀を知らなかったからな。ちょっとくすねて、ちょっと人にくれてやり、ちょっと蓄えておいて、あとは酔っ払う。これが連中の暗黙のルールだったんだ」

だが、このとき赤軍将校たちに見えていなかったものが、ほかにもある。あれから半世紀たったいま、エイヴラムがこの話をするときの声の調子から、はっきりと読み取れる何かだ。あのとき、将校たちは、エイヴラムの仕事にかける熱情が崩れかけた彼の信念の最後の砦であり、打ち砕かれた意志を復活させようとする最後の試みであることを理解できなかったのだ。

エイヴラムは職を失った。そして、感覚能力を失った人間にはおあつらえ向きの、別の仕事にたどり着いた。赤軍の諜報部隊に配属されたのだ。彼の部隊は、軍の西進にともなって新たに占領されたプロイセン国境へ送られた。その仕事は、対独協力の疑いのある人びとに対する尋問だった。エイヴラムは仕事のコツをよく心得ていた。かつてヴィルニュスの森にいて、人から情報を探り出す初歩的な技術を習得済みだったからだ。

こうして、解放の秋は尋問の冬へと装いを転じた。エイヴラムは、尋問官の冷酷な世界に惹きつけられた。彼の拳はいつもきつく握りしめられ、顎は鋭く結ばれていた。彼は与えられた仕事をこなした。どうせ誰かがやらねばならない仕事だった。彼は反対尋問をし、虚偽を暴き出し、自白をしぼり取った。

尋問の相手はどんな人びとだったか。エイヴラムはときどき、相手が恐怖におびえる様子や、慈悲を求めて泣き叫ぶ声を記録にとどめていた。市民を巻き添えにする戦争には、決まって負け組がいるものだ。たとえば、日々の日記にSS将校たちと寝たときのことを書き綴っていた、ある年若いリトアニア人女のように。

小柄で哀れっぽい女だった。女は恐怖に震えていた。唇に安物の紅を引き、頬におしろいをはたいていても、肌の衰えは隠し切れずにいた。目を落とし、磨かれた爪を噛みながら話す女の返答は、次第に細り、最後にはほとんど聞き取れないまでになっていった。

来るべきところまで来たんだ、とエイヴラムは思った。前線は西に動いている。赤軍は破竹の進撃を続けている。せめて自分は闇の世界にもぐり、敵と共寝していた女たちから自白を引き出すことくらいはせねばならんのだ、と。

じきにエイヴラムの部隊はヴィルニュスに戻り、彼はそこでも諜報活動を続けた。ひとりまたひとりと、生き残った戦前の同志や幼なじみとの行き来も始まった。彼らは夜に集まり、トランプ遊びをし、それぞれの戦中の奇跡譚を語らうのだった。

エイヴラムは、グループの中心メンバーになった。諜報将校の立場から、彼は食糧のストックに融通がきいた。サラミ、ニシン、チーズ、そして〈薬〉として珍重されたウォッカの小瓶。先の事件以来、彼の良心のとがめも、いくぶん薄らいでいた。彼は貴重な食糧を集め、仲間に渡してやることにした。

ある日、エイヴラムは、宿舎に戻ってベッドに横になった。彼の脇には、食べ物と飲み物が詰まったバッグが置いてある。その夕、友人たちと会うことになっていたのだ。一九四四年の冬、日曜の午後のことである。彼は、ソ連の作家、イリヤ・エレンブルグの小説『ラジク・ロイチュヴァンツ、嵐の生涯』(48)を夢中になって読み始めた。読みながら、たいてい眠り込んでしまうのだが、次に目を覚ましたとき、彼は、本の正確なページ番号、読み終えた箇所の一字一句、その他をきちんと覚えていた。いま、小説の主人公はロシアからパリへ逃走の途上にある。今回の場合、これが、その後何週間ものあいだエイヴラムの記憶に留まる最後の場面となった。


六週間後、エイヴラムは軍の病院で目を覚ました。女性の顔が見える。視野が少しずつ広がり、その人がベッドの脇に座っているということがわかった。白衣をまとっている。その背後で、用務員や看護婦らが動き回っている。白の上にも白の世界だ。

女性は彼に質問を始めた。とても優しい口調だ。だが、エイヴラムは、たった四つのことを除き、すべての記憶を失っていた。彼は、その四つのことにしがみついていた。その四点だけは何度でも復誦できた。

一つ――自分はパルティザンである。

二つ――自分はユダヤ人《イード》である。

三つ――自分はヴィルニュスの人間である。

四つ――母と姉はナチスに殺された。

それだけ。だが、差し当たりはそれで十分だった。それよりも、彼の返答の出来栄えに対するご褒美のようにしてベッドの脇に置かれた食事の方が先決だった。

エイヴラムは、飢えた獣のように食事を平らげた。そして、聞き取りが再開された。ただ四つのことの繰り返し。エイヴラムは、この四点を単調に唱えるだけだった。わたしはパルティザンです。ユダヤ人《イード》です。ヴィルニュスの人間です。母と姉は殺されました。

精神科の女医は、やり方を変えてみた。彼女は、ロシア語のアルファベットが並べて書いてあるボードを見せた。エイヴラムは、すべての文字をわけなく識別した。次に、本を手渡された。するとエイヴラムは、まず紙に頬をこすりつけ、ページの匂いを嗅いだ。それから活字の列に指を走らせた。すると、バラバラの文字が焦点を結び、単語ができ上る。彼は、それを文章にまとめていった。

もとよりエイヴラムには、本に対する憧憬の念があった。本が父の一番の宝物だった。書物愛は父から息子へと受け継がれた。彼らのヴィルニュスのアパートは、まさに本ずくめだった。居間の棚から転がり落ちた本、台所のテーブルに無造作に置かれた本。どんな空きスペースにも、たちまち本が積み重なっていった。

エイヴラムは、このとき女医から手渡された本をいまでも覚えている。スペイン内戦の記録だった。そして、それはぴったりの選択だった。主題の身近さに圧倒されるほどではないが、彼の心の底に宿る関心には十分近い内容だったため、彼の想像力、歴史と思想に対する深い嗜好が掻き立てられたのだ。それを読むにつれて、歴史の不可欠ながら壊れやすい伴走者としての記憶が戻ってくるのだった。その間も、エイヴラムは昏睡と覚醒を繰り返していた。印刷された読みかけのページと、途切れ途切れの夢のあいだを漂いながら。

薄く開いたまぶたをとおして、精神科医の姿が見える。彼女は、同僚の女性とベッドのそばに立っている。「これはかなり興味深い症例よ」という彼女のささやきが、エイヴラムにも聞こえてくる。「ヴィルニュス出身の青年で、路上で発見されたの。意識をなくして、血だまりのなかに横たわってた。額に深い傷を負ってね。身分証も武器も持ってなかった。身元の証明になるようなものは、身に着けていた赤軍のコートだけ。六週間の昏睡状態から脱したばかりで、まだ健忘症に苦しんでいるの」

「あなたの名前はアヴラメル？」と、女性の訪問医師が尋ねる。

「はい」と患者が答える。そして、彼自身、この突然の記憶の回帰に驚いた。アヴラメル、ときにアブラメレとも呼ばれた男の子の記憶だ。かつて揺りかごのなかで、あの信頼できる世界で最初に耳にしたのは、たしかにそれら二つの名前だった。

「あなたの苗字はゼレズニコフ?」

「はい」

「そして、バシアというお姉さんがいた?」

「はい」

「ヤンケルというお父さんも?」

「ええ」

「お母さんはエッタといった?」

「ええ」

「じゃあ、あなた方はベネディッティンスキ四番地のアパートに住んでいたわね」

「そうです」

「わたしは、あなたの家族をみんな知ってました。わたしの名は、バラノウスキ博士です。ときどきあなたのお宅にお邪魔してました。お父さんはわたしの友人でした。子供時代のあなたを、よく知っていますよ」

エッタ、ヤンケル、バシア、アヴラメル。ゼレズニコフ一家。ベネディッティンスキ通り四番地のアパート。医師は、まさに存在の核心に触れてくれた。サモワールの湯気が立つ、あの中央のテーブル。壁にみんなの影が揺れていた。ヤンケル、エッタ、そして何人かの訪問客は、ブランデーや紅茶をすすっていた。次のオルグ活動の予定を立て、大それた活動計画について語っていた。アヴラメルは隣の部屋のベッドにいて、人びとの声のさざめきを子守歌がわりにしていた。大人たちは暖気と光に包まれ、夜遅くまで議論したっけ。

エイヴラムには、いくつか懐かしい顔がほの見えた。みな白く光り輝いている。そして、それらの顔の向こうに、彼を見下ろして立つ女性医師の白衣が見える。彼女は微笑んでいた。アヴラム、アヴラメル、アヴラメレを見つめながら。名前と住所と過去を持つ、ひとりの男の子。その子には、父がいて、揺りかごがあり、そして、こんなふうに歌ってくれる母親がいた。「アイ・レ・ル・レ、アイ・レ・ル・レ。静かに眠れ、わが子よ。幸いなるかな、家族をもてる者。アイ・レ・ル・レ。恵みなるかな、家族とともにおる者。アイ・レ・ル・レ……」

数週間後、エイヴラムは退院した。諜報部隊に戻って事後報告し、未払いの賃金を要求した。そこで、彼の不在中に、会計係の女が彼の三カ月分の給料を着服した事実を知らされたのだった。その女は赤軍の将校と関係をもち、妊娠してしまった。中絶の費用を必要としていたらしい。必死で金を工面しようとしたのだ。

「忘れることだな」と、エイヴラムの上官が説得した。「わしが彼女の行ないを上に報告すれば、彼女はシベリアに送られ、お前も自分の給料を取り戻すことはないだろう。もしもお前が望むなら、彼女は自分の体でもって借りを返すだろう。彼女と一発やって、それで忘れることだ。わしらはまだお前を取っておきたい。お前には諜報活動の才能がある。熟練した尋問官だ。まずは骨休めにクリミアへ送ってやろう。そして、そこからモスクワの特別学校に入れるようにしてやる。お前の腕を有効活用したいんだ」

「悪くない話だと思った」と、エイヴラムはぼくに言う。「おれは書類にサインした。何も考えなかった。何もかも、おれにはどうでもよくなっていたんだ。そんなにたいした話じゃない、と思ってな。すると二日後、ある赤軍の将校に話しかけられた。彼も、おれの諜報部隊の一員だった。

〈お前、ユダヤ人《イード》か？〉と彼が尋ねた
〈そうですが〉

〈ちょっと内密に話したいことがある。絶対に他言はしないでくれ。お前、何の書類にサインしたか、わかってるか。どんな学校に送り込まれようとしているか、わかってるのか〉

〈いや、よくは知りません〉

〈あれはスパイを養成する学校で、スパイ研究のメッカなんだ。いったん入ったら、二度と出てこられない。生涯、拘束されるんだ。まだ間に合ううちにやめておこうというのなら、わたしが助けてやろう。これが一回かぎりのチャンスだ。健康診断を受けるとなったとき、T博士に診てもらいたい、と言え。博士にはわたしから話を通しておく〉

〈でも、あなたは誰ですか？　なぜ、わたしを助けようとするんです？〉

〈わたしは、ルバヴィチ派のレッベ[49]の弟子だ。レッベはわたしにこう言った。好きなことは何でもするがよい。豚肉も食え。ウォッカも飲め。女とも寝ろ。わしの祈りも捨てて構わん。だが、〝イード〟の命だけは救え、とな〉

翌朝、おれは医療センターに行った。T博士は、おれが先の大怪我が原因で、てんかんを患っているという内容の診断書を書いてくれた。これでもう、おれは尋問官としてもスパイとしても信頼できない人間になった。おれが上司のところに戻って診断書を見せると、上司は、即刻出ていけ、と言った。〈お前の面は二度と見たくない。お前がここにいたということを絶対に誰にも明かすな。お前が関わったことについて、一言たりとも口にするんじゃないぞ〉

おれは、何カ月か住み慣れた兵舎を去った。そうしてヴィルニュスの町をさまよい歩いた。繰り返すが、おれはひとりきりだった。そして、将来の夢とか、気がかりとかいったものからは完全に自由だった。一時間かそこら、ほっつき歩いたところで、ニナ・ゲルスティンにばったり出会った。古くからの顔なじみさ。一家でベネディッティンスキ四番地の上の階に住んでいたんだ。彼女が戦争を生き延びたとは、おれも知らなかった」

「その人は、いまメキシコに住んでいる。あたしも何度か会ったことがあるのよ」と、ここでマーシャが話に加わってくる。その声は、まるで体から遊離したみたいに、遠い彼方から漂うように聞こえてくる。

「だろ？　おれには証人がいるんだ。おれが、これまであんたに話してきたことが全部、本当だってことがわかったかい」と、皮肉な笑みを浮かべてエイヴラムが言う。「ニナは、戦争中、ずっとヴィルニュスにいた、と教えてくれた。ゲットーの壁の反対側にある家に身をひそめてな。それで、おれたちが出くわした数日後に、彼女はポーランドに帰還することになっていた。これは、おれにとっても大きなチャンスだった。彼女は、いっしょにいきましょう、と誘ってくれた。彼女は、おれより十五歳年上だった。そして当時の法律によれば、二十一歳未満の生存者は、重要な職務についていないかぎり、ポーランド国民の養子になれる、とされていたんだ」

「わかる、マーティン？　まさに運命、〈ベシェルト〉〔イディッシュ語で「あたかも予定されていたかのような絶好の取り合わせ」〕だったのよ」とマーシャ。

「おれは市役所にいって証明書をもらった」と、エイヴラムが続ける。「おれは、まさにぎりぎりのタイミングで諜報部から解雇されてたのさ。出生証明書でもって、あとわずか二カ月のみを残し、二十一歳未満であることが証明できた。数日後、ソヴィエト占領下のリトアニアからポーランドに入ったとき、ヒトラー自殺のニュースを聞いたよ。そうして、一九四五年五月一日、おれはウッチに着いた。マーシャに会う十四カ月前さ。ああ、たしかに、あれは〈ベシェルト〉だったと言えるな」

「あたしがこの人に会ったとき、とっても荒々しかったのよ」とマーシャ。「突然、怒り出したりして。だしぬけに、ほんのちょっとしたことでね」

「いまだって荒々しいぞ」

「ご冗談を。でも当時、最初にこの人に会ったとき、あたしはちょっと警戒してた。あまりぴんとこなかったのよ。でも、この人の話には惹きつけられた。全部聞いてみて、あたしにはわかった」

「いまからするとな」とエイヴラム。「あのころのおれは、抑えのきかない人間だった。それでも出口だけは見つけねばならん、と思った。話を聞いてくれる人が必要だったんだ。」

「その話が、また信じられないような話でね」とマーシャ。

「全部話すには、千と一夜かかるだろうな」とエイヴラムがつけ加える。

「いまでもこの人の話は、ちゃんと聞けるわ」とマーシャは言う。「でもね、何年も聞いているうちに、変化に気づいたの。この人、話すごとに物事を違うふうに見るようになっていったのよ。ずいぶんと丸くなっていったの。でも、会ったばかりのころは不信感でいっぱいの人だった。目を見ればわかったわ。この人の話を聞いてなかったら、あたし、逃げちゃってたでしょうね。あたしも若かったし、やりたいこともいろいろあった。あたしの方は、暗黒の思い出にそれほど悩まされていなかったし」

「おれは、会った瞬間、こいつに惚れたよ。それで、こいつの名前を尋ねた。こいつはそのころ足首を捻挫して、足を引きずって歩いてたっけ。それで、名前を聞くとマーシャだと言う。信じられんかったよ。というのも、おれには別のマーシャがいた。一九三八年、十四歳のころに出会ったんだ。当時、ヴィルニュスの町こそ、わが人生であり、そして、そのマーシャって娘に恋をしていた。それがおれの初恋だった。だが、その娘も、おれの愛する家族をすべて呑み込んだ、あの同じ暗黒のなかに消えていった。ところがだ。そのおれが、またマーシャという美しい女性を目の前にしてるじゃないか。これは取り逃がしちゃならん、と思ったよ。瞬間的に、おれはこいつを追っかけて地球の果てにまでいくだろう、と確信した」

「最初は、あまりこの人にぴんとこなかった」とマーシャは言う。「あたし、疑い深い方だったから。この人に何か別のものを感じたのよ。そして、それが怖かった。結局、そこから数年のうちに、あたしが感じたことは本当だった、ってわかったの」

「マーティン、これはまだマーシャにも話しちゃいないんだがな。昔、おれが一番目のマーシャに恋をしていたとき、おれは、冬の夜、ベッドに横になって、霜で曇った窓ガラスにその娘の名前を書いていた。そして、いつもその名前を別の二つの言葉に結びつけていたんだ。全部、Mで始まる言葉さ。マーシャ、おふくろ《マメ》、力《マハト》」

「別に驚かないわ」とマーシャ。「だってその数年後には、あたしはこの人の母親がわりをつとめなきゃならなくなったんだもの。最初から、この人には相当のお世話が必要だろうなってことは感じていた。でも、この人はもう心に決めてたみたい。どこにでも、あたしを追っかけてくるのよ。〈ブンド〉のキャンプではじめて会って、その次に会ったのは、この人がカトヴィツェに立ち寄ったときだった。あたしが、まだウッチに引っ越す前のことよ。当時、この人は党の仕事をしていて、あたしをホテルに招待してくれた。だから行ったの。あたしも、うぶだったのね。もちろん、この人、あたしをすぐにものにしようとした」

「いやあ、ちょっとキスしようとしただけだよ」と、エイヴラムが笑う。「お返しに、こいつはおれにビンタをくらわした。正真正銘の張り手《パッチュ》だったよ。そして、その痛いって感じが素晴らしかった。森にいたころから、おれはセックスに関するすべての欲求を失ってた。ほかのすべてと同じで野蛮に思えた。なにしろ、獣のように体を重ね合わせるパルティザンの男女を見てたからな。ときには、さかりのついたパルティザンの連中から女たちを守らなければならなかった。なかにはペアを組んで、抱き合うことで心の安らぎを得る者もあった。だが、仲間の大半は性欲を失ってた。ロシアの格言にあるとおりさ。一種、呪いの言葉だ。〈生きたけりゃ、まず女とやりたい気持ちを捨てろ〉。おれは、ずっとこの呪いにかかってた。ところが一九四六年の夏、マーシャを一目見たとき、おれの性欲がフルに蘇ったんだ」

「この人、ほっといてくれないの。どこへでもついてくる。あたしがほかの男の人たちといっしょにいるところを見ると、もう焼きもちを焼いてね。それでも、この人は諦めなかった。あたしがウッチに移ったあと、よくいっしょに出かけるようになった。お芝居とか、映画とか、公園の散歩とかね。そのあいだも、ずっと話をして聞かせるの。ある意味、この人、ずるかったのね。あたしがどれだけ話に魅了されているか、わかってたのよ。でも、この人は伝説の人、元パルティザンで、〈ブンド〉の集会では燃えるような弁舌家だった。しかも、イディッシュ的生活の名だたる発祥地、ヴィルニュスの生存者《サヴァイヴァー》。ついでに認めなくちゃならないけど、けっこう見た目もいけてたの」

「何というかな。おれがマーシャに会ったとき、おれは、この人は失うまい、って決めたんだ。もう、あまりに多くを失っちまったあとだったからな」

「あたしの方は、それほど単純じゃなかった。この人を好きになるまでには、まだまだ長い道のりがあったの。あたしたちがようやく恋人同士になったときでさえ、あたしは、まだ兆候っていうか、怒りの瞬間を目にしてた。マーティン、これは長い長い話なのよ。それに付き合ってる時間なんて、あなたにあるの？」

「おれはマーシャに会った。マーシャは話を聞き、そして、おれを初恋の時代に引き戻してくれた。ま、結局のところ、これも〈ベシェルト〉の一語に尽きるってわけだ」

〈ベシェルト〉。翻訳不可能な言葉だ。意味の層をたくさん抱えたイディッシュ語。聖書の風景を縦横に、いろいろな旅路を呼び起こす言葉。人生を変える偶然の出会い、そして光へと向かう壮大な航海の痕跡をたたえた表現。奇跡をほのめかす言葉。あるいは、〈単なる偶然〉と言ってしまってもいいのかもしれない。いずれにせよ、よじれによじれて、マーシャとエイヴラムのもとへ、二人の愛の最初の予兆へと回帰してくる言葉だ。

8

セント・キルダのアクランド通りに、《シェヘラザード》という一軒のカフェがある。でも、この本をお読みのあなたなら、とうにお気づきのとおり、まだ問いがそのままになっていますね。エイヴラムとマーシャが、どうしてそんな店の名にしたか、ということ。ぼくとあなたも、このカフェでご一緒するようになって、もうだいぶ経ちます。長い夜をいくつも過ごし、多くの夜明けを迎えました。日曜の朝と平日の午後、何度もお目にかかりました。そうやって季節の変わり目を見ながら、たっぷり三年の時間を過ごしてきたわけですよ。違《ヌ》いますか?

「単純な話さ」とエイヴラム。

「そんなに単純じゃないわよ」とマーシャが返す。「まず、あたしたちがどうやってポーランドをあとにしたのか、マーティンに教えてあげなきゃ。本当は、あたし、ポーランドを離れたくなかった。ウッチにいて、幸せだった。医者になるための勉強をしてた。なのに、また難民になっちゃったわけ。誰でもない人間にね」

「しばらくのあいだは、おれも同じように考えてた」とエイヴラム。「ポーランドで生活を立て直せると思ってたんだ。だが、キェルツェのポグロム(50)のあと、よくわからなくなった。おれは、一九四六年七月、〈ブンド〉代表団のひとりとしてキェルツェに派遣され、現地調査をした。戦前の人口四万五千のうち、二百人のユダヤ人が、戦後、ソ連、収容キャンプ、隠れ家などからキェルツェに戻ってきていた。

警察は、ポグロムの前日に、これらの帰還者たちが持っていた拳銃を押収した。つまり、自衛手段があらかじめ奪われてたんだ。四十二名のユダヤ人がなぶり殺しにされた。おれたち代表団は市内への立ち入りを拒否されたが、ウッチに戻ったとき、負傷者の一部を目にしたよ。

彼らの怪我は酷いもんだった。顔に小刀で印を刻まれた者もいた。彼らを襲った暴徒っていうのは、ナイフを握りしめた男たち、あるいはヒールの尖ったかかとを凶器に使う女たちだった。連中は猛りくるって犠牲者を叩きのめした。負傷者の姿を見たとき、以前のおれの不信感が蘇った。そして、苦々しさと怒りもな。

それでもまだ、おれは踏み止まりたかった。ポーランド人のみながみな、反ユダヤ主義者だったわけじゃない。ユダヤ人の命を救ったポーランド人もいた。おれたちの森の仲間にもポーランド人がいたし、パルティザンの地下組織の仕事仲間にもポーランド人がいた。

おれに馬鹿のひとつ覚えってものがあるとすれば、〝憎しみに独占権はなく、苦しみにも独占権なし〟ってことだ。

最後の衝撃は、一九四八年、共産党がポーランド社会党を吸収したときだった。それが何を意味するか、おれたちにはわかってたんだ。いったんボルシェヴィキが政権を握ると、もう妥協なしだ。〈ブンド〉は格好の標的になる。逃げるしかなかった」

「あたしは勉強だけは終えておきたいと思ってた」とマーシャ。「大学も四年目に入っていたし。でも、あたしにも選択肢がなかった。カトヴィツェの〈ブンド〉指導者だった父にも逮捕の危険が迫ってた。父は言ったの。もし、あたしがいっしょにポーランドを去るのはいやだ、というなら、家族みんなで残ることにせねばなるまい、って。家族みんなの命運が、あたしの気持ちひとつに委ねられたのよ」

「おれたちは監視されていた」とエイヴラム。「もう何カ月も前から、おれたちは仲間や友人に不法出国をさせていた。ダンツィヒの港からバルト海を越え、スウェーデンにもぐり込んだのもいる。タトラ山脈を越えてチェコスロヴァキアに逃げたのもいる。おれたちはポーランドの国境警察ともうまいこと接触して、密航業者や必要物資のネットワークを築いていたんだ」

「あたしが決断を下した日付をよく覚えてる。一九四八年五月二十五日、エイヴラムの誕生日だった。あたしは、ウッチのあるアパートで〈ブンド〉仲間といっしょにいた。みんな、脱出を計画してたの」

「いいかい、マーティン。ポーランドから出るには二つの方法があったんだ」とエイヴラム。「〈ブンド〉のなかで意気盛んだった連中は、国境破りを決行した。だが、マーシャの親父さんは合法的手段を選んだ。家族がばらばらにならないようにしたかったんだ。そこで親父さんは、一年前、正式の出国ヴィザを申請し、それを取得していた。そうやって、おおっぴらに出国することにしたんだ」

「その日、エイヴラムの誕生日にね、〈おれも逃げることにした〉ってこの人が言うから、じゃあ、パリで落ち合いましょう、ということにしたの」とマーシャが言い、ちょっと話の方向を転じる。「そのときよ、《シェヘラザード》で再会を祝う、っていうアイディアが浮かんだのは。ちょうど、レマルクの小説の恋人たちがそうしたようにね。そのナイトクラブにいって、小説の恋人たちが飲んでいたリンゴのブランデー、カルヴァドスを飲みましょうって。なんだか、自分たちがロマンスを繰り広げているみたいで、嬉しかった。自分たちが小説の主人公になったような気持ちがしてね。それで、重い気持ちがちょっと軽くなった。だいたい、あたしたち、本当に再会できるっていう保証はどこにもなかったのよ」

　こうして、二人の希望はパリの方角へ向けられた。八方ふさがりにも見えた人生の向こうに、新しい道を思い描いたのだ。二人の想像上の地図の中心には、凱旋門という名の標識塔が立っていた。そのアーチから、金属のより糸のように、新しい夢の大通りが放射状に広がっていた。彼らの心の目には、セーヌ川の上、ぼんやりと光に浮かび上がる橋が見えていた。想像のなかで、彼らはレプリカのお月さまのように輝く街灯に照らされた石畳の道を歩き、暗がりのなか、カツカツと時を刻むひづめのメロディーを聞きながら、ブーローニュの森に馬車を走らせていた。エレガントにうらぶれた《オテル・アンテルナシオナル》[51]、古びたカーペットが敷きつめられたそのロビー、埃が積もったその部屋をまぶたに浮かべた。もしも部屋が息苦しく感じられるようなら、恋人たちの隠れ家、《シェヘラザード》に行けばいい。

結局、これだけの苦境をくぐり抜けてきた二人であったが、ポーランドを去る決断を下した時点で、マーシャはまだ二十歳、エイヴラムは二十四歳にすぎなかった。

一九四八年九月半ば、秋の最初の冷たい風が吹き始めたころ、エイヴラムは旅立った。田園風景が黄金のヴェールの下で輝いていた。午前の冷気が地面から立ち上ってくる。畑はその年の役割を終え、収穫もほぼ完了していた。黄土色の干し草の山や牛糞の堆肥が休耕地に点々としている。

男四人、女二人の六人グループだった。長年の闘争に鍛えられ、常に互いに支え合い、策謀の匂いにぞくぞくする若さを備えた同志たちだ。みな、危険時の隠密行動に長けた熟練闘士である。それぞれ何度となく死をかいま見、死の現存を感じ、死臭を嗅ぎ分けた経験をもつ。

六人は、まずウッチからカトヴィツェまで汽車で南下した。そこでタクシーにぎゅうぎゅう詰めで乗り込み、タトラ山地の奥深くまで走らせた。チェコの国境から数キロの地点でタクシーを降り、そこからは、プロの密航業者の男に導かれての徒歩行軍だった。森の斜面を下って、国境の小川に出る。夕方までそこにひそみ、夜になってから国境を歩いて渡った。

何年ものち、彼らがこの瞬間について思い出すのは、恐怖の感情などではなく、エイヴラムがチュウチュウと音をたててチョコバーをしゃぶっていたことについての笑い混じりの顰蹙だ。銀紙のカサカサする音までが、彼らの耳に騒音となって響いた。爆笑を押し殺すのにひと苦労だった。

彼らは無人地帯を這うように進み、夜通し歩き続けて、チェコのブラティスラヴァに向かった。夜明け、町のはずれにたどり着くと、仕事場へ向かうチェコスロヴァキア人たちのなかに紛れ、群衆の流れに身を隠した。そのようにして中央駅まで歩き、プラハ行きの列車に乗った。

プラハでは、戦争中、奇跡的にも無傷のままだった有名なシナゴーグと古い墓地の見学に時間を割き、日暮れ前に、また移動を開始した。西に照準を合わせたいま、うしろを振り返る気分にさえなれなかった。

次はドイツへの列車旅だ。チェコとドイツの国境は簡単に越えられた。おとがめなしで国境を越えたのは、それがはじめてだった。彼らが何事もなく移動するための条件は、すでに確保されていたのだ。まずはミュンヒェンで列車を降りた。エイヴラムは、一日たりともその町に留まりたくなかった。ミュンヒェンは、旧第三帝国の心臓部だ。近くにはダッハウ強制収容所がある。わずか百六十キロ北には、空襲で破壊されたニュルンベルクの町もあった。

ナチ党が、簒奪者の象徴たる鷲の紋章が入った旗を高く掲げながらニュルンベルクの石畳の上を行進したのは、わずか十年前のことである。町の郊外、集会広場、野原、滑走路、所かまわずナチ党大会が開かれ、いつも何万もの人を集めていた。

鉄道局の役人であろうと、警備員であろうと、制服の男たちを見るたびに、エイヴラムの体全体が復讐熱で震えるのだった。最後に見た母の姿が蘇ってきて、彼の心に突き刺さるのだ。〈森にいったら、体に気をつけるのよ〉と母は言った。そうして母は、犬どもに吠えたてられ、怪我人たちのうめき声のなか、赤ん坊のネハミアをかき抱き、幼いシュムレクの手をしっかり握った娘バシアと腕を組んで、どこかへ消えていった。

エイヴラムは先を急ぐことにした。決心がついたいま、一瞬の遅れも耐えがたかった。

そして、もうひとつの要素もあった。青緑色の瞳をした、あのマーシャへのうずくような思いである。二人が離れ離れになったいまこそ、彼女に寄せる思いがどれほど強いものであるか、身に染みて感じられるのだった。

彼はグループから離れ、ミュンヒェンから西のシュトゥットガルトまでひとりで移動した。そこである旧知の同志と落ち合い、二人いっしょに、密航業者の案内のもと、フランス国境へ向かった。彼らは日が暮れるまで墓地に身をひそめた。密航業者は、彼らを国境すれすれに立っている教会に案内した。二人はレンガの壁にはしごをかけて乗り越えた。ドイツはもう、彼らの背後だった。

二人は最寄りの駅に向かい、最終の夜行列車に乗った。車掌たちの視線をかわし、暗がりに顔を隠したまま、席でじっと丸まっていた。長年思い焦がれた自由は、ほとんど彼らの手中にあった。だが、時間がたつのは遅い。ついに彼らも浅い眠りに落ちた。それが彼らの旅の最後の一夜だった。目覚めると、まばゆいばかりの朝日に輝くパリ郊外の風景が広がっていた。一九四八年九月二十三日のことである。エイヴラムは、この正確な日付を生涯忘れない。

フリドマン一家の方は、エイヴラムに遅れること約一カ月、十月の第一週にポーランドを発った。先にパリに向かった弟のロンカを除き、マーシャ、父ヨセフ、母ヨヘヴェト、妹サラ、みないっしょだった。彼らは正規の出国ヴィザと、四百冊の本がぎっしり詰まった柳行李を携えて出立した。

ポーランドとドイツの国境で、彼らの客車に警官たちが乗り込んできた。彼らはパスポートを調べ、写真をじろじろと眺めた。マーシャは、これらの制服姿の男たちを前にしたときの恐怖、心臓の鼓動、寄る辺なさをいまでも覚えている。ポーランド国境警備隊が荷物検査をするあいだ、フリドマン一家は、そういうときのためにすでに慣れっこになった姿勢を崩さなかった。できるだけ目につかないよう、座席の上で、ただじっと身を縮ませていたのである。ここで怪しい目つきひとつ、場違いな言葉ひとつでもあれば、彼ら全員の命取りになっていただろう。

だが、なぜかヨセフが逮捕され、連れ去られてしまった。説明は一切抜きだった。残された女三人は困り果て、やむなくカトヴィツェに一度戻ることにした。

以後、三週間、彼女らは問い合わせ、あちこちの門を叩き、役所の廊下を歩き回り、警察と行政府の控え室で何時間も待たされた末、ようやく父がカトヴィツェの刑務所に収監されていることを知った。そして、ふたたび恐怖の念が戻ってきた。あがいてもあがいても偽の出口しか見つからない、あの昔そのままの恐怖感が。あれから何年も経ち、いまメルボルンの町にいても、制服姿の警官を見るたび、マーシャの心にこの恐怖がこみ上げてくる。彼女は警官の視線を避けるためにわざわざ道を横切り、すたすたと先を急ぐ。まるで、彼女の自由への疾走がまたしても軌道を外れてしまった、あのときの記憶を押し殺そうとするかのように。

パリでは、エイヴラムが指折り数えて待っていた。マーシャの不在は、いまや燃えるような痛みとなって彼を苦しめていた。彼女の到着予定時刻が迫ると、彼の不安は募った。胸をどきどきさせて、リヨン駅へ向かう。彼女が乗っているはずの列車が駅にすべり込んでくる。客車から客車へ、乗降口から乗降口へ回ってみたが、見つからない。到着したのは四百冊の本ばかりだった。

のちにフリドマン一家に何があったかを知らされたエイヴラムは、ポーランドへ戻る決心をした。マーシャなしでは生きられなかったのだ。だが、それは危険な行為でもあった。まず偽造パスポートを手に入れ、変装もしなくてはならない。彼は、パスポートが送られてくるのを、いまかいまかと待った。そのあいだ、不安におののきながらパリの街をさまよい歩いた。パリは、かつて胸に描いた魅力を失っていた。凱旋門さえ、いまや冷たく、うつろな巨体をさらし、打ちひしがれて見える。エッフェル塔は、むき出しの桁と梁からなる文鎮のようで、それが鉛の空に突き刺さっているだけだった。〈光の都〉は手の届かない幻想だ。その随所のカフェまで、見せかけのお愛想で彼をからかっているように感じられる。人びとの笑い声が耳障りだ。

エイヴラムは、影のなかにうち沈む、この都市の別の姿に気づくようになった。酔っ払いたちが、どろんとした目をし、半分忘れかけた昔の高揚感を求めてロボットのように歩く。失くした愛を追いかけて独りさまよう、彼の同類だ。彼の視線は、川の堤防の低いところ、冥界に続いているかのような下り階段に引きつけられていった。

たしかに彼には、この都市のエレガントな街路の下を縫うように走る下水溝の全体を想像することができた。結局のところ、彼の憧れの場所を縫って走っているのも、そうした下水溝だったのだ。汚水のなか、尿と汗の絶えざるしたたりのなかを永久に這いずり回る男。出口を探して都市の腸《はらわた》のトンネルをくぐり続ける男。悪夢は繰り返し襲ってくる。トンネルがぐるぐると螺旋を描き、結局、行き止まりとなる。これらのトンネルがどこに続いているか、まったくわからなくなる。そもそも、どの都市の下に自分はもぐり込んでしまったのか。ヴィルニュスか、それともパリか。あるいは密告者らが死の恐怖を目に浮かべて慈悲を請うていた、あの名もなき町か。夜明けに体を交えた男女が、その日のうちに首をくくられていた、あの町なのか。

それでも、こんな悪夢でさえ、失った家族の夢に比べるならまだましだった。彼らの姿は、ぐるぐると回転しながらエイヴラムの前に現れるのだった。バシア、ヤンケル、シュムレク、ネハミヤ。そしてエッタは、スカーフをしっかりと握りしめていた。「森にいったら、体に気をつけるのよ」というささやき。それから、母にかわって幻影のように、青緑の瞳をもつ女の子の顔が現れる。その子の名は窓ガラスの霜に刻まれている。気がつくと、エイヴラムはヴィルニュスのあの部屋に戻っていた。

隣の部屋からマホガニーのピアノの音が聞こえる。弾いているのはひとりの女性だ。鍵盤が黒と白に輝き、まるで虫歯みたいだ。ここでも彼は戸惑ってしまう。弾いているのは姉のバシアか、それとも、あの青緑の瞳の女の子か。

ほかにもいろんな顔がちらりと見えては、すぐにぼやけた。それらの顔がもと来た暗闇のなかに引っ込んでいくと、今度は、石のような冷酷さをたたえた顔がいくつか、仮設のテーブルの上にふわふわと浮かび、指令をどなり散らしては、からからと笑った。

エイヴラムは、こんな夢からは意識的に目を覚ますようにしていた。そして目を覚ますと、最初の夜を完全な愛とともに迎えることになると思い描いていたホテルの一室に、ひとりきりなのだった。窓の外を見ると、家の切り妻、教会の尖塔、建物のドームがぎざぎざに刻まれた地平線が目に入る。幼少期のヴィルニュスをちょっと大ぶりにしただけの、見慣れた地平線だ。聞こえてくるのは、スチーム暖房のシューシューという音、隣の部屋の住人の咳、裏の路地でにらみ合う猫たちのうなり声だ。

エイヴラムは部屋を出て、傷んだキャベツと埃の匂いが漂う廊下をうろついた。半開きのドアごしに、一瞬、守護聖人のイコンの前に膝まづくロシア移民の姿が見えた。イコンは、ありあわせの祭壇の上に置かれ、その手前に立つ一本のろうそくは永年の帰還の夢をちらちらと灯していた。

近くの部屋では、フランコのスペインを捨ててきた亡命者たちが車座になっていた。新聞をためつすがめつしては、また頭をもたげ、いつまでも議論を続けていた。これも、単に時間をつぶすための空しい試みなのか。

向かいの部屋では、灰色の髭を生やしたアルジェリア人がベッドの縁に腰かけ、じっと壁を見つめていた。誰を待っているのか。どのくらい長い放浪を経てきたのか。どうしても抑えられない咳に血が混じるようになったのは、いつ頃からなのか。おそらく彼は、死にゆく植民地帝国の前哨地点から、はるばるこの〈光の都〉にやって来て、すべての扉が固く閉ざされたままなのを見ただけだった。結局のところ、自分はよそ者であり、異なる岸辺からの違法入国者であることを思い知らされるだけだったのだ。

すべての部屋に共通して、その隅っこ、ベッドの下、あるいは壁に立てかけて、トランクが置いてある。なかには、折りたたみ式の簡易コンロ、フライパン、ナイフ、フォーク、万能スプーンなど、半端ものの調理器具を備えた部屋もある。

ホテルは、色あせた壁紙、おんぼろ椅子、裸電球一個の部屋に無造作に置かれた使い古しのマットレスだけからなる小宇宙だった。そこに寝泊まりする全員が、夜勤のボーイまで含めて、遠く故郷から引き離された人間特有の疲れ切った憧憬に焦がれているように思えた。

エイヴラムはといえば、憧憬はただひとつの顔に向けられていた。だが、いまできることといえば、伸びた顎髭をさすってみたり、偽造パスポートの作成状況を、日々、問い合わせたりすることくらいだった。日中は〈ブンド〉の支部で過ごし、同志たちから、辛抱しろ、と励ましの言葉も聞くことができた。だが夜になると、街へ出て、ただ歩き続ける以外になかった。彼の心はひとつの熱い思いに占められており、通りや公園の風情も、セーヌ川の暗い水も、ほとんど目に入ってこなかった。周囲の世界に対しては盲目のまま、さまよい歩く彼の目には青緑の瞳をもつ女性の顔しか浮かんでこないのだった。自分の足音ひとつひとつに合わせて、彼の憧憬は強まっていった。そして一夜ごとに、街がますます彼のことを嘲笑っているように感じられた。

三人の女はカトヴィツェ刑務所に向かった。が、当局はヨセフとの面会を許可してくれない。マーシャはワルシャワまで出向き、父のために嘆願し続けた。何度も説得を試み、賄賂も握らせた末に、ようやくフリドマン一家はヨセフの独房に入ることを許された。「わしを待っていてはだめだ」と、ヨセフは説きつけた。「パリに向けて発つんだ。わしはいつか必ず釈放される。だが、待っていてはだめだ。いまこそ出国のときだ」

それは懇願であると同時に、父としての命令でもあった。

マーシャ、サラ、ヨヘヴェトは、ふたたび西に向けて旅立った。生まれてこの方、ずっと旅のしどおしのように感じられた。三人はいま、ほんの七週間前、あれほどの夢とともに自分たちを揺らしてくれた同じレールの上を走っていた。そして、最悪の事態を恐れていた。ヨセフにふたたび会えるかどうか、確信をもてないままの旅だった。

十二月半ば、三人はパリに到着した。街路は雪に覆われ、パリの町全体が白い沈黙に包まれていた。エイヴラムが駅で三人を出迎えた。彼の偽造書類はまだ届いていなかった。彼とマーシャの再会は、ヨセフの不在により台無しとなってしまった。二人は、凱旋の感情などからはほど遠いまま、ただ挨拶を交わした。何かを祝うような気持ちにはとてもなれなかった。ヨセフが釈放されるまで彼らの気は休まらない。彼の釈放につながりうるあらゆる手段を試みるうちに、日々は流れていった。

二カ月後の一九四九年二月半ば、エイヴラムとマーシャがホテルの部屋をノックする音を聞き、開けると、そこにトランクをぶら下げたヨセフが立っていた。まるで死の世界から舞い戻った幽霊のようだ。服はほつれ、目はすっかり落ち込んでいる。髭ぼうぼうで憔悴しきっている。それでも、ともかく彼は生きて帰った。

マーシャとエイヴラムが《シェヘラザード》でのデートに出かけたのは、その数週間後、一九四九年早春のことである。

二人はタクシーでナイトクラブに向かった。ピガール広場でタクシーを降りると、広い大通りが放射状に交わり、かぎりない娯楽の選択肢をちらつかせている。二人は付近をぐるぐると歩き回った。カフェやミュージックホールが立ち並ぶ、ごみごみした迷路のようだ。

客引きが手招きで通行人に誘いかける。アコーディオンの音が入り口の隙間から流れてくる。半裸の娼婦たちが、今夜の相手を目で探す。そのおしろいをはたいた顔がネオンの照り返しに輝く。エイヴラムとマーシャは、モンマルトルの丘の上、神秘の標識のようにちらちらと光る街灯を見やった。なかなか見つからずに諦めかけたそのとき、最初にタクシーを降りた場所のすぐ近くの角、石の階段のたもとに、その店はあった。

コサック兵の制服をまとった案内係が入り口で二人にお辞儀をする。マーシャとエイヴラムは、お気に入りの小説のページのなかに歩み入っていった。ダンスフロアを囲んで、ぐるりとテーブルが置かれている。ひとつのテーブルのまわりが、それぞれ個室のようになっている。エイヴラムはカルヴァドスのボトルを注文した。だがウェイターは、席料として、まず八千フランのシャンペン・ボトルを注文する決まりになっている、と説明した。

二人の財布は空になった。二人の持ち金を足し合わせて、かろうじてその額を払うことができた。一杯のシャンペンで、できるだけ時間をもたせる。もちろん食べ物など注文できない。バイオリン弾きがセレナーデを奏でながら、テーブルからテーブルへ回って歩く。こうしてエイヴラムとマーシャが、暗がりのなか、スポットライトを浴びて座っていると、ひとりの歌い手がロシア民謡〈カチューシャ〉と〈黒い瞳〉を歌い出した。身振りを交えた郷愁たっぷりのこの歌だけで、昼下がりの霧のなかで歌っていた赤軍兵士たち、雪に覆われた草原、針葉樹と白樺の森の思い出がそのまま蘇ってきた。

二人は、薄暗がりのなか、ガラス張りのテーブルに座っていた。エイヴラムは香水の匂いを深く胸にしみ込ませた。目を閉じ、青緑の瞳をした彼女の温かい手に触れてみる。はじめ彼の指のあいだでこわばっていたその手が、すうっとほぐれていくのを感じた。

エイヴラムとマーシャはダンスフロアに向かい、ロマ人のオーケストラの伴奏に合わせて踊った。エイヴラムがこんなふうに人との触れ合いに安心して身を委ねたのは、いつ以来のことだろう。自分が切望していたのがこの人間的な肌ざわりだったのだということを、あの亡命と逃亡の歳月のあいだには知るよしもなかった。

エイヴラムの怒りが和らぐには、その先、何年もかかるだろう。だが、いま彼は《シェヘラザード》で踊っている。サンクト・ペテルブルクの宮殿とタマネギ型のドームを載せた大聖堂を描き出す壁の絵に囲まれて。二人は、吐く息が霜となって舞い散っていた、あの失われた子供時代の影のなかで踊っていた。氷の道を飛ぶように走る、馬ぞりの思い出に合わせて踊っていた。

マーシャは、また少し体を近づけてみた。エイヴラムからは、森の樹脂のかすかな香り、危険いっぱいの旅路の残り香が立ち上ってくるように感じられた。踊りながら、マーシャは自分自身の旅路を振り返ってみた。一面の雪野原を、腰まで埋もれ、かき分けながら進んでいく少女。シベリアの夜、名も知らぬ星雲と冷淡な星々でいっぱいの空の下へ、こっそり抜け出していたひとりぼっちの自分。その自分が、いまパリの《シェヘラザード》にいて、踊り相手のぬくもりを肌で感じている。ロマ人のバイオリン弾きが奏でる短調の旋律に合わせて、ダンスフロアを縦横に動き回っているのだ。

マーシャは、その踊り相手の若さに、いまはじめて気づいたように思った。豊かな黒髪はウェーヴしてうしろ手に整えられている。そして、彼のたくましさにも。それは、かつて直に横たわった固い地面と、急襲に備えて森の隠れ家から引きずり出す武器の重みとによって鍛え上げられた体だった。

エイヴラムとマーシャは流れ去る時を味わい尽くした。二人は最後のバイオリン演奏に合わせて踊り、シャンペンの最後の一滴を飲み干し、階段を上って、長い散歩に出かけた。

ピガールの大通りのビストロでは、男たちがバカラ・ゲームに興じている。街灯がプラタナスの枝に光を投げかける。こんな遅い時間でも、それぞれの建物の最低ひとつの窓に光が灯っていた。どこにあっても、常に生命が燃え続けていることを暗示するかのように。

エイヴラムがマーシャの手を取る。彼は、いくぶん自分の体が軽くなったように感じていた。長年の重荷から解放された気分だった。そして、彼の心にはいろいろな感情がわき上がっていた。この瞬間、彼はもはや自分の足音を恐れることもなく、背後にまとわりつく何者かのささやきに囚われることもなかった。むしろ、この夜、自分の身に起きたことに驚いていた。《シェヘラザード》は彼を裏切らなかった。ここ数年来、夢に裏切られることがなかったのはこれがはじめてだった。

マーシャもまた、光を感じていた。彼女が最初の逃避行に出てから、ずいぶんと長い月日が流れた。赤軍兵士の〈カチューシャ〉の歌声が冬のそよ風に運ばれてくるなか、東に向けて国境を越えた、あのときから数年経って、彼女はまだ移動を続けている。そして、いまはシャンゼリゼに沿って、おあずけとなった〈凱旋〉の門へと歩を進めていた。

マーシャとエイヴラムは、久遠の青い炎がゆらめく無名戦士たちの墓の前で歩を止めた。一輪の花が目に入る。誰かが墓に置いていった記憶の片鱗だ。二人はあてどなく歩き、セーヌの岸に降りた。川船が、電球を一個灯したまま通り過ぎていく。その影のなかで、二人は、これが最後の夜とでもいうようにきつく抱き合った。

二人はまだ歩き続けた。手に手を取り、入り組んだ街路を抜け、静かな公園を通り抜けながら、マーシャとエイヴラムは、同時に過ぎ去った時間の層をも貫いて歩いていた。ときどきエイヴラムは、自分が夢を見ているのではないか、と思った。石の門、曲がりくねった街路、大聖堂の尖塔、こうした光景から、いつのまにかヴィルニュスに立ち返り、子供時代の足跡をたどり直しているのだった。実際、パリはなんてヴィルニュスに似ていることか。幼いころ、毎日通う道に並んでいたプラタナスや栗の木にいたるまで、そっくりだ。

彼をいまに連れ戻してくれるのは、つないだ手の優しい感触だった。マーシャの方をちらりと見やると、夜明け前の静けさのなか、歩く彼女の顔に固い決意のようなものが見て取れた。彼女は、これまでの人生のあらゆる局面でそうしてきたように、何かの目的に向かって歩こうとしている。彼女の方もまた、いま自分の隣を歩いている、このかき乱された心の男を見やった。そしてふたたび、彼の心の苦しみが生やさしいものではないことを悟った。それは会って以来、ずっと感じていたことである。だが少なくともいま、二人は、足音の響き、息のタイミングをぴたりと合わせながら並んで歩く恋人同士だった。

夜の暗闇が、涼しい夜明けの光に少しずつ歩をゆずっていった。エイヴラムとマーシャはアルジェリア人街の狭い路地に入った。清掃車が側溝を洗い流している。店主らがリブ板のシャッターを引き上げる。荷車が石畳の車道をがたがたと音をたてていく。労働者たちが、さびれたカフェでコーヒーの椀に身をかがめている。ビュイックの高級車が一台、風を切って過ぎ、そのあとにルノーの小型車が続く。仕事に向かう人びとが、いそいそと地下鉄の駅に向かい、まるで鉱夫が地中に姿を消すようにして石の階段を下りていく。

エイヴラムとマーシャは、彼らの安宿の門をくぐり、木の階段を登って、二人のシングルルームに帰った。長い長い年月を経てようやく、独裁者たちの冷酷なまなざしも届かない、この小部屋にたどり着いたのだ。ここでなら、彼らの人生も恐怖から解き放たれ、ゆったりとした愛のリズムを取り戻すことができた。

エイヴラムは、いま愛の余韻のなかに身を横たえている。部屋を見渡すと、ワンピース、スリップ、ストッキングが無造作に椅子にかけられ、朝日に照らされている。隣でマーシャが寝息を立てている。エイヴラムは彼女に身を寄せ、その柔らかさと体温をふたたび味わった。

起き上がって木のよろい戸を閉じ、ベッドに戻ると、彼は、もう一度、彼女の体に手をすべらせてみた。部屋は彼女の存在で満たされていた。まちがいなく、愛とはかたちのある存在であり、はっきりとした輪郭をもつ、人間の血がかよう力なのだった。

以前はあのベネディッティンスキ通り四番地で、彼もこの存在のさまざまな姿に触れていた。夜、羽毛布団にくるまって寝るとき、彼にはすぐ近くに自分の庇護者がいることがわかっていた。壮大な行動計画に突き動かされている父、そして何よりも、病気の手当てをしたり、彼が寒がっていないか確かめたりするために部屋に入って来てくれる母がいた。寒がっていないか、それが最後の対面のときさえ、エッタの心を占めるただひとつの思いだった。母は彼をスカーフで包み、自分の体温で包んだ。そして、いなくなった。

エイヴラムはマーシャの胸に手を置いた。すべてが幻想などではないことを確かめるかのように。彼は、彼女の胸が息に合わせて波打つのをじっと見つめた。そして、よろい戸の羽根板のあいだから差し込む朝日に目を向けた。

永年の夢だった《シェヘラザード》での夕べが終わっても、二人の旅路はまだ終わっていなかった。結局のところ、彼らはなお移動中の喪郷者《ディスプレイスト・パーソン》なのだった。ここから先の待機の期間、チャリティーの無料食堂での食事、週二度の警察への出頭、ヴィザ発給のたらい回し、長蛇の列、口頭審問、永住地を求めての神経をすり減らすような書類手続きなど、屈辱的な数カ月が待っていた。

同時にそれは、〈光の都〉をひたすら歩き回る数カ月でもあった。まるで縁日で自由行動を許された子供のように、パリじゅうを散策した。「歩く分にはお金がかからないし」、「自分たちの生活はまだ保留状態なんだもの、歩いて時間をつぶしていればいいのさ」と。

子供たちの遊び場となる近くの公園はすべて熟知した。ポン・ヌフ橋を渡ってセーヌ左岸まで足を伸ばし、カフェにも座った。ソーダを一杯だけ注文し、夕方から晩までの時間を、まるまる大理石のテーブルで過ごすことができた。『ル・モンド』や『パリ・ソワール』といった新聞に顔を埋め、地元の人間のふりもしてみた。

それは、まだ贋物の生活にすぎなかった。パリは依然として彼らに扉を閉ざしているように見え、自分たちの身が、南京錠のかかった門の前に放置されているような気持ちだった。それでもいい、たとえここが終《つい》の棲家になりえなくてもいい、という気持ちで、いつも左岸の散歩から右岸の部屋へ帰るのだった。途中、橋の上でひと休みし、〈聖母〉に捧げられたノートルダム大聖堂を眺めた。それは石柱と梁からなる要塞のように夜空にそびえていた。

　二人が愛の夜を重ねていくごとに、パリの町も輝き始めた。ほとんど忘れかけていた世界が、町の何気ない細部にふたたび姿を見せた。木々の葉が芽吹くと、セーヌの水面《みなも》は光輝く緑一色の野外劇となる。突然の日光が金の矢となって降り注ぎ、そよ風が心のなかまでさわやかさを届けてくれる。雲に覆われた空さえ、銀色の海のように見えた。

《シェヘラザード》での夕べは終わっても、彼らは、そのシングルルームでまだまだ多くの夜を過ごさねばならなかった。ジャスミンと花のつぼみの香りが漂う春の夜。むしむしと暑い夏の夜。嵐の予感をはらんだ秋の夜。降る雪の音さえ聞こえてきそうな冬の夜。スレート屋根を輝かせ、町をこの世のものとは思えないような光輝に包む満月の夜。どの夜にも、過去の語らいが静かな明け方まで繰り返された。

《シェヘラザード》での夕べが終わっても、いろいろな顔がふいに脳裏に蘇る夜があった。すべて残忍さにゆがんだ顔ばかりである。エイヴラムがまだ追い払うことのできずにいた、あの見るも不快な顔、顔、顔。そうした一連の顔が、ふたたび暗闇の方へ、暴虐の匂いの方へ、うずく生傷の方へとエイヴラムを引き戻すのだった。彼は、そうした顔に尋問を浴びせてやりたかった。〈なぜ〉という永遠の問いを叫び散らしてやりたかった。夜中、自分の呼吸の荒さに目覚めることもあった。だが、そこにはマーシャの存在の、すべてを埋め合わせてくれるかのような柔らかさがあった。そんなときエイヴラムは彼女を見つめ、手を伸ばして、その髪、顔、素肌の腕に触れてみるのだった。

たしかに《シェヘラザード》での夕べは終わった。だが、その後もまだ、エイヴラムが愛のしぐさからうしろへ飛びのいてしまう夜が続いた。そんな夜、彼は森の彼方、秘せられた記憶の彼方へと引き戻されているのだ。たとえば、さかりのついた獣のように敵方の女にのしかかっていったパルティザンたちの記憶。あのときパルティザンたちは、恐怖におののく一家に銃口を向け、父親の前に立って命乞いをする少年にも銃口を向けた。母親は娘の前に立ち、強姦の欲望から娘を守ろうした。その一部始終を見ていたのは、当時十九歳、アヴラムという名の若者だった。

こうしていま、《シェヘラザード》の奥の間で幾晩も過ごしてきてはじめて、ぼくの目にはマーシャの涙の最初のきらめきが見える。長い長いためらいを経て、いまようやく、マーシャがこの時期にしばしばあった辛い瞬間のことを語ってくれるのだ。あのころ、マーシャがふと思いがけずエイヴラムの視界をかすめたり、あるいは背後から彼に近づき、肩に優しく手をかけたりした瞬間、エイヴラムはとっさに両腕を上げ、ぎろりと振り向いたという。その体は猜疑に震えていた。ふたたびあの森に戻り、何かから身を守ろうとするかのようだった。その目は猟師の追跡におびえる野生動物のようだった。そして、そのあと決まって彼は、まるでマーシャが他人でもあるかのような仕方で体を重ねてきたという。

この記憶を蘇らせながら、ゆっくりと体を前後させていたエイヴラムは、いまマーシャに優しく手を伸ばし、彼女の肩に触れる。そして、たしかにマーシャには、自分の心の乱れと怒りのほとばしりのせいで、相当、辛い思いをさせてしまった、とつぶやく。

ぼくら三人は、控えめに灯した照明の輪のなかにいっしょにおさまっている。その光のなかでエイヴラムとマーシャは透明に見え、もう包み隠すものなどどこにもないと言っているように見える。エイヴラムの手は、マーシャの肩にそっと置かれている。そして、彼はささやく。「ああ、こいつには本当に辛い思いをさせてしまったよ。だが教えてくれ。あの地獄《ゲヘナ》から、無傷で、正気のまま抜け出してこられる人間なんて、いるものかい?」

ここから、ぼくらはまたパリに戻る。エイヴラムの物語がひとりの恋人の腕にしっかりと受け止められた町。最初の子供ができ、無事出産し、産湯を使った町。愛がようやく手元に取り戻された町へと帰っていく。

《シェヘラザード》は彼らを裏切らなかった。ロマ人たちのオーケストラは、やはり彼らを待っていてくれた。シャンペンのボトル一本を頼むだけで、彼らは薄暗がりのなか、ボックス席に居続けることもできたし、バイオリンの音色に合わせてフロアに躍り出ることもできた。それは社会の外べりに住んで、人間の残虐さとロマンスの双方を味わい尽くし、そして人間の救い、永遠の家は愛のなかにしかないことを深くわきまえた彼ら、ロマ人ならではのメロディーであった。

このとき二人の行く手には、大海原と、不確かな生活に向けたもうひとつの長旅が待ち受けていた。ひとつの新しい大陸と、その南のへりに引っかかるようにしてたたずむ新しい町。そこには、古き世界の夢に支えられたカフェとレストランでにぎわう一本の通りがあるだろう。そして数年を経て、二人がそこで向こうみずな事業に乗り出すとなったとき、店の名を《シェヘラザード》にする以外、いったいどんな選択肢があっただろう。

9
Jupiter School

聖域《サンクチュアリ》——真っ先に思い浮かぶ言葉だ。メルボルン、ポート・フィリップ湾の突端まで行けば、そのことを感じてもらえるだろう。いまにも抱擁を完遂させようとする両腕のように互いに向かって伸びる二つの半島のあいだを、狭い開口部、わずか三キロの海幅が隔てている。

白い泡沫の筋が、外洋と湾がぶつかり合う境目だ。入り波が出潮に衝突して砕けるのだ。人はそれを〈激潮〉と呼ぶ。それは、一種、半島の腕に装着された鎧のこてであり、船は、これを突破しなければ湾の庇護にあずかることができない。古き昔より、波と風を受け損ない、潮とうねりを読み違えた多くの船が、この敷居のところで座礁を繰り返してきた。

ぼくは想像してみる。新しい生活を求めて到着した人びとの目に、この場所がどう映ったか。たぶん彼らが見たのも、これだったのではないか。大きな抱擁のように開かれた湾。節くれだったモクマオウ(52)と雑木の連なり。低い砂山に打ち上げられた海草。金のフードを巻いたカツオドリが、翼を広げ、獲物を狙って海面を低空飛行する雄姿。避難の地、大いなる抱擁、海鳥の優美な滑空。思い浮かぶイメージはそれだ。ぼく自身は、そんなふうに到着の瞬間を想像するのが好きだ。しかし、彼らはそんなふうに見ていたのだろうか？　ザルマン、ヨセル、ライゼルは。そしてマーシャとエイヴラムは。

戦争はとうに終わり、彼らも苦労に苦労を重ねた末、正規の身分証と渡航許可を手にしていた。彼らの旅も終わりに近づいていた。埠頭が迫ってくる。町並みが目の前にくっきりと見えてくる。でも、本当に目にしていたものは何だったのだろう？

ザルマンは、自分の精神状態をよく覚えている。メルボルンの町はまだ幻想のようなもので、その輪郭も苦々しい思いにぼかされていた。彼はまだ若かったが、同時に覚め切ってもいた。一九四九年一月、彼が上海をあとにしたとき、何かを先取りしてやろうという若者らしい気概はとうに消え失せていた。

「また別の町が見えてきたか、という、ただそんな感じでしたね。わたしは、自分がここで新しい生活を築くとは思っていなかった。野心がなかったんです。なにしろ着いたばかりです。わたしは酒を飲み、楽しいことをやりながら時間を過ごしたかった。その日その日を生きたかった。できるだけ多くの仕事をこなそうとしただけで、永久《とこしえ》のわが家を築こう、なんて壮大な計画は持ってませんでしたね。人目もまったく気にならなかった。メルボルンの町も、また新たにふっかけられたおためごかしというか、ジョークみたいなものでしたね」

では、ライゼルは？　彼には切れぎれの印象しか残っていない。それぞれの岬の尖端に立つ灯台。ひとつは黒で、もうひとつは白かった。岩の露頭に船の残骸がへばりついている。ところどころに、人気のないビーチを見下ろす大邸宅。両側の低い丘陵地にはさまれた広い平地。蜃気楼のように浮かんで見える遠い町並み。木造の税関事務所は、桟橋をまたぐように建っている。

だが、そのあいだもずっと、彼は過去の荒々しいイメージで満たされた自分の心の方にかかりきりだった。シベリアの雪で濾過され、北極圏の風で漂白された心。そして、生まれ育った町に戻り、自分の家が地上から姿を消しているのを目の当たりにしたときの、あの打ちのめされるような感覚に浸されたままの心だ。家族全員が消えていた。友人も、クラスメートも。つまり彼のそれまでの人生がまるごと無くなっていた。だから彼は、数時間とたたないうちに、二度と戻るまいとの決心をもって、あの場所をあとにしてきたのだ。

ならば、ヨセルは？　メルボルン到着時の風景は、彼にほとんど印象を残さなかった。それはほとんど意味をもたない、視野の周辺部に引っかかる単なる背景幕だった。湾に入ったとき、彼はもう仕事にとりかかっていた。例のアドレス帳のチェックを始めたのである。そして宝石仲買人、市場の屋台オーナー、工場の職長、投機家といった人たちの名前と連絡先に下線を引いていった。彼の心は、これまでどおり、どこへいっても必ず羽振りよく暮らすための計画で満ちあふれていた。メルボルンの町は、さらなる運だめしを楽しむ場所、持ち前の狡知と魅力で人に訴えかける新しい舞台だった。つまり未来の財が産み出されては消え、富が浪費されては、また取り戻される土地なのだ。

　こうしてヨセルは、まさに進取の気性をもって岸に上陸した。心は軽かった。混み合ったカフェや集会場、ホテルのロビーやエレベーター、柔らかいカーペットとぴかぴかのフロアからなる新しい楽園を思い描いていた。そして、例によって周囲を眺め渡し、場所の空気を嗅ぎ、何がどうなっているかを瞬時に見極めたのである。

　では、マーシャは？　エイヴラムは？

　より鮮明に覚えているのはマーシャの方だ。最初に彼女をとらえたのは、場所の孤立感だった。周辺の土地が孤立をそのまま映し出しているように思えた。人ひとりいない浜辺、吹きさらしの砂丘、海岸沿いにぽつぽつと見える平べったい家。自分が過去に見た活気のある町々から切り離され、さすらいの身になったように感じた。この新しい町が荒野に見えた。腕のなかには乳飲み子もいる。思わず後悔の念にとらわれ、将来に寄せる自分の思いが打ち砕かれたように感じた。

　だが、時とともに、ここが聖域であることがわかってくる。その鍵を握っているのはザルマンだ。ぼくらはいま、《シェヘラザード》の窓際、通りを行き交う人びとがよく見える席に座っている。「いまになってわかるんですが、瞬間ってものがあるんですよ」とザルマンは言う。「そして、いつだってそういう瞬間はありうるんです。このもうひとつの新たな町に慣れていくにつれて、そのことをまた思い出したんですね。それを可能にしてくれたのは、この空間です。そして、この土地の平和な感じが、それをあと押ししてくれました。

わたしは、前みたいな孤独と恩寵の瞬間を求めて、ここでも散歩を再開したんです。すると、そういう瞬間がちゃんと戻ってきた。すれ違う人の軽い会釈、他愛もない笑顔、ふわっと吹いてくるそよ風、あるいは冬の朝、仕事に向かう道にかかっている霧、そういったもののなかに、ちゃあんとね。

そういう朝、わたしは遠回りをして町の公園を通ったものです。公園のベンチに座って、露に覆われた一枚の葉っぱをじっと観察してみるんです。見ているうちに水滴ができていきます。わたしは、その水滴が葉っぱの脈の上をするっとすべるのに目を凝らしました。水滴は、しばらくのあいだ葉っぱのへりに引っかかって、ゆらゆらとします。わたしは、それがそのままそこに留まって、バランスをとり、やがては固まってくれればいいのに、なんて思うんです。でも、水滴はゆっくりとへりを越え、ぽたりと落ちてしまいます。そこで、わたしは言うんです。〈ああ、これで今日も仕事に行ける〉ってね。

それが、わたしの遍歴生活のすべてが教えてくれたことです。瞬間そのものが楽園であり、本当の聖域なんだってこと。ただ単に、その瞬間を見逃さないだけでいい。そして、それを味わい尽くせばいいんです。そうすれば、おそらく、人間がお互いに引き裂き合う癖も、ちょっとはおさまるんじゃないですか」

夕闇が降りてくるころになっても、まだ座ったままのザルマンとぼく。今日もあれこれの物語をおかずに、夕食をともにする。ぼくらは、世界じゅうに散らばった町という町を、銀の鎖で結ばれた真珠として思い描いている。近くのテーブルに座っている老いた男たちの額に、すり切れた地図が刻まれているのを目にしている。その血管には、遠い大陸に源流を発する小川が流れている。

ぼくらは最後の客が席を立つまで残る。ウエイトレスと料理人たちが仕事を切り上げるまで。夜間担当のマネージャーが、そろそろ閉めますけど、と言ってくるまで。

ぼくらはアクランド通りを歩く。敷石が足元でこつこつ鳴る。空気は暖かく、夏のそよ風が香る。ローラーブレードに乗った十代の若者たちが、ジグザグを描いて通り過ぎる。街娼がひとり、暗闇にたたずんでいる。彼女はコンパクトを取り出し、顔におしろいをはたく。こちらの若者は、ベートーヴェンただ一曲のバイオリン・コンチェルトを奏でている。というのも、彼の望む方向へ少しでも流れが変われば、ヨーロッパの名だたるコンサートホールへの道も開けるからだ。足元の段ボールの立て板にそう書いてある。しばし立ち止まり、その演奏に聞き入る。

ダッフルバッグを背にした男が、数メートルおきに立ち止まり、通行人たちと架空の会話を繰り広げる。「あれは悪の時代だった。全部で七百五十九人だった。彼らは警察や治安部隊に包囲された。罠にはめられたのだ。彼らに残された道はあったか」。数歩歩いては立ち止まり、この同じ台詞を唱える。この男は、そうやって毎晩同じフレーズを繰り返している。

ぼくらは、左に折れてシェイクスピア並木に入り、そのまま海辺に出る。家族連れが浜辺でキャンプをしている。その話し声が、砕ける波の泡の音に混じる。よちよち歩きの子供たちが浅瀬で遊んでいる。恋人たちがシートに横たわり、腕を絡ませている。トラムが全速力で駆け抜ける。まるで幽霊の騎手みたいだ。

ぼくらは桟橋まで歩いていく。マリーナにつながれたボートが揺れている。夏の一日の灼熱を乗せて、いまごろ沖合から戻ってきたのもある。それぞれの突堤に降り立つ乗客たちの顔を見るとよくわかる。肌に太陽がしみ込み、頬が北風に吹かれて赤らんでいる。

町の中心部が、海辺の向こうに、光のかたまりとなってそそり立つ。手を伸ばしさえすれば、あのなかで息づいている多くの人生に触れることができそうだ。この新世界の街路から、徐々に人通りが失せていく時刻。自動操縦の清掃車がうなり、閉じかけた一日のごみを呑み込んでいく。道は、機械から撒かれるシャワーで輝いている。

ぼくらは海のへりに沿って歩く。浅瀬の縁で燐光が踊っている。ぼくらは、沈黙が湾に舞い降りてくるのを確かめながら、歩き続ける。ぼくら自身の声が、弱々しく、うしろに尾を引きながら消えていくのを耳にしながら歩く。いま、ひとつの物語が終わり、別のさまざまな物語が始まろうとしている。

ものを語ることは、人間古来のわざだ。原初の語り部たちは、かがり火のそばに立ち、聞く人びとを忘我の境地に引き込んでいた。語り部の顔は、半ば闇のなか、半ば光のなかできらめいていた。その声は、星が降るような夜空に吸い込まれていた。そのようにして、昔の戦《いくさ》や、この世の最初の女、最初の男、その愛と憎しみの最初の瞬間などを語っていた。

だが、おそらくは、ぼくらの言葉の無限の循環を超えたところにこそ、何かがある。日の出のほんのかすかな兆しが空に染み渡っている。最初の光がすでに動き出している。光は、宇宙から吊り下がった涙のような星々をひとつずつ拭き取り、漆黒の海から影を一掃してくれる。青が少しずつ銀に変わり、さらにバラ色を帯びてくるだろう。その新たな光のなか、一艘の船が、異国の港に向けて、また波を切ることだろう。

浜辺には海藻が散らばっている。海藻は、岩を覆い、桟橋に引っかかり、擁壁のところまで打ち寄せる。そして、流木、魚の死体、びしょぬれの鳥の羽、砕けた貝殻などと絡み合って小山を作る。海の残骸だ。いま、風はぴたりと凪ぎ、空は無言のまま。気だるい波が、ただ海岸をなめているだけ。船乗りたちは、この瞬間をよく心得ている。古代の人びとも、この瞬間、嵐が去ったあとの穏やかさをよく心得ていた。

砂浜に座り、擁壁に身をもたせるザルマンとぼく。もう町並みの方には背を向けて。何かを望む気持ちを忘れ、誰の目も届かないところで。ただ、物語以前の時に身をおきながら。

そして、夜が明けたのを見て、シェヘラザードは口をつぐんだ。これでようやく彼女に自由が戻った。

——『千夜一夜物語』

訳註

295★294

（1）いずれも今日のオーストラリア、ヴィクトリア州中部、メルボルン一帯にかつて住んでいた先住アボリジニの種族。
（2）メルボルン南郊、ポート・フィリップ湾を望むリゾート地。
（3）チョコレート・ケーキの一種。
（4）「リトアニア・ポーランド・ロシア・ユダヤ人労働者総同盟」の略称。ユダヤ人の各居住地における民族的自治を志向する社会主義運動として、一八九七年、ヴィルニュスで結成。
（5）「クレズマー」とも。東欧ユダヤ教徒（アシュケナジ）たちの伝統音楽で、クラリネットとバイオリンを中心とする。
（6）一九一二年に開業したアミューズメント・パーク。
（7）オーストラリア南東部、外洋のタスマン海からメルボルンにいたる広大な湾。
（8）ニューヨーク湾内の島。かつて、アメリカ合衆国移民局が置かれていた。
（9）トゥーリチンと同じく、現ウクライナの町。
（10）東欧ユダヤ教徒（アシュケナジ）たちの小村。
（11）エリヤフ・ベン・シュロモ・ザルマン（一七二〇～九七年、通称「ヴィルニュスのガオン」）

を指す。
(12) アダム・ベルナルト・ミツキェヴィチ(一七八九～一八五五年)、ポーランドのロマン派詩人。
(13) アダム・ミツキェヴィチ『パン・タデウシュ』、「第四之書」、工藤幸雄訳、講談社文芸文庫、一九九九年、上巻一九二頁。人名、地名のカタカナ表記などを一部改変した。
(14) イディッシュ語で「詰めものをした魚」。東欧ユダヤ教徒たちの伝統料理のひとつ。
(15) 肉、豆、野菜をとろ火で煮たユダヤ教安息日の料理。
(16) イディッシュ語の間投詞。「さあ、さて、ところで、それで」などに相当(上田和夫『イディッシュ語辞典』、大学書林、二〇一〇年)。
(17) 〈ブンド〉の創設者のひとり、イェクシエル・ポルトノイ(一八七二～一九四一年)、通称「ノイアハ(ノア)」。
(18) 一八六三～一九四〇年。リトアニア、ヴィルニュスのラヴ(ラビ)にして高名な「アヴ・ベイト・ディン(法廷の長)」。
(19) グレゴリー・ラスプーチン(一八六四ないし六五～一九一六年)、帝政ロシア時代の新興宗教家。ニコライ二世に強い影響力を発揮し、皇后アレクサンドラとは愛人関係にあった。
(20) ユダヤ教徒の男性がかぶる丸い帽子(ヘブライ語「キッパー」、イディッシュ語「ヤルムルケ」)もかぶらずに、の意。
(21) ウズベキスタンの首都タシュケントは、古くからの豊かな穀倉地帯という意味で「パンの町」との異名をもつ。カザフスタンの都市アルマトゥイ(ロシア語名アルマ・アタ)は、カザフ語でリンゴを意味する「アルマ」、父を意味する「アタ」にかけて、「リンゴの父」「リンゴの町」とも呼ばれる。
(22) ウズベキスタンの都市。その名がサンスクリット語で「寺院」を意味する「ヴィハラ」に由来するとの説から、「モスクの町」と呼ばれる。
(23)モスクの尖塔(ミナレット)の上から「アザーン」を唱え、ムスリムたちに礼拝を呼びかける人。
(24)イディッシュ語の民謡「おお来たれ、静かな夕べよ」(O Kum Shoyn Shtiler Ovnt)より。
(25)イタリア語「シロッコ」、アラビア語「ハムシン」、いずれも春から初夏にかけて砂漠から吹きつける熱風。
(26)H・レイヴィク(一八八八年〜一九六二年)、旧ロシア帝国(現ベラルーシ)、チェルヴェニ生まれのイディッシュ語作家、〈ブンド〉活動家。本名レイヴィク・ハルペルン。一九〇八年、ロシア帝国打倒を公然と主張したかどでシベリア終身流刑を言い渡される。一九一三年、シベリア脱出に成功し、ハンブルクを経てニューヨークへ亡命。その体験が、一九一五年の詩集『シベリアの山道で』、『雪の中』に描かれている。
(27)ユダヤ教の風習では、安息日(シャバト)が結婚式を迎える花嫁になぞらえられる。
(28)セント・キルダの南、エルウッドにあって、ポート・フィリップ湾を一望できる海沿いの丘。
(29)グレート・ディバイディング山脈。オーストラリアの東部に連なる大分水嶺山脈。クイーンズランド州から、ニュー・サウス・ウェールズ州の東部海岸地帯をとおってヴィクトリア州西部まで伸びる。
(30)一九一六〜一九九九年。当時、リトアニアのテルシェイ神学校で学んでいた。英語読みで「ネイサン・ガットワース」などとも綴られる。
(31)ラトヴィア、リガのオランダ大使レーンデルト・ピーテル・ヨハン・ド・デッカー(一八八四〜?年)を指す。
(32)ヤン・ツヴァルテンダイク(一八九六〜一九七六年)を指す。
(33)当時、アメリカのユダヤ救援組織「ユダヤ合同配給委員会」(通称「ジョイント」)の委託を受け、日本に到着する難民たちのための支援活動に当たっていた「神戸猶太協会アシケナージ派」（通称「ジューコム神戸」）を指す。

（34）当時、多くのバーでにぎわっていた朱葆三路（現・溪口路）の通称。

（35）堤藍橋刑務所、現・上海市監獄。

（36）民国三十一年（歳次辛巳）、一九四一年一月二十七日〜一九四二年二月十四日。

（37）デボラは、「士師記」第四章以下に登場する士師ラピドトの妻。「デボラのなつめやしの木」と呼ばれる木の下で裁きをおこなった逸話が有名。ヘブライ語「デヴォラー」には、ミツバチという意味がある。

（38）ヴィクター・サッスーン（一八八一〜一九六一年）、バグダッドに起源をもつイギリス籍ユダヤ財閥の三代目当主。一九二〇年代、本拠をインドから上海に移し、不動産投資で巨万の富を築いた。

（39）カドゥーリ家も、サッスーン家同様、バグダット起源のイギリス籍ユダヤ財閥として、十九世紀以来、上海を拠点とした。エリス・カドゥーリ（一八六五〜一九二二年）が乗り出した慈善事業を、弟エリー・カドゥーリ（一八六七〜一九四四年）が引き継ぎ、戦時期、上海のユダヤ難民の受け入れにも大きく貢献した。

（40）サイラス・アーロン・ハルドゥーン（一八五一〜一九三一年）、バグダッド起源のイギリス籍ユダヤ事業家。一八六八年以来、上海のサッスーン家に雇われ、事業を大きく成長させた。彼の中国系の妻ライザ・ルースこと羅伽陵（一八六四〜一九四一年）は、サイラス亡きあと、慈善活動を継続し、ユダヤ難民の受け入れにも功績を残した。

（41）現・淮海路。

（42）旧フランス租界の辣斐德路。現・復興中路。

(43)ジャコブ・ゲンス(一九〇三〜四三年)、リトアニアのユダヤ出自の実業家。一九四一年、ナチス侵攻の際、ヴィルニュスのユダヤ人病院を運営しており、九月に設置されたゲットーの警察長官に任命され、翌四二年七月にはゲットー評議会の議長に就任した。ゲットー内のユダヤ人たちの生活環境改善に努めると同時に、ポナリーでのユダヤ人処刑に犠牲者を進んで差し出すなど、両義的な行動をとった。四三年九月、ゲシュタポにより殺害された。

(44)イツハク・ヴィッテンベルグ(一九〇七〜四三年)、リトアニアの共産主義者。ヴィルニュス・ゲットーの抵抗派「自由パルティザン組織」を指導。評議会議長ジャコブ・ゲンスに説得され、最終的に蜂起を断念したといわれる。四三年七月十六日、謎めいた状況のなかで変死(一説には、ゲンスによる毒殺)。

(45)シュメルケ(シュメルル)・カチェルギンスキー(一九〇八〜五四年)、ロシア帝政下のヴィルニュスに生まれたポーランド系イディッシュ語作家、共産主義活動家。ヴィルニュス・ゲットーに収容され、青年クラブの指導者として文化活動を行なう。彼がゲットー内で書いた詩のなかでも、ここに抜粋されている「シュティレル・シュティレル(静かに、静かに)」は、四三年、アレクサンデル・ヴォルコヴィスキー(タミール)が付したメロディーとともに、ゲットー内で人気を博した。ユダヤ・ジェノサイドを題材とした歌曲として代表的な地位を占める。

(46)ネハミヤ、ネヘミヤの人名は、聖書ヘブライ語で「神は慰めた」を意味する。

(47)ジャガイモのパンケーキを油で揚げたもの。ハヌカ祭(清めの祭り、光の祭り、ユダヤ暦の第九月二十五日からの八日間)に好んで食される。

(48)一九二八年の作。ソ連で発禁処分を受け、ようやく一九九〇年に解禁された。

(49)ルバヴィチは、ロシア、スモレンスク地方の町。十八世紀、ハシーディズム(ユダヤ教敬虔主義)運動の一大本拠地となった。以来、社会的にも知的にも大きな権威を有する「レッベ」(「ラビ」

に相当するイディッシュ語）を、代々、輩出してきた。

（50）「一九四四年から四七年のあいだ〔ポーランドで〕千五百から二千人のユダヤ人が殺害されたと推定されている。ポグロムが多発し、なかでもパルチェフ（一九四六年二月五日）、クラクフ（一九四五年八月十一日、死者二名）、キェルツェ（一九四六年七月四日、死者四十二名）のそれが凄惨を極めた」。レオン・ポリアコフ『反ユダヤ主義の歴史』第五巻、菅野賢治、合田正人監訳、筑摩書房、二八七頁。

（51）レマルク『凱旋門』中、主人公を含むドイツ難民たちの滞在先として設定されている、パリ、凱旋門近くの安ホテル。

（52）オーストラリアに自生するマツに似た高木。

著者あとがき

この本に登場するすべての年号と歴史事象は、可能なかぎりの検証を経ていますが、これは歴史を描いた書物ではありません。それはむしろ、ものを語る力に捧げられた頌歌、故郷を喪失するということについての瞑想、そして、〈生存者《サヴァイヴァー》〉の心に居座り続ける戦争後遺症への洞察の本です。

地球上のどこかで新たな紛争勃発のニュースに触れるたびに、そして、戦争で荒れ果てた一帯を列をなして歩く難民たちの映像を目にするたびに、わたしの思いは、メルボルン在住の〈生存者〉たちの物語に引き戻されていきます。その多くは、わたしが子供のころ、直に接した人びとです。

ご参考までに、《シェヘラザード》というレストラン兼カフェは実在します。一九五八年に開店し、いまなお、セント・キルダ、アクランド通り九十九番地で営業を続けています〔その後、閉店〕。長年にわたり、多くの共同経営者がいましたが、事業は主にゼレズニコフ夫妻、エイヴラムとマーシャの手で四十一年間、続けられました。そして一九九九年、二人の引退をもって、事業はほかの人びとに引き継がれました。

本書『カフェ・シェヘラザード』は、実際の出来事と、エイヴラム、マーシャ、その他の人びとが語ってくれた物語をベースにしていますが、あとから、わたしがそれらを再構成し、想像し直しました。ヨセル、ザルマン、ライゼルは、複数の実在人物を組み合わせた作中人物であり、三人の旅路自体はフィクションでも、わたしが多くの〈生存者〉から実際に聞いた話にもとづいています。上海、蘇州河のほとりに出現した老人と鳴き鳥のイメージは、一九八五年、私が中国を旅行したときに目にした光景に、一部、由来しています。

レストラン《ヴォルフクス》(別の読み方では「ヴェルヴケース」)も実在したもので、戦前、ヴィルニュスにいて、そこで時を過ごした人びとに、わたしも会ったことがあります。ただ、この小説のなかでは、あくまでも架空の場所として描かれています。

作中、物語を膨らませるため、いくつかの先行書から拾い集めた情報を盛り込みました。とくに、以下の書物に謝意を捧げたく思います。ルーシー・ダヴィドヴィチ『あの場所、あのときから――一九三八～一九四七年の回想』(一九八九年)、バーナード・ワッサーステイン『上海の秘密戦争』(一九九九年)、アントニア・フィネイン『いずこから遠く』(一九九九年)、マーヴィン・トケイヤー、メアリー・シュウォーツ『河豚計画』(一九七九年〔加藤明彦訳、日本ブリタニカ、一九七九年〕）。加えて、エーリヒ・マリア・レマルク『凱旋門』（初版一九四五年〔邦訳三種〕）が、本書に息吹を与えてくれました。

杉原千畝をめぐる驚くべき物語は、近年、ようやく全容が語られるようになりました。この複雑にして興味津々の物語について、詳細はヒレル・レヴィン『スギハラを求めて』（一九九六年〔ヒレル・レビン『千畝――一万の命を救った外交官　杉原千畝の謎』、諏訪澄、篠輝久訳、清水書院、一九九八年〕）に見ることができます。

ロシアの歌曲とH・レイヴィクの詩「シベリアの山道で」の翻訳に関しては、ロメク・モコトフ、リヴケ・モコトフの協力を得ました。イディッシュ語の歌の翻訳は私自身によるものです。

ピンチ・ウィーナー、セヴァク・クシュニル、ロメク・モコトフ、アレックス・スコヴロンには、その惜しみない協力と、原稿の試読に費やしてくれた長大な時間に感謝します。ほかにも多くの方々に謝辞を捧げなければならないのですが、匿名を希望される方もいること、また、わたしがその方々を作中に織り込んでいることから、実名を挙げることは差し控えます。

テクスト社のマイケル・ヘイワードは、卓越した編集者かつ出版者として、本書の詳細と全体の趣意、その双方に鋭く目配りしてくださいました。彼は、わたしが最初にコンタクトを試みた瞬間から、わたしの作品の狙いを完全に理解してくれていました。

妻ドーラと息子アレクサンダーは、わたしをさまざまな折に支えてくれました。二人の協力なくして、この本を書き上げることはできなかったと思います。

物語の語られ方そのものについて、読者諸氏からのご批判は、ひとり著者のみが負うべきものです。

アーノルド・ゼイブル

訳者あとがき

「日本を経由してオーストラリアに渡ってきたユダヤ難民のことを調べているなら、これを読まなくては」と、本書、アーノルド・ゼイブルの『カフェ・シェヘラザード』（Arnold Zable, *Café Scheherazade*, The Text Publishing Company, Melbourne, Australia, 2001）を手渡してくださったのは、私と同様、フランスのユダヤ史（とりわけナチス占領期）を研究テーマのひとつにしてこられたメルボルン大学のアンヌ・フリードマン先生である。二〇一六年、私が六カ月の在外研究の機会を得て、メルボルン大学にお世話になったときのことだ。数ページ読み終えてすぐ、「深夜のラジオドラマを聞いているようだ」と感じたことを覚えている。いまなお私の耳には、私のメルボルン滞在時にはとうに姿を消していた《シェヘラザード》の食器の触れ合う音、クーラーの唸り、アクランド通りをすべりゆくトラムのきしりを背景音として、マーティンのナレーション、そしてエイヴラム、マーシャ、ライゼル、ザルマン、ヨセルの肉声がしんしんと響いている。

著者ゼイブルについて

アーノルド・ゼイブルは、一九四七年、ニュージーランド、ウェリントンにて、ポーランド・ユダヤ出自の両親のあいだに生まれた。幼少期、一家でオーストラリアに移住し、ヴィクトリア州カールトン（メルボルン北郊）で育つ。メルボルン大学を卒業後、アメリカ、パプア・ニューギニア、中国、ヨーロッパ、東南アジアなどを遍歴しながら、コラムニスト、評論家、ショートストーリー作家として、さまざまな新聞、雑誌に寄稿した。

一九九一年、『宝石と灰』により本格的に作家デビューを果たす。みずからの祖先の足跡をたどるポーランド旅行を題材とした同書は、オーストラリア国内で五つの文学賞を受賞した。続く『さすらう人々、夢見る人々』（一九九八年）は、オーストラリアにおけるイディッシュ語演劇の失われた過去を写真と語りで蘇らせる作品である。

初期の代表作と呼ぶべき本書『カフェ・シェヘラザード』（二〇〇一年）は、かつてメルボルン南郊のセント・キルダ、アクランド通りに実在したカフェ兼レストラン《シェヘラザード》を舞台とし、そこに夜な夜な、あるいは週末ごとに集まってきては、往時の思い出話にふける元ポーランド・ユダヤ移民・難民たちを生き生きと描き出す。本書は、ゼイブルの「ストーリーテラー」としての定評を不動のものにするばかりか、二〇一一年、メルボルンの〈地下四十五階《フォーティーファイヴ・ダウンステアズ》〉劇場で舞台化もされ、三〜四月期の四週間公演で全席完売、八〜九月期の追加公演でもチケットが売り切れるほどの人気を博した。

父母、祖父母のユダヤ出自を中心的なテーマとしながらも、一九九八年、メルボルンのヴィクトリア州立移民記念館の展示に用いるスクリプトの執筆を担当するなど、ゼイブルの目は、過去と現在の移民・難民の全体に広く見開かれている。二〇〇二年の『いちじくの木』は、依然、みずからのユダヤ起源を出発点としつつも、そこにオーストラリアの移民構成のなかで大きな割合を占めるギリシア系の人々の過去を織り交ぜ、最終的にホメロスの『オデッセイア』にまで遡及を試みる野心作である。同年、ほかの三名の作家(カーメル・デイヴィーズ、ジョー・マッキンタイヤー、ラメズ・タビット)と共同で執筆した演劇台本「カン・ヤマ・カン」(アラビア語で「昔あるところに」)は、中央アジアや中東からオーストラリアに安住の地を求めてやってくる移民・難民たちの物語を描いたものだ。

二〇〇四年、『天国のかけら』では、ふたたびみずからのポーランド・ユダヤ出自に立ち返り、住み慣れたカールトンの町に慎ましくもたくましく生きる戦後の移民たちの姿を描く。その間、二〇〇六年には、メルボルン大学創造芸術学部に提出された論文「移民体験を想像する」により博士号を取得している。

『いくつもの帰還の海』(二〇〇八年)では、オデッセイアの故郷イサカ島を現代の移民国オーストラリアに重ね合わせながら『いちじくの木』のテーマをさらに掘り下げ、『バイオリン・レッスン』(二〇一一年)では、全世界からオーストラリアにやって来て根を下ろした移民たちを題材とする短編小説をつなぎ合わせた。『闘士』（二〇一六年）は、ユダヤ出自をもつオーストラリアのプロボクサー、ヘンリー・ニセン（一九四八年生まれ）の生涯を描く伝記小説であり、最新作『水車小屋』（二〇二〇年）は、過去と現在のポーランドにおけるイディッシュ語世界から、中国、カンボジア、クルド人のイラク、イラン、そしてメルボルンの先住民文化までを射程に収め、傷痕と癒し、記憶と忘却の相関、そして、場所を喪い、また別の場所に属することの意味を深く掘り下げる物語のつづれ織りである。これらの著作は、逐一列記する暇もないほどの文学賞を受賞し、ゼイブルの存在を現代オーストラリア文学の代表格に押し上げている。

執筆活動に加えて、母校メルボルン大学をはじめ、モナシュ大学、RMIT大学、ラ・トローブ大学、ディーキン大学、その他で講師をつとめ、文学論、移民論を講じている。二〇一二年には、それまでの文化活動の全体が評価され、メルボルン大学副学長フェローに任命された。とりわけ今日の移民・難民問題をめぐって、講演会、討論会、テレビ番組出演などを多数こなし、人権活動家としても多忙な日々を送っている。

ユダヤ難民と日本

二〇一八年、二度目のメルボルン滞在時、私はゼイブルにインタビューを申し入れ、ユダヤ・ジェノサイドの記憶や今日の難民問題などについて意見を交わした。そのときからゼイブルが本書の日本語訳刊行を強く望み、私もその思いを完全に共有したのは、ザルマンとヨセルという二人の作中人物が、ユダヤ難民として、一九四一年、太平洋戦争直前の日本と、その後、終戦まで日本軍政下の上海を体験しているからだ。

これまでも、第二次大戦初期、ナチス・ドイツとその支配地域からシベリア鉄道により日本に避難したユダヤ住民、あるいは、いったん北欧の中立諸国（とりわけリトアニア）に避難し、一九四〇年七月、それらの国がソ連の共産主義体制に組み込まれたことをきっかけとして、やはりシベリアを経由し、日本と中国に新天地への脱出口を求めたユダヤ難民たちによる回想録や証言ビデオは、英語、ドイツ語、イディッシュ語など、さまざまな言語で多数、残されている。また、それらの回想・証言をベースとした後代の書き手によるノンフィクション仕立ての書き物も枚挙に暇がない。

しかし、本書のようにポーランドを起点とし、一年数カ月におよぶリトアニア、ヴィルニュスでの避難生活を経て、シベリアを渡り、日本の敦賀、神戸へ流れ着き、そして日本軍政下の上海で五年ほどを過ごして、戦後、オーストラリアに定住するという、まさに世界地図を大きくかぎ裂きにするかのようなザルマンとヨセルのオデッセイアに伴走させて、同時期、北極地帯とシベリアの奥地で苛酷な労働を強いられた人々（ライゼルとその仲間たち）、カザフスタンやウズベキスタンで戦時期をやり過ごした人々（マーシャの一家）、さらにはリトアニア、ヴィルニュスに留まり、一九四一年六月、独ソ開戦後に猖獗をきわめたユダヤ・ジェノサイドを抵抗活動家として奇跡的に生き延びたごく少数の人々（エイヴラム）の境遇を、文字どおり「ポリフォニー」として描き出す本書のような作品は、私の知る限り、他に例を見ない。作中、ライゼルが、「あんたらがヴィルニュスをあとにし、一等車で旅行しとるあいだに、わしは……」と息まく場面があるが、たしかに、〃これらの人々が、ここでこういう境遇にあったとき、あれらの人々は、あそこで、ああいう日々を送っていた〃として、第二次大戦史のいわば〈複数同時配信〉を可能にしているのは、この「ポリフォニー」の技法である。

むろん小説は小説であり、史実の厳密さを無理強いすることはできないが、いま〃第二次世界大戦とは何だったか〃との問いを立て直すとき、そこに日本の敦賀と神戸、そして日本軍政下の上海を直接関係づけ、あのとき、すべてはすべてに連動し、全員が全員の命運に参与していたことに思いをいたすよう、重厚にも優しく誘なってくれる本書は、日本語版として読みつがれるに十分以上の意義を有していると信じる。語り手のマーティンが図書館で『タイムズ世界地図』を眺めながら独りごちているように、「いくつもの線が、よじれ、曲がり、ふと脇にそれて思わぬ回り道にさ迷い込んだ末、いま、《シェヘラザード》という名のカフェに、こうして収束している」とするならば、それらの線の何本かは確実に日本と上海を貫いている。戦時期の東アジアにおけるユダヤ難民という、この主題を、単にその特異性、猟奇性の視点からではなく、常にどこにでもあり得る史話として掘り起こし、理解していくことの重要性がそこにあるのだろう。

ヤン・ツヴァルテンダイクと杉原千畝をめぐって

《シェヘラザード》で日本への逃避行を回想するザルマンとヨセル――現実に即して言えばゼイブルに証言をもたらした複数の匿名実在人物――は、一九三九年九月、ナチス・ドイツの侵攻をうけてポーランドから隣国リトアニアに避難し、翌一九四〇年夏、カウナスのオランダ名誉領事ヤン・ツヴァルテンダイクから、いわゆる「キュラソー・ヴィザ」、そして日本領事代理・杉原千畝から日本通過ヴィザの証印を得て、シベリアを渡り、ウラジオストクから福井県敦賀に上陸した人々である。この逸話は、ゼイブルも「著者あとがき」に参考文献として挙げているマーヴィン・トケイヤー、メアリー・シュウォーツ『河豚計画』（一九七九年）以来、さまざまな書き物、映画、テレビ番組をつうじて一般のよく知るところとなっている。

しかし、本書の訳者であると同時にこの歴史主題をあつかう研究者でもある私が、これまでツヴァルテンダイクと杉原について一般に語られ、ゼイブルの原著でもほぼ暗黙の了解とされている事の経緯について、研究の途上、いくつか疑問を抱くようになっているということをここで黙してしまっては、本書の読者に対してかえって無責任にもなりかねない。

最大の疑問は、一九四〇年夏、カウナスのオランダ領事館、日本領事館にパスポートや国籍証明書をもって詰めかけたユダヤ難民たちは、いったい何から逃れようとしたのだったか、そして、ツヴァルテンダイクと杉原も、難民たちが何を恐れて出国の手続きを急いでいると認識したのか、という点にある。

むろん、この「訳者あとがき」の紙幅をもって、私が現在、一次資料（あくまでも日付が刻まれた同時代の資料）をもとに進めている調査の内容をつまびらかにすることは不可能である（その最初の収穫は、科研費成果報告書『戦時期の日本ならびに上海に滞在したユダヤ難民のその後に関する越境的かつ多角的研究　中間報告（一）ユダヤ難民たちのリストと実数の特定』にまとめた）。あえて手短に述べるなら、一九四〇年夏の時点で、リトアニア滞在中のユダヤ難民たちが、ナチス・ドイツによるユダヤ・ジェノサイド――いわゆる〈ホロコースト〉〈ショアー〉――の危険を見越して第三国への出立を考え始めた、という形跡が、当時の一次資料からはどうしても浮かび上がってこないのだ。

もちろん、ゼイブルも、作中人物ライゼルの視点から述べているように、

ソ連管轄下のヴィルニュスは、ナチス支配下のポーランドに近すぎて危ない。ドイ

ツ＝ロシア間のもろい協定のみが、いま、ヒトラーの軍勢をおとなしくさせているにすぎない。ライゼルには、帝国間の協定だの同盟だのというものが、一夜にしてひっくり返る代物であることがよくわかっていた。

という危機感を、表立って口にせずとも、心中に漂わせる者はいたかもしれない。だが、当時、「アメリカ・ユダヤ合同配給委員会（ジョイント）」の現地派遣員としてリトアニアのユダヤ難民支援に当たったモーゼス・ベッケルマンが残した電文や報告書、さらには近年、リトアニアでも少しずつ行なわれるようになった史料研究（たとえば、ギンタウタス・スルガイリス『第二次世界大戦期リトアニアにおける戦争難民と抑留ポーランド兵たち』、二〇〇五年、未邦訳）からは、当時、一部の難民たちにリトアニア残留への不安を抱かせたのは、なによりもまずリトアニアの共産化であって、忍び寄る〈ナチスの魔手〉などではなかったことがうかがえる。とりわけソ連体制に組み込まれることを嫌った人々のカテゴリーとしては、資産の凍結ひいては国有化を恐れる実業家、信仰の自由喪失を恐れる宗教人（ラビと神学生）、イデオロギー弾圧を恐れるシオニスト、ならびに本書にも頻出する〈ブンド〉派があり、実際、日本に到来したポーランド・ユダヤ難民たちの人となりを見てみると、これらのカテゴリーに属する人々が大半を占めている（もちろん、ザルマンやヨセルのように〈未知〉に焦がれて動き出す若い独身男性も少なくなかったが）。

他方、ナチス・ドイツの反ユダヤ政策や、大戦開始後の時局混迷に乗じてヴィルニュスやカウナスにも散見された地元の反ユダヤ勢力によるポグロムの脅威について言えば、バルト三国がふたたびソ連軍の防衛圏に取り込まれたことにより、リトアニアのユダヤ人、ユダヤ難民たちもがドイツ軍靴下のポーランド西部の同胞たちと同じ境遇に突き落とされる危険は、当面、回避されたとするのが一般の見方であった。ツヴァルテンダイクと杉原も、すべてこうした状況を正確に見渡した上で、いま自分は、ナチス占領地区からいったん逃れ出てきたものの、そのまま留まってソ連人となることを肯んじない人々に、出立のよすがとなりうるスタンプを捺してやっている、という認識であったはずだ。彼らの行為に対して謝意や讃辞が捧げられるとすれば、第一義として、財産、信仰、政治信念を守り抜くため、ソヴィエト体制からの脱出を決断した人々の便宜を図ってやったことについてなのである。

もちろん、翌一九四一年六月の独ソ戦開始以後、本書中、エイヴラムの実体験として生々しく描き出されるユダヤ・ジェノサイドがリトアニアで猛威をふるった事実は動かず、同年春までに出国しおおせていたポーランド・ユダヤ難民たちは、図らずも、その大災厄を免れることになった。ただ、これをもって、ツヴァルテンダイク、杉原、その他、ユダヤ難民たちの極東への逃避行を「助けた」とされる人々を「〈ホロコースト〉からユダヤ難民を救った義人」として称揚しようとする場合でも、その〈救い〉は、当人たちの意図や予見をこえたところで事後的にもたらされたものであったという、この非情な時間差を、そろそろ史実として正しく認識し、歴史研究、メディア、学校教育の場で共有すべき時が訪れたと感じる。そうしない限り、結果的には不幸にして、独ソ不可侵条約とソ連軍の鉄壁の守りを恃《たの》んでリトアニア・ソヴィエト社会主義共和国への残留を選び、一九四一年六月、独ソ開戦以降、ソ連領内へ逃れ、苛酷な条件下ながら九死に一生を得た別のユダヤ難民たち、そして、地元リトアニアのユダヤ住民ともども、ナチス・ドイツのユダヤ絶滅政策の生け贄となり、いまなお地中に埋もれたままとなっている残りのユダヤ難民たち――本書中、エイヴラムの家族とともに地獄《ゲヘナ》に姿を消していった人々――の記憶が、永久に封印されたままとなってしまう。

これ以上の論述は、今後、しかるべき場で、しかるべき根拠資料を提示しながら行なっていくつもりである。著者ゼイブルとも、メールをつうじて何度かこの点についてやり取りし、私の論旨も理解してもらえたと思う。ただ、今回の訳出に際し、ゼイブルがザルマンとヨセルの口を介してツヴァルテンダイクと杉原に寄せたオマージュを損ねたり、弱めたりする方向へ、私が訳文を操作することだけは断じてなかった旨、ここに明記しておきたい。

宮森敬子さんの装画

アーティスト・宮森敬子さんとは、資料調査のためニューヨークに滞在した際、現地で知り合った。そのときは宮森さんの作品に直に接することはできなかったが、数カ月後、軽井沢高原文庫で開かれた「宮森敬子個展——ある小説家の肖像」を、宮森さん自身の付き添いのもとで拝見するという僥倖に恵まれた。

そのときの展示作品は、作家・有島武郎ゆかりの地で、よほどの職人でなければ漉くことのできない極薄の和紙に木炭をやさしくあてがうことで得られる〈拓〉を用いたものであった。そのそこはかとない過去の痕跡をとどめた和紙が、展示室内のわずかな空気の流れや、そばに寄っていく鑑賞者自身の風圧によって静かに揺れ動くさまに魅せられた私は、とっさに「これは自分がいま取り組んでいる、ユダヤ難民の過去を写し取る作業にどこかでつうじている」と直感したのだった。

今回、本書のために一肌脱いでくださった宮森さんには心より感謝を捧げたく、また、読者のみなさまには、宮森さんがすくい取った形象の向こう、あるいは手前側に、各章の語り部たちの記憶が静かにたゆたっているさまを、それぞれの想像力をもって味わっていただければ幸いである。

＊

末筆ながら、本書刊行の意義を深く理解してくださり、綿密な編集・校正作業をしてくださった株式会社共和国の下平尾直さんに対し、著者ゼイブル、ならびに原版元のテクスト・パブリッシング社からの深い謝意を代弁しておかねばならない。

二〇二〇年六月

菅野賢治

アーノルド・ゼイブル

Arnold ZABLE

1947年、ニュージーランドのウェリントンに生まれ、幼少期にオーストラリアへ移住。現在はメルボルンを拠点に創作活動を行なっている。また、人権活動家としても移民・難民問題について発言している。

主な作品に、『水車小屋』(2020年)、『いくつもの帰還の海』(2008年)、『いちじくの木』(2002年)、『宝石と灰』(1991年)がある。本書『カフェ・シェヘラザード』(2001年)が、日本では初紹介となる。

菅野賢治

Kenji KANNO

一九六二年、岩手県に生まれる。東京理科大学理工学部教授。パリ第一〇（ナンテール）大学博士課程修了。専門は、フランス語フランス文学、ユダヤ研究。

主な著書に、『フランス・ユダヤの歴史』（上下、慶應義塾大学出版会、二〇一六年）、『ドレフュス事件のなかの科学』（青土社、二〇〇二年）、

主な訳書に、ヤコヴ・ラブキン『トーラーの名において』（平凡社、二〇一〇年）、レオン・ポリアコフ『反ユダヤ主義の歴史』（共訳、全五巻、筑摩書房、二〇〇五〜〇七年）がある。

カフェ・シェヘラザード

二〇二〇年七月三〇日初版第一刷印刷
二〇二〇年八月一〇日初版第一刷発行

著者……アーノルド・ゼイブル
訳者……菅野《かんの》賢治《けんじ》
発行者……下平尾直
発行所……株式会社　共和国
東京都東久留米市本町三-九-一-五〇三　郵便番号二〇三-〇〇五三
電話・ファクシミリ〇四二-四二〇-九九九七
郵便振替〇〇一二〇-八-三六〇一九六
http://www.ed-republica.com

印刷……モリモト印刷
ブックデザイン……宗利淳一
DTP……木村暢恵

本書の内容およびデザイン等へのご意見やご感想は、以下のメールアドレスまでお願いいたします。naovalis@gmail.com

ISBN978-4-907986-72-8　C0097

境界の文学

既刊
四六変判 上

（価格税別）

くぼたのぞみ
鏡のなかのボードレール
二〇〇〇円
978-4-907986-20-9

イルマ・ラクーザ／山口裕之訳
ラングザマー 世界文学をめぐる旅
二四〇〇円
978-4-907986-21-6

和田忠彦
タブッキをめぐる九つの断章
二四〇〇円
978-4-907986-22-3

高橋新吉／松田正貴編
ダダイストの睡眠
二六〇〇円
978-4-907986-23-0

ジョゼフ・チャプスキ／岩津航訳
収容所のプルースト
二五〇〇円
978-4-907986-42-1

清田政信
渚に立つ 沖縄・私領域からの衝迫
二六〇〇円
978-4-907986-47-6